# 진로교사
## DNA

# 진로교사 DNA

성장부터 코칭까지, 좌충우돌 도전기

**초 판 1쇄** 2025년 01월 23일

**지은이** 문현심
**펴낸이** 류종렬

**펴낸곳** 미다스북스
**본부장** 임종익
**편집장** 이다경, 김가영
**디자인** 윤가희, 임인영
**책임진행** 이예나, 김요섭, 안채원, 김은진, 장민주

**등록** 2001년 3월 21일 제2001-000040호
**주소** 서울시 마포구 양화로 133 서교타워 711호
**전화** 02) 322-7802~3
**팩스** 02) 6007-1845
**블로그** http://blog.naver.com/midasbooks
**전자주소** midasbooks@hanmail.net
**페이스북** https://www.facebook.com/midasbooks425
**인스타그램** https://www.instagram.com/midasbooks

ⓒ 문현심, 미다스북스 2025, *Printed in Korea*.

**ISBN** 979-11-7355-045-4 03810

값 19,000원

**미다스북스**는 다음세대에게 필요한 지혜와 교양을 생각합니다.

# 진로교사
# DNA

문현심 지음

성장부터 코칭까지, 좌충우돌 도전기

미다스북스

# 추천사

『진로교사 DNA』는 단순히 진로교사의 역할이나 책임을 설명하는 데 머무르지 않습니다. 이 책은 한 인간으로서의 끊임없는 성장과 도전의 전 과정을 솔직하고도 강렬하게 보여주는, 흔치 않은 실천 기록입니다. 학교 현장에서 직접 부딪히며 얻은 저자의 경험은 단순한 사례가 아닌, "왜 변화와 성장은 계속 이어지지 않을까?"라는 근본적인 문제의식에 대한 구체적 해법이 됩니다. 무엇보다 그 해법을 학생들에게만 요구하지 않고, 진로교사인 자기 자신에게서부터 찾으려 한 저자의 태도는 신선함을 넘어 교육 현장에서 꼭 필요한 '진정성'을 일깨웁니다.

이 책이 정말 돋보이는 지점은 '작은 도전'이 만들어내는 작지만 강한 파장에 있습니다. 과감하고도 거대한 목표를 내세우기보다, 일상의 사소한 순간부터 출발하는 작은 시도를 통해 "이걸 해냈네.", "이게 가능하네."라는 긍정적 사고방식을 스스로 체득해 나가는 과정이 구체적으로 펼쳐집니다. 이는 교사와 학생 모두가 '도전'이라는 두 글자를 마주했을 때 느끼는 막연한 두려움을 깨부수는 강력한 동력이 될 것입니다. 학생이 단순히 교육 대상이 아니라, 함께 고민하고 함께 걸어가는 교육동반자가 될 수 있다는 사실을 저자는 직접 말하고 있습니다.

또한 이 책은 진로교육에 관심 있는 모든 교원, 그리고 교육의 본질적 변화를 갈망하는 모든 이에게 색다른 통찰을 전해 줍니다. "도전은 소수만의 특권이 아니다."라는 메시지를 바탕으로, 저자는 교실 안과 밖을 가리지 않고 누구나 참여할 수 있는 작은 실천 방안들을 아낌없이 제시합니다. 막연한 불안과 두려움으로 인해 시작조차 망설이던 독자라면,

이 책을 통해 '지금 당장 해볼 수 있는' 행동 지침을 얻게 될 것입니다. 그 행동들이 쌓여 만들어 낼 개인적 · 집단적 변화는 결코 작지 않습니다.

학교 현장을 비롯해 우리의 평범한 일상까지, 모든 순간은 도전과 성장의 무대임을 역설하는 『진로교사 DNA』는, 결국 "내가 해보면 다른 사람도 할 수 있고, 함께하면 더 크게 이룰 수 있다."라는 힘 있는 메시지를 전합니다. 교사든 학생이든, 혹은 평범한 직장인이든 간에 자신의 삶을 변화시키고자 하는 사람이라면 누구나 이 책을 통해 든든한 용기와 실천의 동력을 얻게 될 것입니다. 삶의 방식을 한 단계 끌어올리고 싶은 분들에게, 이 책을 추천합니다.

– 윤재성(금릉중학교 교장, 진로교육—WITHUS 연구회장)

최근 재미있게 읽은 책 중에 『커리어 코치도 커리어 고민을 합니다』라는 책이 기억에 남는다. 커리어와 학습 분야 전문 코치로서 왕성하게 활동해 오고 있는 전문 코치의 본인 진로에 대한 고민을 주제별로 묶어 내어 독자들에게 이야기 형식으로 전달하는 내용이었다.

이 책은 진로교육과 진로상담을 담당하고 있는 진로교사가 학교에서 겪고 있는 경험과 사례 그리고 진로교사 본인의 진로에 관해 고민하고 문제를 해결해 나가고 있는 귀중한 내용을 담고 있다. 어떻게 진로교육과 코칭 분야에서 전문성을 키우기 위해 노력했었는지, 어떠한 어려움이 있었고 이를 어떻게 극복해 오고 있는지, 어떻게 감정을 조절하고 멘탈을 강화시킬 수 있었는지, 어떻게 진로에 고민하는 학생과의 소통 및 관계를 개선할 수 있었는지, 그리고 무엇보다 이러한 모든 과정에서 진로교사이자 진로 코치로서 어떻게 자기를 이해하고 성장할 수 있었는지 등에 관한 생생한 현장으로 독자들을 초대하고 있다.

진로교육 현장을 다루고 있는 이 책은 진로교육과 코칭의 이론과 원리에 근거하여 실제 경험과 사례를 다루고 있기 때문에 진로교육과 코칭에 대한 막연하고 추상적인 생각을 가지고 있는 독자들의 궁금증을 해소시킬 수 있을 것으로 기대한다. 무엇보다 현직 진로교사가 직접 겪으며 고민해 온 진로코칭에 대한 이야기와 본인의 진로 문제를 병행시켜 성장 이야기를 전개하는 방식이 독자들에게 재미와 공감을 주고 있다는 점이다. 이 책에 담긴 저자의 소중한 이야기는 독자들의 삶과 진로에 귀한 영감을 줄 것으로 기대한다.
　- 유기웅(숭실대학교 평생교육학과 교수, 교육대학원 커리어 · 학습코칭전공 주임교수)


단발머리, 동그란 안경, 가지런한 앞머리, 똘망똘망한 눈, 호기심이 가득 담긴 질문. 내 기억 속에 자리하고 있는 저자 문현심의 첫 모습은 마치 어린 시절 만화영화에서나 봤었던 아주 똘똘한 소녀의 모습을 하고 있었다. 그녀의 질문에는 늘 자신이 만나고 있는 학생에 대한 정성과 애정이 가득 담겨 있었다. 어떻게 하면 진로지도를 더 잘할 수 있을지, 무엇을 어떻게 활용하면 학생들의 코칭에 더욱 도움이 될지를 고민하던 그녀의 모습이 여전히 내 속에서 생생하다. 그런 그녀를 보며 '어떻게 저렇게 열정이 가득할 수 있을까?', '어쩌면 저렇게 반짝거릴 수 있을까?'를 자주 생각했었다. 글을 읽고 보니 '아! 사랑이구나.' 싶다.

진로교사 문현심은 먼저 청소년에게 진심이고, 이들의 진로에 진심이다. 어떻게 하면 아이들이 자기답게 자기만의 삶을 살아갈 수 있게 할까를 고민하는 것 같다. 사랑이 가득 담긴 고민의 여정에서 그녀는 때로는 길을 개척하기도 하고, 같은 길을 다른 방식으로 걷기도 한다. 혼자서 묵묵히 걸어갈 때도 있고, 다른 사람들과 함께 걸을 때도 있다. 인생을 사는 우리에게는 삶의 많은 길들이 펼쳐져 있다. 어떤 이는 그중에 한 길을 뚝심 있게 가고, 어떤 이는 하나의 길에서 여러 개의 작은 길들을 만들어 스스로 걷기도 한다. 저자는 자기 앞에 펼쳐진 길을 걷기도 하고, 새로운 길을 내기도 하며, 여러 갈래의 길을 하나의 큰 대로로 만들기도 하는 것 같다. 마치 인생의 길을 걷는 방법은 이렇게나 다양하다는 것을 삶으로 보여주듯이. 교사로서도, 진로교사로서도, 그리고 코치로서도 다양하게 경험하고 도전하는 삶이 얼마나 즐거운 일인가를 보여준다. 어마무시하게만 들렸던 '도전'이라는 단어가 '그냥 해보자!'는 그녀의 속삭임 앞에서 조금은 가벼워지기도 했다. 그녀의 이야기는 '그래, 그렇게 그냥 해보면 되는 거 아닐까?' 하는 생각과 함께 심연 속 열망을 기어코 끌어올렸다.

책 속에 가득한 그녀의 도전과 작은 날갯짓들이 많은 진로교사들과 부모들에게 전달되기를 소망한다. 그래서 이 시절을 살아가는 아이들이 그들로부터 한없이 자기다움을 응원받고 격려받기를 바란다. 때로는 시간의 흐름에 따라 걷게 되는 길, 때로는 다양한 선택에 따라 나아가는 길 위에서 문현심 같은 선생님을 자주 만나게 되기를 소망한다.

— 남상은(숭실대학교 자유전공학부 교수, Miracle Coach)


5가지의 삶을 이야기하지만 끊임없이 도전하는 모습을 볼 수 있었어요. 도전하는 삶, 성장하는 삶, 세워가는 삶, 함께하는 삶, 뛰어넘는 삶들을 위해 진심을 다해 교육활동을 펼치는 문현심 선생님의 치열한 듯하면서 여유로운 면을 볼 수 있었습니다. 진로교사로 새롭게 교직생활을 시작할 때는 학생들과 함께 도전하는 삶을 사셨습니다. 이런 부분 쉽지 않지요. 교사들은 학생들 앞에 서게 되면 무언가 배움을 가질 수 있게 해야만 하는 본능적인 자세가 있지요. 선생님들이 쓰는 가면을 과감히 벗었음을 알 수 있었습니다. 때로는 무모하다는 평을 할 수 있지만 꿋꿋하게 아이들과 함께 도전과제들을 수행하는 모습은 새로운 모범적인 교사의 모습을 보여주는 것이라 생각이 듭니다.

이렇게 진로교사가 가져야 할 탄탄한 기본기를 학생들과 함께 다진 발판 위에 '코칭'이라는 추진체를 갖게 된 것은, 문현심 선생님에게는 하늘 높이 올라갈 수 있는 추진체를 갖는 결과를 얻었다고 볼 수 있었습니다. 본인의 전문성을 갖추기 위해 그 누구보다 자신과의 치열한 내적 싸움을 이겨낸 결과라 생각됩니다.

'내면의 평가적인 목소리는 나를 매몰차게 몰아붙인다.'

높을 곳을 향한 추진체는 결국 자기 자신을 스스로 불태우며 그 추진력을 얻는 것 같았어요. '한걸음 코칭 성장 일기'를 보고 그 모습을 상상할 수가 있었습니다. 하루하루 일기를 채워가며 스스로에게 채찍질을 주저함 없이 휘둘렀을 때, 그 아픔만큼 코칭 전문가라는 내성이 생기는 것처럼요.

'꿈을 향해 달리는 새로운 여정이 시작되었다.'

학생들에게 주어진 프로젝트였지만, 그것에 동참하여 함께 66일간의 프로젝트를 완성해 나가는 모습을 볼 수 있었기에, 이 책을 읽어 기쁨을 느낄 수 있었어요. 저도 어느 하나를 그렇게 오랜 시간 동안 지속해 본 적이 없었기 때문이에요. 한 학생의 꿈달 프로젝트 과정을 하루도 놓치지 않고 관찰하는 것이라면, 이 프로젝트를 진행한 학생이 10명, 20명 등이 된다면… 학생에게는 66일이지만 선생님에게는 660일, 1,720일 등을 이어가는 경우와 같음을 알았을 때 중간에 멈추고 포기했으면 어쩌나 하는 조마조마한 마음이 있었어요.

'도전은 과정 자체로도 충분히 가치가 있다.' 이 믿음이 있기에 나는 오늘도 학생들과 함께 꿈을 향해 달리고 있다.

이 문장을 읽는 순간 제게 깨우침도 전해주셨습니다. 쑥쑥 자라 20m보다 큰 대나무가 바람에 흔들릴지라도 부러지지 않는 모습도 학생들과 함께 성장한 모습을 볼 수 있었습니다.

문현심 선생님이 교사 연구년을 앞두고 제게 찾아와 "신규 진로교사와 저경력 교사들과 함께 진로코칭에 대해 배울 수 있는 기회를 갖고 싶어요."라고 했을 때, 진로교사로서 까마득한 후배 교사로만 생각했던 저를 부끄럽게 만들었지요. '와우! 이 선생님, 멋진데?' 생각을 떠올리면서 '2~3회 정도 후 멈추지 않을까?'라는 염려도 가졌었습니다. 그러나 학생과 함께 도전하고 성장하는 모습처럼 동료 교사들과 함께 하는 모습이 거듭됨을 보았을 때는 언제부터인지 모르지만 제가 의지하고 있었음을 알게 되었답니다. 바로 신뢰를 바탕으로 한 의지인거죠. 이러한 선생님을 가까이서 함께한다는 것이 또 다른 저의 자랑

거리가 되었답니다.

마지막으로 우리 문현심 선생님의 다섯 번째 삶은 도돌이표임을 느꼈어요. 또 다른 도전을 하고 있기 때문이지요. 아마 다시 새로운 도전을 시작하는 것은 성숙의 깊이를 더해줄 것이고 진로교육의 아이템은 더 막강해질 것이고, 전문성은 더 깊어질 것입니다. 교사들과 함께하려는 자세는 더 넓어질 것입니다. 이 책을 읽으며, 저에게도 무모하게 도전해서 과감히 실패해볼 수 있는 자신감을 가질 수 있었습니다. 고맙습니다.

— 김동정(파주중등진로전담교사협의회장, 광탄고등학교 진로교사)

교육 현장에 진로교육이 뿌리내리기 시작한 지 벌써 15년 가까이 되어 간다. 하지만, 학생들은 여전히 진로 정체성 혼란과 객관적 시각이 배제된 사회적인 기대에 따른 정보 과다로 자신의 진로를 결정하는 데 어려움을 호소하고 있다. 학교에서는 모든 교육과정이 진로라는 이름으로 엮여 있지만, 학생들의 답답함을 해소하기엔 역부족인 것이 분명하다. 너무도 빠르게 변화하는 사회 속에서 지금 무엇을 준비해야 하는지, 어느 학과를 가야 먹고 살 수 있는지, 내가 가슴 뛰는 일을 선택해도 구직에 문제는 없을지… 다양한 고민들 속에 아이들의 마음들은 멍들어가고 있다.

진로교육이 막연히 정보 제공을 위한 역할뿐만 아니라 학생들의 불안한 마음들까지 읽어줘야 하는 이 시점에 문현심 선생님의 코칭을 접목한 진로교육의 지침서가 발간된다는 것은 진로교육 현장에 단비 같은 소식이 아닐 수 없다.

이 책에서는 신규 진로교사들이 학생들에게 어떻게 다가가야 하는지 그저 단순한 정보 제공이 아니라 그들의 삶의 문제를 통찰하고 진정한 진로를 찾도록 도울 수 있는 구체적인 실천 방안이 제공된다. 학교 현장에서 교사와 학생 모두에게 마중물 같은 역할을 톡톡히 해주리라 믿어 의심치 않는다. 또한, 문현심 선생님의 끊임없이 도전하는 삶의 여행을 통해 진로의 역동성을 보여주었으며, 학생과 교사 모두에게 인생의 지침서가 될 것을 확신하며 이 책을 추천하는 바이다.

– 오미숙(저동고등학교 진로교사)

새해 첫날 그녀에게서 책의 추천사를 써 달라는 연락을 받았다. 그 순간 '또 해냈구나.'라는 생각과 끊임없이 도전하는 그녀의 원동력이 무엇인지 궁금했다. 책을 읽으면서 알게 되었다. '일단 해 보자.', '그냥 하자.'라는 마음과 배움을 통한 성장의 즐거움이라는 것을.

글의 시작점에서 주어지는 코칭 질문에 대답하다 보면 무의식 속에 잠재되어 있었던 자신을 만나는 놀라운 경험을 하게 될 것이다. 그것은 삶을 살아가는 자신에게 힘을 주고 알아차림의 기쁨을 줄 것이다. 나의 진로 상담은 그녀에게 코칭을 소개받기 전과 후로 나뉠 수 있다. 코칭을 알기 전의 진로상담은 학생은 없고 정보 전달만 남아 허무함을 느꼈다면 코칭을 알고 난 후 진로상담은 온전히 학생에게 집중하여 통찰을 통한 긍정 에너지로 충만함을 느낀다.

오늘도 진로상담을 마치고 코칭을 소개해 준 그녀에게 마음속으로 감사함을 전했다. 코칭의 힘을 알고 싶고 매력에 빠지고 싶은 모든 사람에게 이 책의 사례와 질문들은 실질적인 도움을 주리라 생각한다. 그녀의 도전과 성장이 담긴 이야기를 읽다 보면 자신도 모르게 운동화 끈을 고쳐 매고 도전이라는 마라톤의 출발선을 통과하는 모습을 상상하게 될 것이다.

지금 또 다른 도전을 계획하고 있을, '일단 해 보자.'라는 시작을, 이제 혼자가 아니라 학생과 동료 교사와 많은 사람들과 함께하는 문현심 선생님의 삶을 응원한다.

– 이미영(서현고등학교 진로교사)

**10**　진로교사 DNA

# 도전의 시작, '홀로 떠나는 여행'

"나 물 윗길 좀 걷고 올게."

등산복에 배낭까지 들쳐 멘 나를, 남편은 의아한 표정으로 바라본다. 전날 밤 인터넷에서 우연히 본 철원 물 윗길 여행 후기가 내 마음과 몸을 일으켜 세웠다. 혼자 여행을 떠난다는 것이 쉽지 않았지만 이번에는 망설이지 않았다. 생각이 스치자마자 짐을 챙겨 곧장 집을 나섰다.

사실 혼자 여행을 떠난 적이 없다. 혼자 떠난 여행 중 임진각까지 간 것이 가장 먼 여행이었고, 그것마저도 큰 결심이 필요했다. 그런 내가 철원으로 두 시간 가까이 운전해 간다는 건 쉽지 않은 도전이었다. 운전대를 잡은 순간에도 계속 고민했다. '이대로 갈까, 돌아갈까?' 하지만 그날만큼은 용기를 냈다. 마침내 도착한 철원 고석정. 낯선 길을 혼자 걷는 경험은 두려움과 설렘을 동시에 안겨주었다.

이 여행은 단순히 새로운 장소를 방문하는 것을 넘어서는 일이었다. 생애 처음으로 혼자 떠난 여행이었다. 누군가에게는 별일 아닐 수 있지만 나에게 혼자 떠난다는 것은 진로교사로 첫발을 내디뎠던 순간과도 같았다.

낯선 환경과 두려움 속에서 완벽하지 않지만 '일단 해보자.'는 마음으로 시작했던 진로교사의 여정이 떠오른다. 중요한 것은 준비가 아니라 '시작'이었다.

처음 진로교사가 되었을 때 나는 길을 잃은 사람 같았다. 학생들에게 '어떤 길이 맞는지' 말해야 한다는 부담감과 먼저 정답을 알아야 한다는 책임감이 나를 짓눌렀다. 하지만 학생들과의 만남을 통해 깨달았다. 정답은 내가 제공할 수 있는 것이 아니며, 그 답은 이미 학생들 내면에 있다는 것을. 내가 해야 할 일은 그들의 이야기를 듣고 스스로를 돌아보도록 돕는 것이었다.

진로를 고민하는 학생들과 함께한 시간은 나의 성장 과정이기도 했다. 처음에는 정답을 알려주는 것이 진로교사의 역할이라고 생각했다. 학생들에게 명쾌한 해답을 제시하려 애쓰며 나 스스로에게도 많은 부담을 안겼다. 하지만 학생들과의 만남 속에서 점차 깨닫게 되었다. 나는 정답을 알려주는 사람이 아니라 질문을 하고 스스로 답을 찾게 돕는 코치가 되어야 했다. '코치'라는 역할은 단순히 질문을 던지는 사람이 아니다. 코치는 학생들의 이야기를 경청하며 스스로의 가능성을 발견할 수 있도록 함께하는 사람이다. 이 과정에서 학생들과 함께 나 자신도 도전하며 성장하는 법을 배웠다. 실수와 시행착오에서 얻은 교훈은 학생들뿐 아니라 나 자신을 위한 것이기도 했다.

이 책은 그 과정에서 느꼈던 성장부터 코칭까지, 좌충우돌 도전에 대한 기록이다. 학생들에게 도움을 주고자 했던 나의 여정은 결국 나를 변화시키고 성장하게 했다. 학생들에게 배운 것, 동료 교사들과 나눈 경험, 실수와 깨달음 속에서 발견한 교훈들이 이 책에 담겼다.

'진로'란 단어는 단순히 방향을 묻는 것이 아니다. 그것은 삶의 방향을 결정짓는 질문이며 각자가 가진 잠재력을 발견하는 과정이다. 진로교사는 단순히 정보를 제공하거나 시험 성적에 맞는 길을 제안하는 사람이 아니다. 나는 학생들과 함께 질문을 고민하고 답을 찾아가는 동반자이자 길잡이로 살아가고 싶다.

진로(進路)의 '길'은 직선이 아니다. 그것은 수많은 물음표와 갈림길로 이루어진 과정이다. 때로는 방향을 잃거나 멈춰 설 수도 있다. 하지만 그 모든 순간조차 중요한 여정의 일부다. 진짜 '진로'란 이 모든 과정을 이해하는 데서 시작된다. 이 책이 당신의 여정에 작은 나침반이 되어 스스로를 더 깊이 이해할 수 있는 계기가 되기를 바란다. 지금 당신이 어디에 있든, 당신은 이미 당신만의 길 위에 서 있다. 이제 나와 함께 떠나보자. 더 이상 망설이지 말고.

# 목차

# 4부  함께하는 삶, 동료 교사와 길을 잇다

# 5부  뛰어넘는 삶, 코칭으로 길을 열다

# 1부

# 도전하는 삶,
# 나만의 길을 시작하다

# 1

# 시작하기 위한 첫걸음, '그냥 하자'

**함께 생각하며 나아가기**

1. '그냥 하자'고 마음먹고 바로 시도한 경험은 언제인가요?
2. 시도한 경험을 떠올려 보니 어떤 감정이 드나요?
3. 지금 당장 해야 하는데 하지 못하고 머뭇거리고 있는 일은 무엇이 있나요?
4. 당장 해야 할 일의 시작점을 한번 떠올려 보세요. 그 시작점은 구체적으로 어디인가요?
5. 지금 당장 그 시작점의 자리로 이동해보세요. 그곳에서 가장 먼저 무엇을 하게 될까요?

피겨의 여왕 김연아 선수는 한 인터뷰에서 "무슨 생각을 하면서 스트레칭을 하세요?"라는 질문에 "그냥 한다."라고 답했다. 이 짧은 대답은 단순하면서도 강렬했다. 많은 사람들이 특별한 비법을 기대했지만 그녀의 대답은 평범했다. 그러나 이 단순명료한 한마디가 김연아 선수를 세계 최고의 자리에 오르게 한 핵심 철학이다.

우리는 종종 어떤 일을 하면서 변화가 눈에 보이지 않으면 포기하고 싶어진다. 큰 결심을 하고도 행동으로 옮기지 못해 좌절하기도 한다. 노력해도 변화가 없다고 느낄 때, 모든 수고가 헛된 것처럼 여겨질 때 우리는 멈춰 서고 싶어진다. 하지만 김연아 선수의 "그냥 한다."라는 말은 바로 이런 순간에 필요한 메시지다. 변화가 보이지 않아도, 특별한 동기가 없어도 꾸준히 행동을 이어가는 것. 이 지속적 행위가 위대한 변화를 만든다. 중요한 것은 대단한 의지나 특별한 순간이 아니라 지금 할 수 있는 일을 하는 것이다.

삶은 거창한 결심이 아니라 작은 반복과 습관으로 이루어진다. 한 번의 결심보다 매일의 작은 실천이 우리를 앞으로 나아가게 한다. 그러니 변화를 느끼지 못하는 순간에도 '그냥 한다.'는 다짐으로 한 걸음 내디뎌 보자. 복잡하게 고민할 필요도, 특별한 이유를 찾을 필요도 없다. 결과를 걱정하거나 기대하지 말고 그저 행동으로 옮기면 된다.

"6시에 일어나 글을 써야 하는데 일어날까? 조금 더 잘까?"
"과제를 지금 할까? 아니면 드라마 한 편 보고 나서 할까?"
"건강을 위해 등산을 갈까? 내일부터 갈까?"
"코칭이 두려운데 포기할까? 아니면 도전해 볼까?"

나는 매일 '지금 할까, 하지 말까?'라는 크고 작은 고민과 갈등에 마주하고 있다. 잠들기 전 내일 6시에 일어나 글을 쓰겠다고 알람을 맞춰 놓지만 새벽 6시가 되면 다시 갈등이 시작된다. 눈도 뜨지 않은 상태에서 머릿속에는 이미 여러 이유와 핑계가 떠오른다. '어젯밤에 너무 늦게 잤잖아.', '낮에 글을 써도 되는데 굳이 지금 일어날 필요 있나?' 이처럼 수많은 이유와 핑계가 꼬리를 물며 마음을 흔든다. 많은 생각들이 줄지어 나를 침대로 붙잡아 둔다. 다양한 이유와 핑계들은 나름의 논리를 갖추고 나를 설득하려 든다.

그러던 어느 날 불현듯 깨달았다. "왜 이렇게 갈등만 반복하고 있지? 그냥 하면 되잖아." 이 단순한 깨달음으로 알람이 울리자마자 그냥 일어났다. '그냥 하면 되지.' 다른 이유도 필요 없었다. 머뭇거림 없이 몸을 움직였을 때 갈등은 사라졌다. 생각이 행동을 따라오게 된 것이다.

진로교사로서 새로운 프로그램을 기획하거나 행사를 준비할 때 늘 두려움과 갈등이 찾아왔다. 꿈키움 대안교실, 졸업생과 함께하는 학과 멘토링, 학부모 입시설명회, 학습 멘토링, 진로 코칭 프로그램, 서울대 꿈꿈 교실 등 새로운 프로젝트를 시작할 때마다 '이걸 내가 할 수 있을까?'라는 불안이 먼저였다. 시작은 항상 어려웠다. 하지만 일단 시작하면 별문제 없이 잘 해냈다.

나는 '하면 된다.'는 것을 학생들에게도 경험하게 해 주고 싶었다. 이 마음이 학생들과 4년 동안 지속한 도전 프로젝트의 '시작'이었다. 이 프로젝트의 목표는 단순했다. 학생들에게는 '그냥 한다.', '나도 하고 있다.'는 경험이 필요했고, 작은 도전이라도 시작하는 것이 중요했다. 또한, '나도 할 수 있구나.', '이 정도는 해낼 수 있네.'라는 긍정적인 자기 인식을 심어주는 데 초점을 맞추고 있다. 처음에는 두려워하던 학생들이 도전을 즐기고 자신만의 성취를 이루는 모습을 볼 때마다 '그냥 하자'는 말의 힘을 깨달았다.

사실 '그냥 하자'는 말은 내게도 여전히 어렵다. 하지만 내가 터득한 방법은 단순하다. 생각이 떠올랐을 때 바로 행동하는 것이다. 등산을 가야겠다는 생각이 들면 '무조건' 운동화를 신고 문을 열고 나섰다. 토요일 새벽 5시, 대학원 수업을 듣기 위해 맞춰둔 알람이 울리면 '바로' 몸을 일으켜 세웠다. 이렇게 '무조건'과 '바로'는 생각을 행동으로 보여주는 힘이 되었다.

물론 '그냥 하자'는 결코 쉽지는 않다. 특히 내게 책 출간은 단순한 목표가 아니라 도전의 상징 같은 일이 되고 말았다. 책 쓰기의 시작은 어렵더라도 일단 시작하는 것이 필요했다. 책을 쓰기 시작한 첫날, 첫 번째 글의 제목은 '그냥 하자'였다. 책을 쓰기로 마음은 먹었지만 첫 글을 쓰기 전부터 부담감이 컸다. 머릿속에 떠다니는 복잡한 생각을 정리하느라 키보드 위 손가락이 한동안 움직이지 않았다. 그러나 한 문단만 써보자는 마음으로 키보드를 두드리기 시작했다. 그렇게 쓴 글은 짧고 어설펐지만, 첫걸음을 뗐다는 사실이 나에게 용기를 주었다. 그날 이후로 매일같이 키보드에 손을 올리고 글을 썼다. 그렇게 쌓인 글들이 어느새 책 한권 분량이 되었다.

책이 완성되었을 때 느낀 기쁨은 잠시뿐이었다. 뜻하지 않게 책 출간을 권유받아 원고를 출판사에 보내보기로 했다. 처음에는 기대감도 있었다. 내 글이 얼마나 소중하고 정성이 담겼는지 아는 사람이라면 분명 출판을 제안해줄 거라고 믿었다. 하지만 현실은 내 기대를 비웃기라도 하듯 매몰차게 돌아왔다.

340곳. 그렇게 많은 출판사에 원고를 보냈지만 돌아오는 대답은 매번 똑같았다. "죄송합니다. 원고가 저희 방향성과 맞지 않습니다." 처음에는 한두 번의 거절에도 감사하고 흥미롭게 받아들였다. 하지만 시간이 지나면서 마음속 깊은 좌절과 고통이 몰려왔다. 진심으로 이 책을 쓰기 위해 매일을 바쳤는데 아무도 내 글을 읽어줄 곳이 없다는 현실이 나를 흔들었다. 내 도전의 뿌리가 송두리째 뽑힐 것 같았다.

힘듦을 이겨내기 위해 독서와 필사를 시작했다. 하루 종일 필사를 하며 책 출간을 포기하려고 했다. 그러나 뜻밖에 '그냥 하자'라는 나의 첫 다짐이 다시 떠올랐다. '거절당하는 것도 내 도전의 일부다. 그냥 해보자.' 그렇게 다시 출판사의 문을 두드렸고, 마침내 출판사를 만났다.

내가 쓴 첫 문장처럼 '그냥 하자'는 다짐이 오늘의 나를 만들었다. 처음에는 단순히 글쓰기를 위한 다짐이었지만 이제는 모든 도전에 적용되는 원칙이 되고 있다. 책 출간을 앞둔 지금 깨닫는다. 도전은 언제나 어렵고 때로는 고통스럽지만 그 과정은 나를 성장시키는 가장 값진 시간이라는 것을.

억지로라도 움직이기 시작하면 어느새 조금씩 앞으로 나아가고 있는 나 자신을 발견하게 된다. 이 작은 행동들이 내 삶에 변화를 만들어냈다. '그냥 한다.'는 단순한 말이지만 그것은 도전의 시작점이다. 그 시작점에 서서 한 걸음만 내디뎌 보자.

지금 이 순간 우리 모두가 '그냥 하자'는 태도로 작은 행동을 시작하길 바란다. 지금 필요한 것은 거대한 성취가 아니다. 작은 것부터 시작해서 꾸준히 앞으로 나아가는 힘이다. 일단 한 걸음 내디디면 마음은 결국 따라오게 되어 있다. 도전이란 단지 시작하는 것, '그냥 하는 것'이다.

**2**

# 열정? '그냥 하다 보니'

"언니 원래 이런 사람이었나? 교직 초창기 때도 이렇게 열정적이었어? 처음에는 안 그랬었지?"

동생의 말에 한참을 생각했다. 동생은 나와 거의 매일 통화하며 내 생각과 감정을 누구보다 잘 알고 있다. 그런 동생이 나의 변화를 말하는 건 의미가 남달랐다. '그럼 나는 그전에는 어떤 사람이었나? 성실하지 않았던 건가? 열정적이지 않았던 건가?' 나는 그녀의 질문에 스스로를 돌아보게 되었다.

동생의 말은 교직 생활 초창기와 지금의 나를 나누어 보게 했다. 2003년 교직에 첫발을 디딘 후 10년 넘게 특성화고에서 근무했다. 특히 창업동아리 운영, 청소년창업경진대회 지도 등 비즈쿨 업무에 전념했던 시간을 잊을 수 없다. 그 시절에도 나름 후회 없는 열정으로 교사로서 역할을 해냈다고 생각한다. 하지만 돌이켜 보면 그 열정은 '해야 하는 일'을 해내는 책임감에서 비롯된 것이었다. 진정한 의미에서의 나다움이나 즐거움과는 거리가 있었다.

진로교사가 되고 나서야 나는 진정한 열정이 무엇인지 깨달았다. 진로교사가 된 이후에도 '해야 하는 일'을 했을 뿐이다. 마치 하루를 시작하며 양치를 하듯 자연스럽게, 큰 기대 없이 일을 반복했다. 작은 목표를 설정하고 그것을 이루는 것만으로도 충분했다. 결과는 중요하지 않았다. 중요한 것은 내가 매일 조금씩 무언가를 하고 있다는 사실이었다. 그러다 어느 날 문득 깨달았다. 진로교사의 업무가 조금씩 내 삶의 중심이 되어가고 있다는 것을. 처음에는 해야만 한다고 생각했던 일이 이제는 하고 싶어지는 일로 변해 있었다. '해야 할 일'이 '하고 싶은 일'이 된 순간, 열정이라는 새로운 감정을 느끼기 시작했다.

열정은 화려한 시작에서 오는 것이 아니라 그냥 하다 보니 생겼다. 아무리 작은 일이라도 그냥 하다 보면 어느새 그 안에서 재미와 의미를 발견했다. 열정이 생기니 변화와 성장에 대한 갈망이 생겼고 교직 생활이 즐거워졌다. 밤늦게까지 야근을 하거나 토요일마다 진학컨설팅 프로그램을 운영해도 행복했다. 학생들과 함께하는 시간이 즐거웠고 그 과정 자체가 나를 성장하게 했다. 스스로 변화하고 있음을 온몸으로 느꼈다. '내가 살아나고 있다'는 감각은 교사로서의 정체성을 새롭게 발견하게 했고 진정한 배움의 기쁨을 경험하게 했다. 그 배움은 나를 변화시켰고 나 자신을 더 잘 이해하도록 만들었다. 나를 있는 그대로 바라볼수록 학생들 역시 편견 없이 보게 되었다. 이 모든 것은 열정이 생겼기 때문에 가능했다.

특히 진학컨설팅을 운영하면서 남다른 열정을 보였던 때가 기억에 남는다. 진로교사 1~2년 차였던 당시, 매주 토요일마다 진로프로그램을 운영해야 했다. 일반고에서 근무했기에 진학 및 입시 관련 프로그램 운영이 매우 중요한 부분을 차지했다. 그중에서도 진학컨설팅 프로그램은 지역과 교육청의 적극적인 지원을 받아 진행되었지만, 준비 과정은 결코 만만치 않았다. 계획서 작성, 가정통신문 발송, 희망 학생 신청서 접수, 학생들의 학교생활기록부 준비, 학생들의 컨설팅 질문 작성 지도 등 사전 작업만으로도 업무량이 상당했다. 또한 컨설팅 장소 준비는 물론, 학생 및 강사 대기실 마련, 강사 카드 배부, 간식 준비까지 신경 써야 할 일이 한두 가지가 아니었다. 이 모든 과정이 최소 3~4주 전부터 계획적으로 이루어져야 했다.

1년에 5회 이상 진행되는 진학컨설팅은 연간 프로젝트와 같았다. 한 번의 진학컨설팅에는 강사 10명, 학생 40~50명이 참여했기 때문에 단순히 진로교사 한 명의 노력만으로 진행될 수 없다. 진로부서 교사들뿐만 아니라 담임 선생님들의 적극적인 협조가 필수적이었다.

한 번은 더 많은 학생들에게 기회를 제공하기 위해 강사 20명을 한꺼번에 요청해 대규모로 진행했던 적도 있었다. 규모가 커진 만큼 준비 과정도 더 복잡해졌지만 더 많은 학생들이 컨설팅을 받을 수 있다는 점에서 보람이 컸다. 특히 고 1~2 학생들이 진학컨설팅을 위한 질문을 작성하는 데 어려움을 느꼈을 때 학생들이 참고할 수 있는 질문 리스트 50개를 따로 만들어 제공하기도 했다.

이런 일들을 해내는 과정에서의 어려움과 고충을 여기에 모두 기록할 수는 없다. 분명 힘든 순간들이 많았지만 그럴 때마다 너무 깊게 고민하지 않고 그냥 했다. 내가 따랐던 방식은 바로 '그냥 하다 보니'라는 공식이다. 내가 따랐던 방식은 매우 단순했다.

한 번은 이런 생각이 들었다. "왜 진학컨설팅만 해야 할까?" 꿈이 없거나 진로를 결정하지 못한 학생들에게도 진로컨설팅의 기회를 제공하고 싶어 새로운 프로그램을 시도해 보기로 했다. 비록 일회성으로 끝났지만 컨설팅 강사로 온 진로교사들은 "정말 의미 있는 시도였다."라며 칭찬해 주셨다. 그러나 학생들의 참여가 저조해 추가적으로 프로그램을 운영하지 못하게 된 점은 여전히 아쉬움으로 남아 있다. 어쩌면 그 시도도 '그냥 하다 보니' 했던 욕심이었을지도 모른다.

하지만 열정은 화수분이 아니다. 나도 모르는 사이 열정이 꺼져버릴 위기가 찾아오기도 했다. 때로는 진로와 전혀 관련 없는 업무를 맡거나 해결할 수 없는 일들을 맡았을 때 열정의 온도가 급격히 내려갔다. 어느 날은 극심한 스트레스로 인해 출근하자마자 숨이 쉬어지지 않는 것을 느꼈다. 처음에는 대수롭지 않게 넘겼지만 시간이 지나면서 공황장애와 유사한 증상이 찾아왔고 결국 병원을 찾아야 했다. '당장 그만두고 싶다'는 마음이었다.

그런 순간마다 동생의 말이 나를 다시 붙잡아 주었다.
"언니 포기만 하지 않으면 돼. 끝까지 가는 사람이 이기는 거래."
"그냥 해봐. 하다 보면 잘하게 될 거야."
"언니는 지금까지 해냈잖아."

이 말들은 열정을 다시 불러일으켰고 나는 버틸 수 있었다. 다시 책상 앞에 앉았고 프로그램을 기획하며 학생들을 만났다. 이 경험은 나를 깨닫게 했다. 혼자 끙끙대기보다는 나를 지지해 주는 사람의 말 한마디가 얼마나 큰 힘이 되는지를. 그래서 나도 누군가에게 말의 힘을 전하려고 노력하고 있다.

열정은 거창하거나 완벽한 목표에서 시작되지 않는다. 그것은 내가 의미 있다고 느끼는 일을 향한 진정성과 행동이다. 최고가 되거나 완벽하려는 것이 아니라 스스로 의미 있다고 느끼는 일에 열정을 가지고 행동하는 마음이다. 동생의 말처럼 포기하지 않고 끝까지 해보는 태도가 열정을 유지하게 했다. '그냥 하다 보니'라는 말이 내 삶의 방향을 만들어 준 셈이다.

진로수업, 진로상담, 코칭을 배우는 과정에서 배움은 내게 큰 의미를 주었다. 이유를 알 수 없지만 그 과정이 즐겁고 좋았다. 배운 것을 실행하며 학생들에게 도움이 될 방법을 고민할 때 시간 가는 줄 몰랐다. 프로그램을 기획하고 실행하는 과정은 나를 살아 있게 했다.

동생은 말했다. "언니가 원래 이런 사람이었는지 몰랐어. 하고 싶은 일도 많고 포기할 줄 모르는 사람이었구나. 그리고 끝까지 해내기 위해 성실하게 노력하는 사람이라는 걸. 나도 언니처럼 뭔가 시도해 보고 싶어." 동생과 나는 서로의 열정에 스며들었다. 특별히 말을 주고받지 않아도 우리의 열정은 자연스럽게 서로에게 전해졌다.

이제 깨닫는다. 열정은 어떤 일을 '그냥 하다 보니' 자연스럽게 생겨나는 것이라는 것을. 지금도 나는 그렇게 살아간다. 대단한 목표를 세우기보다 작은 시작을 통해 조금씩 나아간다. 열정은 결과가 아니라 과정 속에서 찾아오는 선물이라는 것을 믿으며. 그리고 내가 걸어가는 열정의 길이 또 다른 길을 만들고 그 길이 더 뻗어나가길 바란다. 내가 진로교사로서 걸어가는 이 길이 누군가의 마음속에 작은 열정을 일으키길 바란다.

## 3

## '일단'이라는 마법

18년 전, 태국 여행 중 있었던 일이다. 숙소에서 아침 식사를 하려면 툭툭이를 타고 5분 정도 이동해야 했다. 그런데 약속 시간보다 늦게 일어나 문제가 생겼다. 사실 문제라 할 것도 없었다. 문을 열고 기사님께 "우리가 걸어갈 테니 먼저 가세요."라고 한마디만 하면 끝날 일이었다. 영어를 못한다면 손짓발짓으로도 충분히 해결할 수 있었다. 하지만 나는 방에서 한 발짝도 나가지 못했다. 결국 남편이 기사님께 상황을 설명하는 것으로 일단락되었다.

남편은 황당한 표정을 지으며 나를 바라보았다. 그럴 만도 했다. 결혼 후 새벽마다 전화영어로 공부하는 모습을 봐왔던 남편은 내가 영어를 잘한다고 생각했을 것이다. 하지만 현실은 달랐다. 그날 이후 이 사건은 우리 부부에게 두고두고 이야깃거리가 되었고, 내게는 부끄러움으로 남았다.

얼마 전 독서 모임에서도 비슷한 일이 벌어졌다. 한 명씩 돌아가며 책을 낭독하고 소감을 나누는 시간이었다. 내 차례가 되었을 때 읽을 페이지에 간단한 영어 문장 두 줄이 눈에 들어왔다. 나는 아무 생각 없이 그 부분을 건너뛰었다. 줌으로 진행된 모임이라 사람들의 표정을 볼 필요가 없었기에 아무렇지 않은 척 끝까지 독서 모임에 참여했다. '그게 뭐라고 건너뛰었지?' 영어 문장을 다시 살펴보니 알지 못하는 단어는 단 하나뿐이었다. 너무나 쉬운 문장들이었는데 영어라는 이유만으로 무의식적으로 외면했던 것이다.

그런데 나는 영어 공부를 포기한 적이 없다. 대학 시절 거금을 들여 영어 테이프를 구매해서 공부를 했다. 강남에 있는 영어 학원도 다녔고 전화영어, 사이버 어학원, 영어 동화 따라 읽기 등 안 해 본 영어 공부가 없다. 하지만 실력은 크게 나아지지 않았다. 여전히 영어를 보면 알레르기 반응처럼 몸이 먼저 거부한다. 아무리 노력해도 영어는 자신감이 없다. 그럼에도 나는 언제든 다시 영어를 공부하기 위해 문을 두드리고 있다.

영어는 '일단 해보자.'는 마음이 나의 시작점이 되어 포기할 수가 없다. '일단'은 완벽함을 요구하지 않는다. 단어 하나를 외우든, 한 문장을 따라 읽든, 팟캐스트를 듣든 어떤 것이라도 괜찮다. 중요한 것은 멈추지 않는 것이다. 영어를 배우는 것은 단지 영어를 익히는 것이 아니다. 그것은 나 자신을 발견하고 성장시키는 과정이다. 나는 평생 학습자로서, 배우는 즐거움을 놓지 않고 끝없이 도전하며 살고 싶다. 영어 영화를 자막 없이 이해하는 날이 오지 않아도 괜찮다. 대신 새로운 단어를 알게 되는 즐거움, 영어 문장을 읽으며 느끼는 작은 뿌듯함이면 충분하다.

'일단 해보자.'는 태도로 참여한 또 하나의 특별한 경험은 게슈탈트 심리 치료 독서 모임이었다. 이 모임은 전문 코치와 함께 매주 토요일 새벽 6시에 진행되었고, 읽어야 할 책은 622쪽의 두꺼운 『게슈탈트 심리치료』였다. 독서 모임에 참여 전 스스로에게 수많은 질문을 던졌다. '내가 이 모임을 따라갈 수 있을까?', '이 어려운 책을 소화할 수 있을까?', '새벽 시간에 꾸준히 참여할 수 있을까?' 하지만 결론은 하나였다. 일단 해보자는 마음으로 두려움과 부담감을 뒤로하고 첫 모임에 참여했다.

예상대로 책의 내용은 어려웠다. 낯선 전문 용어와 이론의 깊이가 머리를 복잡하게 만들었다. 그러나 12주를 버티며 읽어 내려갔고 조금씩 성장하는 나를 발견했다. 이 경험은 다른 독서 모임으로 확장되었다. 한 진로 교사와 함께 이 책을 다시 읽는 소규모 독서 모임을 시작했다. 현재 진로 교사와 매주 새벽 독서 모임을 진행하며, 대학원 선후배와 함께하는 독서 모임에도 참여하고 있다. 이런 모든 도전의 시작은 언제나 '일단 해보자.'는 마음이었다. 때로는 우연치 않게 시작한 일이 '어? 이거 괜찮은데?'라는 마음이 들면서 '내일 한 번 더 해보자.'로 연결되었다.

학교 현장에서의 도전도 마찬가지였다. 중학교로 발령받고 '체인지메이커' 수업을 적용할지 고민했다. 고등학교에서 4~6주 동안 진행했던 이 수업은 학생들에게 주도성과 문제 해결 능력, 협업과 의사소통 능력을 길러주었다. 그런데 중학생들에게도 적합할지 확신이 서지 않았다. 1년간 중학교에 적응한 후 시도할까 말까 망설였지만 용기를 내어 중학생들의 자유학기제에 맞춘 17차시 수업을 설계했다. '일단' 완벽하지 않아도 시도했다. 중학생들과의 수업은 예상보다 큰 감동을 주었다. 중학생들은 고등학생들과는 다른 방식으로 열정을 보여주었다. 그 중에서도 '다같이 줍깅'이라는 프로젝트를 기획한 팀이 특히 인상 깊었다. 이 팀은 '일단 해보자.'의 태도를 실제로 실천에 옮긴 모범 사례였다.

'줍깅'은 조깅과 줍다의 합성어로 조깅을 하면서 쓰레기를 줍는다는 아이디어를 실행으로 옮긴 것이다. 체인지메이커 실행하기와 퍼뜨리기 단계에서 학생들은 교실에 멈춰있지 않고 실제로 학교 문제를 해결하기 위해 발로 뛰었다. 학생들은 활동 홍보를 위한 포스터를 부착하고 전교생에게 프로그램을 안내했다. 포스터에 '지구를 지키자, 지구를 지켜 줄 영웅 구함'이라는 문구가 눈에 띄었다. 프로젝트 팀원들과 줍깅에 참여하려고 모인 학생들은 4일 동안 점심시간마다 학교 주변 쓰레기를 주웠다. 이 과정에서 교장 선생님과 나도 함께 참여했다. 줍깅을 마친 후 학생들은 다음과 같이 소감을 밝혔다. "쓰레기를 친구들과 줍게 되어서 즐거웠고, 여러 사람이 적극적으로 참여해 주셔서 감사하고 뿌듯하다.", "2학년 선배들이 열심히 참여해 줘서 고맙고 생각보다 성취감이 크고 재미있었다. 줍깅을 종종 할 것 같다.", "줍깅이 힘들었지만 참여하고 나니 재미있었고 교장선생님, 2학년 선배들, 진로선생님께 감사한 마음이 들었다." 학생들의 '일단 해보자.'는 태도가 만들어낸 작은 변화는 학교 전체에 긍정적인 영향을 끼쳤다.

영어 공부, 독서 모임, 체인지메이커라는 활동을 통해 '일단'이라는 마법이 나에게 가르쳐준 가장 큰 교훈은 완벽함을 기다리지 말라는 것이다. 우리는 흔히 모든 준비가 끝난 뒤에 시작하려 한다. 하지만 사실 중요한 것은 결과가 아니라 과정이다. 완벽하지 않아도, 준비되지 않아도 괜찮다. '일단' 시작하는 순간 우리는 이미 한 걸음을 내디딘 것이다. 첫발을 내딛어 보자.

나무위키에 따르면, '일단'은 '우선 먼저', '만일에 한 번', '한 계단' 등의 의미를 가진다. 문장이나 이야기 따위의 한 토막으로 첫 번째 단계를 뜻하기도 한다. 결국 '일단'은 완성품이 아니라 시작을 의미한다. 어쩌면 너무 사소하고 쓸데없어 보일지 모르지만 어떤 일을 시작하기 위해서는 꼭 필요한 단계다.

당신이 지금 주저하고 있는 일이 무엇인가? 그것이 무엇이든 완벽한 준비가 끝날 때까지 기다리지 말고 먼저 한 계단을 올라보자. 결과를 걱정하기보다는 과정에 집중하며 내딛는 첫걸음이 중요하다. 올라가야 할 계단은 무수히 많지만 지금 한 계단이 다음 계단을 위한 발판이 된다. 그리고 그렇게 쌓인 계단들이 결국 나만의 길이 될 것이다.

'일단 해보자.'는 단순하지만 강력하다. 그 한 걸음이 새로운 가능성을 열어줄 것이다.

# 체념 뛰어넘기

**함께 생각하며 나아가기**

1. 체념(포기, 단념)을 뛰어넘은 상황(사건)이 있었나요?
2. 체념을 뛰어넘기 위해서 어떤 강점(장점 등)을 활용했나요?
3. 체념의 자리에서 뛰어넘은 자리로 공간을 이동했을 때 기분이 어땠나요?
4. 체념을 뛰어넘은 당신은 어떤 사람인가요?
5. 그 사람은 지금 어디로 가고 있나요?

'논문을 쓰다가 포기할지도 몰라. 아니 아예 처음부터 포기해야 할까?'

석사 논문을 쓰기로 결심했을 때 내 마음속에 가장 먼저 떠오른 생각이었다. 논문 쓰기에 대한 두려움과 막막함이 나를 휘감았다. 그러나 논문을 쓰겠다고 결심한 이유는 단순했다. 진로상담에서 코칭의 필요성을 연구하고 싶다는 간절함은 내가 체념하지 않도록 붙잡아 주는 단 하나의 이유가 되었다. 이 단순한 이유로 논문을 썼고, 포기하지 않고 끝까지 해보고 싶은 마음 하나로 버텨냈다.

논문을 쓰겠다고 교수님께 어렵게 말씀 드렸을 때도 내 마음은 여전히 흔들리고 있었다. '정말 해낼 수 있을까?'라는 의문이 머릿속을 떠나지 않았다. 대학원 3학기 동안 논문 준비는커녕 주제를 정할 엄두조차 내지 못했으니 4학기를 앞두고 논문을 시작한다는 것은 무모한 도전처럼 보였다.

논문을 쓰기로 결심하기 전까지 나는 수없이 체념하려 했다. '논문을 쓰지 않아도 졸업할 수 있어. 그냥 수업 몇 개 더 들으면 돼.', '쉬운 길을 두고 왜 또 어려운 길을 선택해.' 하지만 코칭의 가치를 연구하고 싶었다. 진로교사로서 학생들과 함께한 코칭 경험의 변화를 연구하고 싶었다. 이를 통해 더 많은 교사들에게 코칭의 필요성을 알리고 싶었다. 이렇게 스스로를 설득하며 논문을 쓰는 동기를 찾으려고 애썼다.

진로교사로서 코칭을 배우며 느꼈던 기쁨과 변화는 나에게 너무나 소중했다. 그래서 다른 진로교사들이 코칭을 활용해 진로상담을 했을 때 어떤 변화를 경험하고 있는지 궁금했다. 또한 코칭 연수가 더 많은 교사들에게 지속적으로 이루어질 수 있는 아주 작은 모래알 같은 토대가 되길 바랐다. 이런 마음이 논문을 쓰도록 이끌었다.

'체념'이란 희망을 버리고 단념하는 것을 뜻한다. 이는 어떤 가능성을 더이상 기대하지 않고 포기한 상태를 의미한다. 만약 논문 쓰기를 체념했다면 두고두고 아쉬움과 후회를 남겼을 것이다. 진로상담에 코칭이 필요하다는 연구에 대한 희망을 포기했다면 내 안에서 도전할 용기와 내면의 힘도 생기지 않았을 것이다. 논문 쓰기를 아예 포기했다면 결국 아무 일도 일어나지 않았을 것이고 지금 느끼는 성취감과 배움의 경험도 없었을 것이다. 논문 쓰기는 단지 졸업 요건을 충족시키기 위한 일이 아니었다. 논문 쓰기를 통해 체념을 뛰어넘고 새로운 가능성으로 나아가는 과정이었다.

하지만 논문 쓰기 과정은 예상했던 것 이상으로 험난했다. 시작과 동시에 매일 한계를 마주해야 했다. 논문을 쓸 능력이 과연 내게 있는지조차 의문스러웠다. 논문 쓰기는 매일 나 자신과 싸워야 하는 시간이었다. 퇴근 후 매일 3~4시간씩, 주말에는 10시간씩 책상 앞에 앉았다. 하지만 최선을 다하려는 노력에도 불구하고 부딪히는 벽은 너무나 높았다. 1차, 2차 논문 심사 과정에서는 교수님들의 수많은 피드백이 쏟아졌다. 심지어 문장의 주술 관계, 문맥, 띄어쓰기, 오타 등 모든 것이 부족했다. 심사 때마다 교수님의 피드백을 받을 때 눈물을 삼켜야 했다. '능력도 안 되는데 왜 논문을 쓴다고 했을까?'라는 생각이 들 때가 한두 번이 아니다. 하지만 그런 순간마다 '끝까지 가보자'는 다짐이 나를 붙잡았다. 체념할 수는 없었다. 논문 쓰기의 어려움이 끝없이 나를 괴롭혔지만 나는 매일 정해진 분량을 써내려갔다.

논문을 쓰며 저장한 한글 파일만 86개에 달했다. 매일 수정하고 또 수정했다. 마침내 논문을 완성했을 때 나는 깨달았다. 이 과정은 단순히 논문을 쓰는 일이 아니었다. 나 자신을 뛰어넘는 도전이었고, 스스로를 성장시키는 여정이었다.

체념을 뛰어넘기 위해 내가 해야 했던 일들을 돌아본다.
"매일같이 찾아오는 '그만두고 싶은 마음'을 넘어서야 했다."
"교수님의 피드백이 지적으로 느껴져 상처받은 자존심을 이겨내야 했다."

"타인의 비판을 수용하지 못했던 옹졸한 마음도 극복해야 했다."

"문법과 표현에서 느껴지는 한계를 받아들이고 넘어서는 용기가 필요했다."

"그리고 무엇보다 포기하고 싶었던 순간들을 끝내 이겨내야 했다."

이 모든 과정을 통해 나는 한계를 넘어설 수 있었다. 논문을 완성했다는 성취감은 단순한 열심에서 오는 것이 아니었다. 그 과정에서 포기하지 않고 끝까지 가보려는 나 자신의 끈기와 용기가 만들어낸 것이었다.

논문을 완성한 나 자신에게 마음을 담아 칭찬하고 싶다.

"수많은 좌절 속에서도 포기하지 않은 너는 정말 대단해. 논문을 포기하지 않고 끝까지 해낸 너를 진심으로 인정해. 매일 3시간 넘게 논문을 쓰며 버텨낸 끈기와 인내로 한 발자국씩 나아갔던 모습을 진심으로 응원해."

체념, 포기, 두려움은 누구에게나 찾아온다. 우리는 한계, 장애물, 좌절, 낮아진 자존감까지 모든 것을 뛰어넘어야 할 때가 있다. 어렵지만 그것을 넘어서는 순간 우리는 새로운 가능성과 마주하게 된다. 어떤 도전도 결코 만만하지 않다. 그렇기에 지금 우리가 하고 있는 모든 도전은 이미 충분히 위대하다.

그러니 오늘도 끝까지 가보자. 여전히 뛰어넘으려 애쓰는 나 자신을 힘껏 응원하며 앞으로 나아가 보자. 그 과정 속에서 우리는 반드시 더 나아진 자신을 만나게 될 것이다.

# 5

## '이래 봬도'

**함께 생각하며 나아가기**

1. '이래 봬도' 하고 있는 중인 것을 한 가지만 떠올려 보세요.
2. 하고 있는 일을 떠올려 보니 어떤 생각이 드나요?
3. '이래 봬도 나는 하고 있는 중'인 모습을 사물에 비유해 보세요.
4. 비유한 사물이 어떤 모습으로 변화되길 원하나요?
5. 그 변화된 모습으로 무엇을 해낼 수 있을까요?

겉모습만 보고 나를 판단하는 사람들이 많다. 무엇이든 열심히, 완벽하게 해내는 사람이라고. 하지만 나는 겉보기와 다르다. 매일 내 안에서는 불안감, 초조, 걱정과의 싸움이 이어진다. 해내야 할 일을 위해 잠시 멈춰 숨을 고르기도 하고, 긍정 선언문을 쓰며 에너지를 끌어올리거나 셀프코칭으로 마음을 다잡는다. 수많은 실패와 좌절 속에서도 '이래 봬도'를 외치며 자신감을 붙잡으려 노력하고 있는 중이다.

'이래 봬도'라는 표현은 '이래(이렇게)'와 '봬도(보여도)'를 결합한 말이다. 즉 '이렇게 보여도'라는 뜻이다. '이래 봬도 나는 이것을 하고 있다.'는 표현은 자신이 하고 있는 일들에 대한 선언과 같다. 이것은 내가 하고 있는 구체적이며 현재진행형인 행동을 가리킨다. 예를 들면, '나는 달리기를 하고 있다.', '나는 독서를 하고 있다.'와 같이 지금 하고 있는 행동을 말한다. 그래서 '이래 봬도'는 남들이 어떻게 보든 상관없이 혹은 남들은 잘 모르겠지만 나는 지금 내가 무엇을 하고 있는지 확실히 알고 있음을 사람들 앞에 당당히 공표하는 선언인 것이다.

나는 크고 작은 행동을 통해 '이래 봬도'의 삶을 살아간다.
"이래 봬도 매일 정해진 시간에 출근하고 있다."
"이래 봬도 감사한 마음을 즉시 표현하고 있다."
"이래 봬도 주 1회 문장 요약하기 지도를 받고 있다."
"이래 봬도 매일 글쓰기를 하고 있다."
"이래 봬도 늦은 나이지만 대학원에 다니고 있다."

'이래 봬도'의 행동들은 거창하지 않아도 괜찮다. 오히려 사소하고 반복적인 일상 속의 행동일수록 더 큰 의미가 있다. 이 행동들은 좋은 습관이 되었거나, 목표를 향해 도전하고 있는 과정이기 때문이다. 중요한 것은 남들의 시선이 아니라 지금 내가 하고 있는 행동의 의미이다. '이래 봬도'라는 말에는 겉으로 드러나지 않는 각자의 노력이 담겨 있다. 그 노력들이 지금 당장은 눈에 띄지 않더라도 자신만은 알고 있다. 그래서 '이래 봬도'는 자신에게 거는 응원의 주문이다.

어떤 것이든 괜찮다. '이래 봬도 나는 이것을 하고 있는 중'인 일을 떠올려 보자. 그리고 하나씩 기록해 보자. 처음에는 낯설 수 있다. '이런 걸 써도 되나?'라는 의구심이 들 수 있다. 너무 사소하고 거창하지 않은 일이라 부끄러워질지도 모른다. 하지만 괜찮다. 내가 하고 있는 일은 나에게 중요한 일이다.

어느 날 동료 국어 교사의 초등학생 아들이 문장 요약 연습을 하는 것을 보고 '나도 문장 요약을 하고 싶다.'고 말했다. 그 선생님은 "초등학생과 비교당해도 괜찮겠어?" 농담처럼 말했지만, 그 말은 오히려 내 의지를 다지게 했다. 이후 나는 똑같은 책을 구입해 주 1회 문장 요약 연습을 시작했다. 처음에는 교사임에도 불구하고 문장 요약 과외를 받는다는 사실이 부끄러웠다. 문장 요약이 어렵고 힘들어서 그만 두고 싶은 마음이 수십 번 있었지만 '이래 봬도 문장을 요약하고 있는 중'이라는 행동에만 집중했다. '부족해도 괜찮다. 중요한 건 내가 하고 있다는 사실이다.'만 떠올렸다. '이래 봬도' 나는 8개월 넘게 요약 과제를 제출하고 있고, 피드백을 받으며 수정하는 과정을 꾸준히 해내고 있다. 그 자부심과 꾸준함이 나를 성장하게 했다. 현재의 행동을 넘어 나를 앞으로 나아가게 한다. '이래 봬도 나는 하고 있다.'는 마음가짐은 단순히 현재의 행동을 넘어 나를 앞으로 나아가게 한다.

물론 여전히 마음속에서 부정적인 목소리가 들린다. '네가 뭘 할 수 있겠어?', '다른 사람은 훨씬 잘하는데.' 부정적인 목소리를 이길 수 있는 방법은 단순하다. '쓴다.', '한다.'와 같은 실제 행동을 바로 시작하면 부정적인 목소리가 어느새 사라진다. 생각을 많이 할수록 더 복잡해진다. 해야 할 일을 그냥 행동으로 옮기면 생각이 따라오고, 그 반복이 쌓이고 쌓여 나를 성장 시킨다.

　때로는 잘하는 사람들의 속도가 부럽다. 뛰어난 사람들 앞에서 나 자신이 초라하게 느껴지기도 한다. 하지만 '이래 봬도 나는 하고 있는 중'인 행동들이 쌓여 나만의 길을 연결하고 있는 중이다. 가끔은 "뭐 하고 있어?"라는 질문에 대답하기 망설여질 때가 있다. 대단한 일을 하고 있는 건 아니지만, 그렇다고 아무것도 하지 않는 것도 아니기 때문이다. 그래서 나는 이렇게 말한다. '이래 봬도 하고 있는 중이다.' 그 말 속에는 나만의 도전과 성장이 담겨 있다. 특히 올해 연구년은 '이래 봬도'의 종합선물세트라고 할 수 있다.

　연구년을 맞이하면서 나만의 기록을 남기고 싶었다. 단순히 '오늘 하루도 잘 보냈다.'는 일상적인 다이어리가 아닌 내가 무엇을 느끼고 배웠는지를 담아내고 싶었다. 그래서 시작한 것이 블로그였다. 처음에는 큰 계획 없이 하루하루를 글로 남기기 시작했다. "코칭 슈퍼비전 프로그램에 참여했다.", "미래교육박람회에 참여했다." 블로그에 글쓰기가 밀린 적도 있었다. 일요일에는 글을 쓸 내용이 없어 대학원 과제라도 하며 글을 썼다. 이런 소소한 기록들이 50일, 100일, 200일이 되었을 때 블로그는 나만의 성장 앨범이 되었다. 글을 쓴 과정은 연구년을 보낸 또 하나의 기록이 되었고, 다른 사람들과도 경험을 나눌 수 있는 창구가 되고 있다. '이래 봬도 블로그에 글쓰기 하는 중'은 내 자신과 대화하는 시간이었다.

　연구년 동안 '의자 중독'일 만큼 하루에 10시간 이상을 책상 앞에 앉아 있었다. 같은 자세로 오래 앉아서 키보드 자판을 두드리거나 마우스를 클릭하며 보내기를 반복했다. 일상에 치이고 나를 돌아볼 수 있는 시간 만들기가 필요했다. 그래서 스스로와 약속을 하나 했다. '한 달에 한 번은 무조건 떠나자.' 가장 기억에 남는 여행지는 인천 무의도다. 바다를 바라보며 아무생각 없이 걸었다. 여행을 즐겨하지 않는 나로서는 매달 여행을 떠나는 것이 쉽지 않았다. 억지로 여행을 떠난 적도 많았다. 그럴 때마다 '이래 봬도 여행을 하고 있는 중'이라는 행동에만 집중했다. 매달 떠난 여행들은 거창한 계획이 아니라 그저 나를 위한 작은 쉼표였다.

마지막으로 '이래 봬도 셀프코칭을 하고 있는 중'이다. 연구년 동안 셀프코칭을 지속적으로 하고 싶었다. 마음속 계획은 하루도 빠짐없이 셀프코칭으로 나 자신에게 질문을 던지고 답을 찾아가는 시간을 가지고 싶었다. 그런데 쉽지 않았다. 밤늦게까지 공부를 하다 보면 너무 피곤해서 잠을 자려고 침대에 누웠다가도 다시 일어나 셀프코칭을 마치고 잠을 잔 적도 있다. 누가 확인하는 것도 아닌데 셀프코칭을 해야 마음이 편했다. 셀프코칭은 부족함 속에서 성장을 찾아내는 과정이었다.

연구년 동안 내가 한 일은 결코 거창하지 않았다. 하지만 블로그를 기록하고 여행으로 쉼을 찾고, 셀프코칭으로 방향을 잡는 실천들이 모여 지금의 나를 만들고 있다. '이래 봬도' 나는 하고 있는 중이다. 중요한 것은 무엇을 하느냐보다 계속해서 한 걸음씩 나아가는 행동이다.

'이래 봬도'의 선언은 내게 꽤나 특별한 의미로 다가온다. 이 특별함은 나에게만 있는 것이 아니다. 이제 함께 '이래 봬도'를 선언해 보자. 이제 마음의 준비가 되었는가. 핸드폰 메모장이나 노트를 꺼내자. 지금 내가 하고 있는 행동들을 하나씩 기록해보자. 크든 작든, 일상적이든 특별하든 모두 괜찮다. 만약 아무것도 떠오르지 않는다 해도 그것은 내가 아무것도 하고 있지 않다는 뜻이 아니다. 단지 아직 내 행동을 주의 깊게 관찰하지 않았기 때문이다.

분명히 당신도 무언가 '하고 있는 일'이 있다. 그 일이 작든 크든, 남들에게 보이든 보이지 않던 그것은 당신에게 특별한 것이다. '이래 봬도'의 마법 같은 힘을 떠올리며 오늘도 한 걸음을 걸어보자. 지금의 행동들은 비록 작은 물결일지라도 시나브로 자신감의 큰 파도를 가져 올 것이다.

행동은 곧 나를 증명하는 과정이다. 넘어지고, 흔들릴지라도 한 발 내딛는 그 순간 변화를 만들어 갈 수 있다. 한 걸음만으로도 충분한 의미가 있다. 그 한 걸음은 당신을 더 나은 곳으로 이끌 것이다. 이래 봬도 우리는 하고 있는 중이다. 당신도 한번 스스로에게 물어보길 바란다. '나는 지금 무엇을 하고 있는 중인가?'

# 6

## 느리더라도 내 방식대로

많은 사람에게 특별하고 의미 있는 숫자가 있을 것이다. 당신에게는 어떤 숫자가 의미가 있는가? 내게 특별한 숫자는 2018이다. 진로교사로 선발된 해이자 내 교직 인생의 터닝 포인트가 된 해였기 때문이다. 2018년은 진로교사로서 새로운 출발을 시작한 내게 특별한 해로 기억된다.

진로교사가 되기까지의 과정은 결코 쉽지 않았다. 여름 방학식 일주일 전 진로교사 선발 공고문이 내려왔다. 선발 시험은 시작되지 않았지만 공문을 확인하는 순간부터 심장이 두근거렸다. 아직 서류조차 제출하지 않았는데도 이미 진로교사가 된 듯 설렜다.

학교에서는 나를 포함해 교사 세 명이 진로교사 시험에 지원했다. 서류 접수 마감이 오후 5시였는데 자발적으로 서류를 교육청에 직접 제출했다. 꼭 내가 할 필요는 없었지만 중요한 일일수록 스스로 확인해야 마음이 놓이는 성격 때문이었다.

서류를 제출한 그날 바로 진로교사 면접 준비를 시작했다. 1차 서류 합격자 발표는 한 달 뒤였지만 기다릴 수 없었다. 대부분은 1차 합격자 발표 후에 2차 면접을 준비한다. 하지만 나는 나 자신을 너무 잘 알았다. 시간이 촉박하면 아무것도 하지 못하고 더 긴장해 버린다는 것을. 그래서 느리더라도 내 방식대로 시작해야 했다.

서류 접수 후 매일 진로 교육과 관련된 자료를 검색하고 다양한 자료를 찾았다. 진로교육 활성화 방안, 학교 급별 진로교육 목표와 내용, 진로교육법, 진로교육 시행령, 진로정보망 커리어넷까지 필요한 자료는 끝이 없었다. 자료를 검색하고 다운로드하는 데만 1주일이 걸렸다. 그렇게 인쇄된 자료는 A4 용지 한 박스를 가득 채웠다. A4 용지 한 박스 분량인 2,500장이 모두 진로교육 자료로 채워졌다.

이 자료들을 읽고, 정리하고, 꼭 필요한 자료와 불필요한 자료를 구분하며 하루하루를 보냈다. 그 많은 자료를 한 권으로 정리해 스프링 노트를 만들었을 때는 마치 시험에 합격한 것 같은 기분마저 들었다. 자료가 정리

된 노트 한 권이 큰 안정감을 줬다. 2차 면접시험을 본 것도 아닌데 대단한 것을 해낸 것 같았다.

이 과정에서 깨달은 점이 있다. 나는 남들보다 더 오래, 더 많이 준비해야 한다는 것이다. 고등학교 시절에도 시험 준비는 늘 한 달 전부터 시작했다. 느리더라도 내 방식대로 준비해야 한다는 사실을 일찍 깨달았기에 더 많은 시간을 투자했다. 이는 단순한 습관이 아니라 나 자신을 이해하고 나만의 방식대로 진행한 결과였다.

2학기 개학 후에도 바로 집으로 퇴근하지 않았다. 도서관으로 직행해 하루도 빠짐없이 준비를 이어갔다. 도서관에서 행사가 있는 날이면 공부에 방해가 되는 것은 당연했다. 음악 소리, 악기 소리, 아이들이 떠드는 소리 등 온갖 소음이 가득했지만 그 소음도 나를 방해하지 못했다. 시험 준비에 몰입한 나는 어떤 방해도 무시할 수 있었다. 매일 한 걸음씩 준비했기에 결국 진로교사가 될 수 있었다. 먼저 시작하길 참 잘했다.

느리더라도 내 방식대로 먼저 시작해서 진로교사가 되었다. 진로교사로 살아가는 지금도 미리 준비했던 그 순간처럼 늘 같은 모습으로 살아가고 있다. 여전히 다른 사람보다 더 많은 시간이 걸린다. 그래서 더 빨리 준비하는 것을 미루지 않는다. 나처럼 시간이 오래 걸리는 사람도 있듯이 우리 모두는 저마다의 속도대로 시작하면 된다. 느려도 괜찮다.

누군가는 이렇게 생각할지도 모른다. '나는 왜 이렇게 오래 공부해도 안 될까? 오래 앉아 있다고 공부가 되는 걸까?' 이 질문에 이렇게 대답하고 싶다. "나처럼 시간이 오래 걸리는 사람도 있어요. 노력이 더 많이 필요한 사람도 있어요. 한 번에 안 되는 사람도 있고, 엉덩이 힘으로 버텨야 하는 사람도 있어요."

진로교사가 된 이후에도 이 태도는 변함이 없다. 프로그램을 기획하거나 새로운 업무가 주어질 때 고민을 미루지 않는다. 지체하지 않고 떠오른 생각을 바로 실행에 옮긴다. 여러 경험을 통해 충분한 시간을 확보하지 않으면 끝까지 해낼 수 없다는 사실을 배웠기 때문이다. 나는 누구보다 먼저 시작해야 가능하다는 것을 알고 있다. 이런 태도는 단순한 성격이나 습관이 아니다. 몇 번의 시행착오 끝에 얻은 교훈이다.

내게 가장 필요한 것은 '시간'과 '나만의 방식'이다. 즉시 행동하고 준비를 시작하는 이유도 여기에 있다. 먼저 준비하면 '시간을 확보'할 수 있다는 사실을 너무 잘 알고 있다. 내게 있어 '시간'은 단순히 빨리 시작하라는 압박이 아니다. 시간을 더 들이고 작은 발걸음을 시작하는 것은 자신을 믿고 성취를 향해 나아가는 과정이 되었다. 이 과정은 나를 더 나은 방향으로 이끌어주었으며 내가 진정 원하는 결과에 가까워지게 한다. 지금 시작하는 것, 바로 행동하는 것, 이것이야말로 내가 해낼 수 있는 유일한 방법이다.

사람들은 종종 말한다. "넌 잘하잖아. 넌 항상 잘해왔잖아." 그럴 때마다 나는 속으로 생각한다. '나는 잘해서가 아니라 '미리' 준비하고 '먼저' 시작했을 뿐이야.'

만약 당신이 지금 주저하고 있는 일이 있다면 그것이 무엇이든 작은 준비를 시작해보자. '미리' 그리고 '먼저' 움직여보자. 느린 걸음이어도 상관없다. 중요한 것은 당신만의 방식대로 속도를 유지하며 앞으로 나아가는 것이다. 한 번의 시도로 완벽해지지 않아도 괜찮다. 조금 더 일찍, 조금 더 미리 시작해보자. 느리더라도 내 방식대로 한 걸음을 내디뎌보자. 그 한 걸음이 당신에게 필요한 변화를 가져올 것이다.

# 해낼 수 있는 환경 만들기

## 함께 생각하며 나아가기

1. 당신이 지금 도전하고 있는 것은 무엇인가요?
2. 그 도전을 포기하지 않도록 하는 힘(사람, 환경 등)은 무엇인가요?
3. 어떤 마음으로 도전하고 있나요?
4. 도전하고 있는 자신에게 어떤 응원 메시지를 보내고 싶나요?
5. 100일 도전을 끝까지 해낸다면 당신에게 어떤 칭찬을 하고 싶나요?

"오늘 학생들과 글쓰기 100일째 되는 날이라 백설기 떡을 준비해 나눴어요."

논문을 쓰기 위해 한 국어 선생님을 인터뷰했었다. 인터뷰 끝 무렵 국어 선생님이 전한 이 한마디는 내 발걸음을 멈추게 했다. 학생들과 100일 동안 글을 쓰고 그 과정을 축하하기 위해 떡을 나누는 선생님의 이야기는 마치 새로운 세계를 엿보는 듯한 충격이었다. 선생님은 학생들과 일상 속에서 글쓰기로 삶을 나누고, 한 명 한 명의 생각과 경험을 글로 만나고 있다고 했다. 이런 교육 철학을 가진 선생님을 만나다니 내게는 로또를 맞은 것 같은 행운이었다.

인터뷰가 끝난 후 선생님은 자신의 짧은 글을 공유했다. 제목은 '칼이 없을 때'였다. 태풍으로 참외 농사를 망친 이야기를 시작으로 아버지와의 추억을 소환하는 짧은 글이었다. 그 글은 짧았지만 깊은 울림을 주었다. 선생님의 경험과 생각이 고스란히 녹아 있는 글을 읽으며 문득 '나도 한번 써볼까?'라는 생각이 들었다.

그렇게 난생처음 첫 번째 글을 썼다. 제목은 '우연한 만남'이었다. 서툴고 어설펐지만 용기를 내어 국어 선생님께 공유했다. 글쓰기를 배워 본 적도 없는 사람이 쓴 날것의 글이었다. 돌이켜보면 무척 용감한 행동이었다. 그러나 선생님은 칭찬과 격려의 답장을 보내주었다.

"아~ 이렇게 뚝딱! 생생한 글쓰기를 보내오시다니!"
"선생님의 힘은 명랑성에서 발생하는구나! 깨닫게 하는 글입니다. 단박에 빠졌어요. 샘~"
"하루에 몇 번을 공유해도 좋지요. 수시로! 오밤중도 상관없어요. 애들은 다 한밤중에 보내요."

이런 선생님의 반응은 내게 큰 힘이 되었다. 처음엔 단순한 호기심으로 시작했던 글쓰기가 점점 즐거워졌다. 그때부터 글쓰기는 단순한 도전을 넘어 성찰할 수 있는 루틴이 되었다. 매일 한 편의 글을 쓰고, 선생님과 공유하면서 글쓰기는 나만의 소중한 일상처럼 여겨졌다. 20년 이상 독서와 글쓰기를 해온 국어 선생님과 글쓰기 친구가 되다니 가끔은 내가 무모한 사람인지 아니면 도전을 정말 즐기는 사람인지 헷갈릴 정도였다.

글쓰기를 이어갈 수 있었던 이유는 간단했다. 나 혼자 하지 않았기 때문이다. 글쓰기 도전을 멈추지 않게 만든 장치, 바로 '함께하는 사람'이라는 해낼 수 있는 환경 안에 있었기 때문이다. 또 한 가지는 늘 그래왔던 것처럼 '그냥 한번 해보자!'라는 단순한 도전 덕분이었다. 글쓰기는 서로 에너지를 주고받는 온기 있는 공간이 되었다. 그런데 우연치 않게 나를 글쓰기에서 책 쓰기로 이끈 또 다른 환경, 밀알샘과 만남이 이어졌다.

밀알샘은 연구년 사전교육 강연을 통해 처음 만났다. '연구년 바로 알고 시작하기, 멘토-멘티'라는 주제로 강연하던 선생님은 연구년 선배 교사로서 자신의 경험을 나눴었다. 6개월 뒤 우연히 밀알샘의 블로그에서 '100일 동안 함께 책 쓰기' 프로젝트 공지를 보게 되었다. "하루에 1페이지씩, 100일 동안 함께 씁시다. 혼자 하면 지치기 쉽지만 함께라면 가능성이 생깁니다." 이 한 문장이 내 마음을 움직였다. 그렇게 하루 한 페이지씩 쓰는 책 쓰기 모임에 참여하게 되었다. 혼자였다면 결코 책 쓰기에 도전할 수 없었을 것이다. 책 쓰기 모임은 국어 선생님과 함께하는 글쓰기 외에 지속적으로 글을 쓰는 또 하나의 '해낼 수 있는 환경'이었다. 덕분에 지금도 책 쓰기를 멈추지 않고 있다.

책 쓰기 첫날, 책상 앞에 멍하니 앉아 있었다. '내가 책을 쓴다고? 관심 분야도 정해지지 않았는데? 목차도 없고, 문법 지적을 받았던 내가 정말 가능할까?' 부정적인 목소리가 끊임없이 들려왔다. 하지만 책 쓰기 첫날이니 '일단 시작하자.'는 마음으로 손가락을 움직였다. 첫 글의 소제목으로 겨우 '그냥 하자.' 네 글자를 썼다. 그리고 지금 이 순간 느끼는 생각을 정리하며 한 글자씩 써내려갔다.

책 쓰기 모임에 하루 한 페이지 책 쓰기라는 목표를 매일 인증했다. 100일 동안 하루도 빠짐없이 쓰고 인증하는 것이 목표였다. 이런 단순한 목표는 부담 없이 글을 쓸 수 있는 용기를 갖게 했다. 지치고 힘들 때는 밀알샘과 팀원들의 응원이 큰 힘이 되었다. 책 쓰기를 혼자 했다면 지쳤을 것이다. 아니 엄두도 내지 못했을 것이다. 그러나 함께 하는 환경 속에서 책 쓰기는 멈추지 않았다.

책 쓰기 오리엔테이션에서 이렇게 다짐했다. "아무것도 하지 않으면 아무 일도 일어나지 않는다." 그리고 긍정 확언 문구도 작성했다. '100일을 함께 썼다. 12월 31일 초고가 완성되었다. 1 · 1 · 30 법칙(1일, 1개 주제, 30분 글쓰기)을 하루도 빠짐없이 지켰다. 내년 2월 저서 출간 파티를 한다.'

정말 하루도 빠짐없이 책을 썼다. 목표는 하루 1페이지였지만 어느새 2~3페이지를 쓰고 있는 나를 발견했다. 목표는 단 하나 '쓴다'였다. 긍정 확언 문구를 매일 되뇌었다. 책 쓰기가 정말 가능할까라는 의심의 잔바람에 가지는 흔들려도 '쓴다'는 단순한 행동의 뿌리는 견고하게 버티고 있었다. 책 쓰기는 내가 살아온 이야기, 만난 사람들, 생각과 고민, 그리고 내 삶의 변화와 성장이 담긴 과정을 담게 되었다. 이 과정을 통해 '솔직한 나'를 만나게 되었다.

국어선생님과의 글쓰기 공유는 어느새 7개월을 넘어섰고, 책 쓰기는 초고를 완성했다. 혼자였다면 결코 해낼 수 없었다. 글쓰기와 책 쓰기를 이어가게 한 힘은 단순히 혼자만의 노력이 아니었다. 국어 선생님, 밀알샘의 함께 '해낼 수 있는 환경'이 나를 지탱해주었다.

환경은 내가 흔들릴 때마다 안전장치처럼 작동했다. 피드백과 응원의 과정은 나를 성장시켰고 함께하는 사람들은 내가 지치지 않도록 이끌어주었다. 도전은 결국 함께할 때 지속될 수 있었다. 글쓰기와 책쓰기 도전은 실패를 두려워하지 않고 '그냥 한다.'는 행위였다.

도전하는 그 자체로 우리는 이미 충분히 가치 있다. 함께 나누는 도전의 과정은 나만의 성장이 아닌 함께 빚어내는 아름다운 결과물이다. 물론 여전히 도전하는 것이 힘겹다. 말로 다 할 수 없는 고통으로 얼룩지기도 한다. 하지만 다시 도전하는 이유는 현재 내가 선택할 수 있는 유일한 것이기 때문이다.

# 8

# 나답게 살기 위해 공부합니다

**함께 생각하며 나아가기**

1. 최근에 즐겁게 공부하고 있는 부분이 있나요?
2. 그 공부를 하는 이유는 무엇인가요?
3. 공부를 하는 즐거움은 언제 생기나요?
4. 공부를 통해서 내면의 성장이 이루어지고 있는 부분은 무엇인가요?
5. 공부를 통해서 외면의 성장이 이루어지고 있는 부분은 무엇인가요?

커리어 · 학습코칭전공 석사 과정을 마치며 학업을 끝냈다는 안도감과 함께 새로운 출발을 시작했다. 석사 졸업장은 '공부를 끝냈다'는 증표이자 코칭 공부를 더 깊게 했다는 보상과 같았다. 논문까지 작성하며 단순한 학점을 넘어 스스로를 증명했다는 만족감은 이루 말할 수 없었다. 늦은 나이에 시작한 학업을 포기하지 않고 끝까지 해냈다는 사실이 내 안에 깊은 감사함으로 남았다.

그러나 졸업식이 끝나고 시간이 지나면서 또 다른 물음이 떠올랐다. '이제 나는 어떤 길을 걸어야 할까? 공부는 여기서 끝인가?' 박사 과정에 대한 막연한 생각이 고개를 들기 시작했다. 내가 박사 과정에 진학한다고 했을 때 주변 사람들의 반응은 다양했다. "교수하려고 그러는 거야?", "곧 센터장 되겠네.", "연구소나 센터 차리면 우리도 꼭 불러줘!"라는 농담 속에서도 그들은 각자의 역할을 자처했다. "나는 홍보 잘하니까 마케팅 담당! 나는 회계 맡을게!"

아마도 많은 사람들이 나를 보며 제2의 직업을 준비하거나 은퇴 후를 대비한다고 생각했을 것이다. 그들은 나의 선택을 축하해줬지만 정작 나는 명확히 대답할 수 없었다. 결국 이렇게 얼버무리곤 했다. "그냥 공부 한 번 더 해보려고요. 공부가 제 취미 같아요."

사실 나는 공부를 진정으로 좋아하지 않는다. 아니 죽어라 공부해서 보통 수준을 유지하곤 했다. 좋아하지 않는데도 왜 박사 과정 공부를 다시 시작했을까? 그 이유는 '무엇이 나답게 사는 삶인가?'라는 질문에서 비롯되었다. 나는 특별히 좋아하는 것이 없다. 주변 사람들이 자신만의 취미로 운동, 여행, 독서, 음악 감상 등을 즐기는 모습을 보면 부러웠다. 취미도 없기 때문에 무엇을 해야 즐거운지 몰랐다. 그래서 마음속으로 '이제부터 내 취미는 공부야.'라고 단순하게 결정해 버렸다. '그렇다면 공부를 해보자. 공부하는 이유를 알지 못해도 괜찮아. 시작하다 보면 언젠가 그 이유를 알게 될 테니까.' 그렇게 나는 또 한 번 책을 펼치고 새로운 도전에 나섰다.

박사 과정에 입학하기 위해 가장 먼저 마주한 것은 학업계획서를 작성하는 일이었다. 학업계획서를 쓰면서 공부에 대한 진짜 고민이 시작되었다. 자기소개와 지원 동기, 연구 계획을 쓰는 과정에서 내 삶의 이야기를 써 내려가며 내가 왜 공부를 해야 하는지 돌아보는 시간이었다. 그 과정에서 내가 진정으로 찾고 싶었던 것은 단순한 학문적 성취가 아님을 깨달았다. 그것은 나 자신을 더 깊이 이해하는 것이었다. 상업정보 교과 교사로서의 정체성 혼란과 진로교사로의 전과, 그리고 코치로서의 삶의 방향을 재정립하는 시간이었다. 학업계획서를 다시 펼쳐보니 '정체성 혼란, 삶의 재정의, 변화와 재통합, 연결자'와 같은 키워드가 곳곳에 적혀 있다. 이것이 나를 박사 과정으로 이끈 이유였다.

석 · 박사 과정을 거치면서 가장 좋은 점은 나 자신을 더 깊이 알아가는 과정이라는 점이다. 배움이 깊어질수록 내가 원하는 삶이 무엇인지 점점 더 명확히 알게 되었다. 공부를 통해 응어리졌던 감정을 풀어내면서 공부를 멈추고 싶지 않다는 생각이 들었다.

"공부는 나를 변화시키고 나를 찾아가는 과정이다. 학습은 나의 존재를 이해하는 여정이며 내가 되어가는 과정이다. 끊임없이 변화하고 싶고 진정한 나 자신이 되기 위해 박사 과정에 지원한다."와 같이 내가 진짜 공부하는 이유는 결국 '나'를 찾기 위함이다. 오늘도 학업계획서를 다시 떠올리며 흔들리는 마음을 다잡아 본다.

공부는 내게 새로운 눈을 열어 주었다. 배움의 과정에서 내가 어떤 사람인지, 어떤 삶을 살아가고 싶은지 알아 가고 있다. 석사 과정에서 느낀 감정이 박사 과정으로 이어졌고, 내가 원하는 삶을 정의할 수 있는 힘이 되어 주고 있다. 누군가 다시 "왜 박사 공부를 하고 있나요?"라고 묻는다면 늘 똑같이 대답할 것이다. "잘 모르겠어요. 아직 이유를 찾고 있어요. 공부하면서 이유를 찾아보려고요."

물론 공부의 길은 쉽지 않다. 매주 새벽 5시에 일어나 토요일 수업을 들으며 '내가 왜 이 길을 택했을까?'라는 질문이 끊임없이 떠오른다. 아침 7시 30분에 시작하는 수업을 듣기 위해 학교로 향할 때마다 스스로에게 물었다. '공부를 포기할까?' 했지만 고민하는 순간마저도 배움의 일부라고 믿기에 내 마음의 소리에도 귀를 기울여 본다.

공부를 하면 할수록 더 나다운 삶을 살게 하고 있다. 공부를 통해 내가 진정으로 원하는 것이 무엇인지 알게 되었고, 그 삶을 선택할 수 있는 용기를 얻었다. 진로교사로서의 나, 배우는 사람으로서의 나, 그리고 도전하는 나를 발견하며 조금씩 나 자신을 완성해 가고 있다.

도전의 시작에는 항상 분명한 이유가 필요한 것은 아니다. 때로는 이유를 모르고 시작한 일이 더 큰 의미를 만들어 주기도 한다. 우리는 항상 분명한 답을 가지고 시작할 수는 없다. 때로는 잘못된 선택으로 시간을 낭비할 수도 있지만 그조차도 의미 있는 경험이 될 수 있다. 내가, 우리가 걸어가는 이 길은 스스로 만드는 길이자 나만의 이야기가 담긴 길이다.

그러니 너무 따지지 말자. 마음이 가는 대로 한 발을 내디며 보자. 걷다 보면 나무도, 꽃도, 새로운 길도, 사람도 만날 것이다. 그 만남 속에서 새로운 역사가 시작된다. 우리의 삶은 그렇게 시작되고, 연결되고, 확장된다.

# 9

# 본캐 진로교사, 부캐 옹달샘 코치

1. 당신의 본캐와 부캐에 이름을 붙여 보세요.
2. 본캐는 어떤 모습인가요? 그 의미는?
3. 부캐는 어떤 모습인가요? 그 의미는?
4. 본캐와 부캐는 어떤 상호작용을 하고 있나요?
5. 당신의 본캐와 부캐 사이에 터닝 포인트가 일어났던 순간은 언제인가요?

"어떤 진로교사가 되어야 할까?"
"학교에서 진로교사의 역할은 무엇일까?"
"진로교사가 갖추어야 할 역량은 무엇일까?"

이 질문들은 진로교사로 살아가며 늘 마음속에 자리 잡고 있는 무거운 화두다. 학생, 학부모, 교사뿐만 아니라 모든 사람이 모두 진로교육의 중요성을 강조하고 있다. 그만큼 진로교육은 우리 사회에서 빼놓을 수 없는 중요한 과제다. 그래서인지 '진로'라는 단어만 들어도 마음 한편이 무거워지고, 책임감이 한층 더 커지는 것을 느낀다.

진로를 선택하고 결정한다는 것은 어떤 의미를 가질까? 이 질문에 답을 찾기 위해 중학교 1학년 학생들에게 진로의 의미를 묻는 설문조사를 진행한 적이 있다. 솔직히 큰 기대는 없었다. 아직 어린 학생들이 진로에 대해 깊이 고민했을 거라고는 생각하지 않았기 때문이다. 하지만 학생들의 답변은 내 예상을 완전히 뒤집었다.

"진로란 그림자이다."
"진로란 앞으로 나아가는 갈림길이다."
"진로란 직업이며 꿈이다."
"진로란 나의 앞길이다."
"진로란 내가 생각하지 못한 것이다."
"진로란 삶의 방향이며, 운명이다."
"진로란 원하는 곳으로 이끌어주는 신발이다."
"진로란 흰 백지다. 왜냐하면 나의 미래를 그려나갈 수 있기 때문이다."
"진로란 파도이다."
"진로란 목표이다."
"진로란 가까운 곳에 있지만 잘 모르는 것이다."

학생들의 답변은 놀랍도록 다양하고 깊이가 있었다. 학생들이 어릴수록 진로에 대해 막연하거나 단순한 생각만을 가지고 있을 거라는 선입견을 나도 모르는 사이에 자리 잡고 있었나 보다. 그러나 학생들이 써낸 진로에 대한 자신만의 정의는 그 어떤 교과서보다 명확했고, 상상 이상으로 철학적이었다.

이 답변들을 보며 스스로에게 물었다. 진로교사로서 그토록 고민했던 질문에 이들만큼 명확히 답할 수 있을까? 대답은 '아니요.'였다. 학생들의 답변은 진로의 본질을 꿰뚫고 있었다. 이 경험은 내게 큰 가르침을 주었다. 진로교사로서의 역할이 무엇인지 다시금 생각하게 되는 순간이었다.

진로교사가 된 후 진로교육의 전문가가 되겠다는 열망으로 가득 차 있었다. 제대로 된 진로교사의 옷을 입기 위해 평일, 주말도 없이 진로와 진학 연수에 매진했다. 전문성을 갖춘 진로교사로 성장하고 싶었기 때문이다. 마치 대한민국을 대표하는 진로교사가 된 것처럼 스스로에게 큰 책임감을 기대했다. 하지만 돌이켜보면 이건 지나친 착각이었고 욕심이었다. 내가 어떻게 대한민국을 대표하는 진로교사가 될 수 있겠는가. 하지만 당시에는 내 열정의 크기만큼이나 스스로에게 거는 기대가 컸다. 혹시라도 나의 부족함 때문에 모든 진로교사가 폄하되거나 부정적인 평가를 받게 하고 싶지 않았기 때문이다. 그렇게 무엇이든 다 알고 있는 '척척박사'나 학생들에게 마법 같은 해결책을 내놓는 '요술램프' 같은 교사가 되고 싶었는지 모르겠다. 이러한 욕심은 솔직히 말하면 스스로를 향한 압박과 책임감에서 비롯된 것이었다.

그러나 열심히 배우면 배울수록 풍선에서 바람이 빠지듯 허무함은 더 커져만 갔다. 아무리 열심히 해도 허무함은 사라지지 않았다. 학생들의 변화와 성장이 지속되지 않는 것처럼 느껴졌다. 학습과 삶이 연결되지 않는 것 같았다. 진로교사인 내가 잘못하고 있는 것처럼 여겨졌다.

"왜 학생들의 변화와 성장이 지속되지 않을까?"

"왜 학생들의 학습과 삶이 연결되지 않을까?"

이 질문들은 내 안에 깊은 늪을 만들어 갔다. 그 늪 속에서 스스로를 점점 더 갉아먹으며 다른 진로교사들과 나를 비교하고 깎아내리기 일쑤였다. 내가 가진 역량과 열정으로는 채울 수 없는 공허함과 갈증이 점점 나를 잠식했다. 진로교사로 최선을 다했지만 계속되는 목마름은 결코 사라지지 않았다. 무엇인가 결정적으로 부족한 느낌이었다. 그것이 무엇인지 명확히 알 수 없어 더욱 답답했다.

이런 고민 속에서 만난 것이 바로 '코칭'이었다. 코칭은 완전히 새로운 관점을 선물했다. 단순히 결과를 내는 데 집중하던 진로교사의 역할에서 벗어나 학생들의 내면과 성장 가능성에 초점을 맞추는 새로운 교사로의 변화를 이끌었다. 코칭은 기술을 넘어 나 자신에 대한 깊은 성찰과 진로교사로서의 정체성을 다시 정의할 기회를 열어주었다. 이 경험은 내 교직 생활에서 중요한 또 한 번의 터닝 포인트가 되었다.

코칭 자격 과정을 밟은 동안 멘토 코치님은 이런 말씀을 해 주셨다. "선생님은 깊은 우물과 같아요. 물이 끊어지지 않고 샘솟는 것처럼 학생들을 사랑하고 계시는 선생님이시네요." 이 말은 내 가슴을 깊이 울리며 위로가 되었다. 그리고 다시 한 번 초심을 떠올리게 했다. '그래, 내가 교사 코치가 되려는 이유는 단 한 가지였지. 학생들과 함께하고 그들의 성장을 돕는 것이었지.' 이 순간부터 학생들을 더 제대로 지원하고 돕고 싶다는 마음이

커졌다.

'옹달샘 코치'라는 부캐를 만들었다. 부캐는 깊은 산속에서 옹달샘을 만났을 때의 설렘, 옹달샘 물을 마시고 느끼는 시원함, 그리고 다시 출발할 힘을 얻는 강력한 에너지를 상징한다. 학생들과 동료 교사들이 진정한 자신을 발견하고 성장해 나가는 과정에서 '징검다리'이자 '연결자'가 되고자 했다. 옹달샘 코치는 단순한 별명이 아니라 나의 사명과 정체성을 담은 이름이었다. 지금 본캐 진로교사와 부캐 옹달샘 코치로 살아가고 있다. 진로와 코칭이라는 두 축은 학생들에게 더 나은 지원을 제공하는 데 있어 중요한 도구가 되고 있다고 믿는다.

앞으로도 진로교사로서, 옹달샘 코치로서 이 길을 걸어갈 것이다. 그리고 힘들 때마다 다시 외쳐 본다.

'나의 사명은 다른 사람의 변화와 성장을 돕는 징검다리이자 연결자다.'

**10**

# 씨줄과 날줄로 엮기

**함께 생각하며 나아가기**

1. 다른 사람을 따라 해보고 싶은 도전이 있었나요?
2. 상대방의 어떤 모습 때문에 도전할 마음이 생겼나요?
3. 도전하면서 어떤 생각이 들었나요?
4. 당신의 모습을 따라 하는 사람이 있나요?
5. 당신은 그 사람에게 어떤 영향을 미쳤나요?

진로교사로서 걸어온 삶은 마치 씨줄과 날줄처럼 엮인 시간이었다. 씨줄은 학생들과 함께했던 경험들이라면 날줄은 교사로서 성장을 위한 배움의 시간들이었다. 이 두 가지가 엮이며 만들어진 길은 단순히 나 혼자만의 것이 아니었다. 그것은 학생들과 함께 만들어온 길이었다. 학생들이 걷는 길 위에 내가 있었고 내가 걷는 길 위에는 학생들이 있었다. 서로 엮이며 겹겹이 쌓여간 이 시간들은 학생들과 함께했던 모든 순간을 통해 내 삶에 새로운 결을 더해주었다. 우리가 함께 엮어온 이야기는 나의 삶뿐만 아니라 학생들의 삶에도 독특한 무늬를 새기고 있기를 바란다.

학생들과 함께했던 도전과 배움의 순간들은 단순히 프로그램 운영에서 그치지 않았다. 다양한 진로교육 프로그램을 통해 학생들에게 도전과 성장이 통합되는 경험을 제공하고자 노력했다. '꿈달 프로젝트, 만만한 도전 프로젝트, 나도 체인지메이커 문제해결 프로젝트, 진로주제탐구 프로젝트, 기업가정신, 강점 기반 진로학습코칭' 등 이 모든 프로그램은 학생들이 자신의 열정과 끈기를 발견하고 키워가며, 지속적으로 성장할 수 있도록 돕기 위해 진행되었다. 내가 했던 도전들은 학생들에게 전해졌고 학생들이 만들어낸 변화는 다시 나를 성장시키는 계기가 되었다.

하지만 처음부터 모든 도전이 계획적이거나 의미가 명확했던 것은 아니었다. 때로는 단순한 호기심에서 시작 되었다. 아주 사소한 것에서 출발하기도 했다. '이걸 배워서 진로수업에 적용해 보면 어떨까?', '이걸 배우면 진로상담에 도움이 되겠지?'와 같은 작은 설렘이 새로운 도전으로 이어졌다. 거창한 의미를 부여하지 않아도 괜찮았다. 그냥 주어진 것을 '한번 해 보자.'는 마음으로 배우고 실행하며 배움의 현장으로 달려갔다.

이렇게 시작된 도전의 시간들은 내게 크로노스의 시간(그저 흘러가는 시간)이 아니라 카이로스의 시간(의미 있는 순간)으로 다가왔다. 도전은 단순히 성공과 실패로 나뉘지 않았다. 그것 자체가 배움이었고 성장의 씨앗이었다.

코칭으로 학생들과 만나면서 깨달은 것은 단순하지만 강렬한 진리와 같았다. '학생들은 이미 무한한 가능성과 그 안에 해답을 가지고 있다.' 학생들의 잠재력을 믿으며 진로교사로서 내가 할 수 있는 역할을 다시 정의해야 했다. 앞으로도 나는 "타고난 재능이 없어도 거듭하다 보면 천성처럼 된다."라는 안젤라 더크워스의 말처럼 학생들 내면에 잠자고 있는 잠재력을 깨우기 위해 노력할 것이다. 학생들의 학습 경험이 삶과 연결되고 결국 '나다움'과 '되어감'의 고유한 길을 만들어 갈 수 있도록 돕고 싶다.

물론 나에게도 도전은 항상 두렵다. 실패의 그림자가 따라붙기도 하고 선택의 기로에서 망설이기도 한다. 하지만 도전은 결과와 상관없이 배움과 성장을 가져왔기에 또 다시 걸음을 시작한다. 그 성장이 너무 미세해서 당장은 알아차리지 못할 수도 있다. 그래도 언젠가 반드시 그 성장은 삶속에서 드러날 기회를 만나게 된다는 사실을 믿고 있다.

도전의 모든 과정은 결국 내 삶을 풍요롭게 하는 자원이자 원동력이 되고 있다. 도전은 내 삶에 반드시 작은 흔적을 남기고 있다. 그 흔적들은 언젠가 내 삶에서 의미 있는 길잡이가 될 것이다.

진로교사로 살아온 내 길은 전혀 특별하지 않다. 각 학교에서 학생들을 위해 헌신하며 노력하는 진로교사들은 모두 저마다의 방식으로 더 멋지고 훌륭하게 자신의 역할을 해내고 있는 중이다. 자신만의 색깔로 프로그램을 기획하고 학생들에게 더 나은 것을 제공하려는 진로교사들의 열정은 언제나 존경받아 마땅하다. 아니 이 땅의 모든 교사를 나는 존경한다. 그래서 나도 나만의 노력 속에서 작은 역할을 묵묵히 걸어갈 뿐이다.

'도전은 결코 하찮거나 쓸모없는 일이 아니다.'

모든 도전에는 성장의 씨앗이 숨어 있다. 이는 언젠가는 결실을 맺게 될 것이다. 우리가 기억해야 할 것은 우리가 하고 있는 어떤 것도 사소함이 없다는 사실이다. 매 순간의 고민과 작은 움직임이 결국 커다란 변화를 만들게 될 것이다.

진로교사가 된 이후 도전은 늘 일상 속에서 자연스럽게 찾아왔다. 그 시작은 언제나 학생, 학부모, 동료 교사, 지역사회와의 만남이었다. 만남은 나를 자극하고 새로운 방향으로 이끌었다. 일상에서 이루어지는 만남을 소홀히 하지 않는다면 도전은 늘 내 곁에 머물게 된다. 주변 사람들의 이야기에 귀 기울여 듣고 그들의 모습 속에서 닮고 싶은 점을 찾아보자. 도전은 늘 가까이에 있다.

내가 학생들과 함께 엮어온 씨줄과 날줄의 이야기는 앞으로도 계속될 것이다. 우리의 삶은 서로의 경험과 배움 속에서 엮이며 새로운 무늬를 만들어간다. 이 무늬가 학생들에게 그리고 나 자신에게 의미 있는 흔적으로 남기를 바란다. 그리고 이 글이 또 다른 누군가의 도전을 시작하게 하는 작은 발걸음이 되길 바란다.

조금 서툴러도 괜찮다. 아직 부족해도 괜찮다. 그런 나 자신을 이해하고 격려하며 다음 발걸음을 내딛는 것이 중요하다. 하나의 도전은 다음 도전의 밑바탕이 되고, 씨줄과 날줄로 엮이며 우리의 삶을 더욱 단단하게 만들어갈 것이다.

# 셀프코칭으로 나를 알아가기

Q1. 현재 자신의 모습을 꽃으로 비유해 본다면? 그 꽃의 의미는?

A1.

Q2. 자신이 원하는 모습을 꽃으로 비유해 본다면? 그 꽃의 의미는?

A2.

Q3. 현재 모습에서 원하는 모습으로 가기 위해 어떤 도전을 하고 있나요?

A3.

Q4. 그때 발휘하고 싶은 자신의 강점은 무엇인가요?

A4.

Q5. 자신의 모습 중 가장 멋졌던 모습은 무엇인가요?

A5.


Q6. 미래로 한 걸음 내딛기 위해 가장 필요한 자원은 무엇인가요?

A6.


Q7. 당신의 도전으로 어떤 변화와 성장을 이룰 수 있을까요?

A7.


Q8. 5년 후, 당신은 어떤 모습이 되어 있을 것 같나요? 꽃으로 비유해 보세요.

A8.


Q9. 그 꽃에서는 어떤 향기가 날까요?

A9.


Q10. 꽃을 피워내기 위해 오늘 당장 실천할 수 있는 작은 행동은 무엇인가요?

A10.

# 2부

# 성장하는 삶,
# 배움으로 길을 닦다

# 시작의 자리, 진학지도리더교사

**함께 생각하며 나아가기**

1. 당신은 지금 출발 지점에 서 있다. 지금 당장 출발해야 한다면 어떤 생각이 들까요?
2. 출발하기 위해 가장 필요한 한 가지는 무엇입니까?
3. 가장 필요한 한 가지는 당신에게 어떤 도움이 될까요?
4. 당신을 도와 줄 사람은 누구인가요?
5. 그 사람에게 도와 달라는 메시지를 보내본다면?

"선생님 지금 진로교사 몇 년 차죠?"

"저요? 이제 2년 차 시작했어요."

"그렇군요. 혹시 진학지도리더교사 선발 공문 봤어요? 선생님이 근무하는 지역에는 지원자가 없더라고요. 진학지도리더교사는 고등학교 진로교사가 꼭 활동해야 해요. 이번 출장 끝나고 복귀하면 바로 신청서 작성해서 제출해 보세요."

"제가요? 전 아직 아무것도 모르는데요."

"모두 그렇게 시작하는 거예요. 하면서 배우는 거죠. 꼭 신청하세요."

이 대화는 고교학점제 연수에서 만난 J고 진로선생님과 나눈 것이다. 진로교사라면 진로 · 진학 지도 능력이 중요하겠다는 생각은 했지만 막상 내가 진학지도리더교사로 활동할 자신은 없었다. 진학지도리더교사에 신청서 제출 권유는 내게 먼 이야기와 같았다. 하지만 연수가 끝난 후에도 J고 진로선생님의 말이 머릿속에서 떠나지 않았다.

신청서를 받아본 순간 확신했다. '이건 내 길이 아니야.' 진학지도는 내게 자신 없는 분야였다. 내가 근무하는 학교 학생들과 상담하며 조언하는 것과는 차원이 다른 일처럼 느껴졌다. 이런 고민을 하고 있을 때 J고 진로선생님께 또 전화가 왔다. "신청서 작성했죠? 얼른 제출하세요." 결국 선생님의 거듭된 권유에 힘입어 신청서를 제출했다. 이렇게 주변에서 등을 떠밀어주는 한마디가 도전의 출발점이 될 수도 있다.

진학지도리더교사로 선정된 후 첫 번째 역량 강화 연수에 참여하며 나는 강의 현장에 압도되었다. 연수 현장의 열기와 선생님들의 열정을 보며 스스로가 한없이 작아지는 기분이었다. 연수 현장에서 만난 진학지도리더교사들의 경력과 전문성에 또 한 번 놀랐다. 그 순간부터 내가 왜 여기에 있는지에 대한 고민이 시작되었다. 나처럼 부족한 사람이 있을 자리가 아닌 것 같아 좌불안석이었다.

'내가 여기 있을 자격이 있을까?'

'이걸 내가 과연 해낼 수 있을까?'

강사로 나선 선생님들은 매년 바뀌는 대입 정책을 꿰뚫고 있었다. 반면 나는 그들의 대화가 마치 외계어처럼 느껴졌다. 그동안 교육청과 대학에서 진행하는 진학지도 관련 연수에 여러 번 참여했지만 진학지도리더교사 연수는 차원이 달랐다. 실질적인 현장의 목소리와 세세한 설명은 도움이 되었지만 내 머릿속에 저장되지 않는다는 좌절감이 컸다. 연수 장소에 모인 선생님들은 매년 바뀌는 대입 정책을 비교·분석하며 꼼꼼히 메모하고, 학생들에게 제대로 지도하기 위해 눈을 반짝였다. 나는 수업 중 메모는커녕 이해조차 버거운 내용들로 머릿속이 혼란스러웠다. 집으로 돌아가는 길, 늘 그래 왔듯 스스로에게 묻지 않을 수 없었다. '이 선택이 맞았을까? 왜 나를 이런 상황에 밀어 넣었을까?' 그러나 이미 시작된 길이었다. 돌아갈 수도, 멈출 수도 없었다.

시간이 지나 드디어 다른 학교의 진학컨설팅에 참여할 기회가 찾아왔다. 그러나 여전히 자신이 없었다. 결국 J고 진로선생님께 도움을 청했다. 선생님은 본인이 근무하는 학교에서 운영되는 진학컨설팅 프로그램에 참관할 기회를 마련해 주셨다. 그 경험은 내게 다시 올 수 없는 큰 힘이 되었다. 현장에서 직접 배우는 경험은 책이나 연수에서 얻을 수 없는 깨달음을 가져다주었다. 그 과정에서 만난 진학지도 전문성을 갖춘 교사들은 내가 모르는 부분에서 눈을 뜨게 해 주셨다.

내가 진로교사 역할을 제대로 해내기 위해 가지고 있는 한 가지 강점은 '도움 요청하기'였다. 모르는 것을 부끄러워하지 않고 도움을 구했기에 주변 사람들은 아낌없이 지식을 나누어 주었다. 새로운 것을 시작해야 하는 과정에 혼자 있지 않았다. 함께하는 사람들의 도움과 지지가 있기에 가능했다.

만약 내 부족함과 두려움에만 초점을 맞추었다면 이 도전은 시작조차 되지 않았을 것이다. 물론 더 준비된 후에 도전할 수도 있었을 것이다. 완벽하게 준비된 후 시작한다면 더 멋지게 해낼 수도 있을 것이다. 하지만 나는 준비되지 않은 상태에서 완벽하지 않지만 부족함을 드러내며 배우는 데 집중했다.

진학지도리더교사로서의 첫 발걸음은 이후 교직 생활에 많은 영향을 미쳤다. 특히 다른 학교 선생님들과의 협력은 내 부족함을 채우는 동시에 진로진학 지도 역량을 키우는 기회가 되었다. 나는 여전히 완벽하지 않다. 그러나 변함없는 믿음이 있다. 언제든 배우기 시작할 수 있다는 자신감, 그리고 배움 속에서 성장할 수 있다는 확신이다.

나의 배움은 교직 생활의 경계를 넘어 다양한 만남과 새로운 도전으로 확장되고 있다. 배움은 단절되지 않고 끊임없이 이어지는 중이다. 나와 함께했던 사람들은 내가 성장하는 모습을 지켜보며 자연스럽게 증인이 되어 주었다. 그들의 지지와 응원은 나를 앞으로 나아가게 한다.

도전은 두려울 수 있다. 그러나 그 두려움 속에서 우리는 작은 용기를 발휘할 수 있다. 그리고 그 용기가 쌓여 어느새 새로운 나를 만들어 낸다. 오늘 내가 이룬 작은 변화와 성장이 바로 성공이다. 한 걸음 한 걸음 도전의 씨앗은 그렇게 자라난다.

나는 지금도 천천히 걸어가고 있다. 다른 사람과 비교하지 않고 내 속도에 맞춰 걸으면 충분하다. 내게 성공이란 먼 미래에 있는 무엇이 아니다.

오늘 내가 이룬 작은 성장이 바로 성공이다. 오늘 내가 변화한 모습이 성공이다. 단 1mm라도 성장했다면 이 또한 내겐 성공이다. 설령 제자리걸음을 하고 있다고 해도 성공이다. 내게 성공은 성장이고, 배움일 뿐이다.

# 12

# 선을 넘자, 진학컨설팅 홀로서기

함께 생각하며 나아가기

1. 당신은 지금 출발선을 중심으로 어디에 서 있나요? 그곳에 점을 찍어보세요.
2. 점을 찍은 출발선으로 이동해 보세요. 그곳에 서 있는 당신의 모습은 어떤가요?
3. 출발하라는 총성이 '땅' 하고 울릴 때 가장 먼저 한 행동은 무엇일까요?
4. 출발선을 넘는다는 것은 당신에게 어떤 의미인가요?
5. 출발선을 넘었다고 상상해 보세요. 어디로 가야 할까요?

"진로와 마라톤의 공통점이 뭘까요?"

새 학기의 첫 진로수업에서 종종 이렇게 질문을 던진다. 학생들은 각자의 관점에서 다양한 대답을 내놓는다.

"목적지가 있어요."

"쉽지 않아요."

"장거리예요."

"누군가와 같이 뛰어야 해요."

학생들의 답변은 항상 새롭고 흥미롭다. 나는 미소를 지으며 이렇게 답한다. "너희 말이 다 맞아. 그런데 선생님이 가장 중요하게 생각하는 공통점은 '마라톤과 진로 모두 출발선을 넘을 때 비로소 시작된다'는 거야." 학생들은 웃거나 고개를 끄덕이며 이 메시지를 받아들인다. 나는 학생들이 각자의 출발선을 넘는 시간이 되길 바라는 마음으로 이렇게 마무리한다. "자, 우리 모두 각자의 출발선을 넘자!"

우리 삶에도 출발선을 넘는 순간들이 반복적으로 찾아온다. 발등에 불이 떨어져 부랴부랴 출발선에 서기도 하고, 기회나 상황이 닥쳐야 비로소 출발선을 넘기도 한다. 때로는 원하지 않는 상황에서 어쩔 수 없이 출발선을 넘기도 한다. 하지만 출발선을 넘는 일은 생각만큼 쉽지 않다. 내게는 진학지도리더교사로서 진학컨설팅 활동을 시작했던 순간이 그러했다. 진학컨설팅 출발선을 넘기 위해 홀로 선다는 것은 큰 용기가 필요했다.

공식적으로 1년간 진학지도리더교사로 활동할 기회가 주어졌다. 그러나 진로교사 2년 차에 불과한 내가 그 역할을 감당할 수 있을지 의문이었다. 부담감은 컸고 어디서부터 시작해야 할지조차 막막했다. 연수에서 배운 내용을 실무에 어떻게 적용해야 할지 몰라 출발선 앞에서 망설이고 있었다.

진로교사로 발령받은 이후 진학 및 입시 관련 연수에 거의 빠짐없이 참여했다. 주말도, 방학도 반납하며 시간을 아낌없이 투자했다. 그러나 배운 내용을 실제로 연결하고 활용하는 방법을 몰랐다. 배우기만 하고 그것을 실질적인 진로진학컨설팅으로 적용하지 못하고 있었다.

하지만 이제는 발등에 불이 떨어졌다. 진짜 홀로서기 해야 할 때가 온 것이다. P고등학교 1학년 진로진학컨설팅을 맡게 되었다. 그때 내게는 든 든한 지원군이 있었다. 바로 나를 진학지도리더교사로 이끌어준 J고등학 교 진로부장님이었다.

"선생님, 저 좀 살려주세요! 선생님의 권유로 진학지도리더교사가 됐잖 아요. 이제 선생님께서 제가 컨설팅을 잘할 수 있도록 책임져 주셔야 해 요. 어떻게 해야 할지 모르겠어요. 1부터 100까지 다 알려주세요! 선생님 께서 가르쳐 주신다면 무엇이든 배울 마음이 있습니다." 나는 준비가 부족 하다는 불안감을 덜기 위해 의지할 수 있는 사람에게 솔직하게 도움을 요 청했다. 이것만이 내가 할 수 있는 최선이었다.

나의 간절한 요청에 선생님은 흔쾌히 도와주겠다고 하셨다. 참관 기회를 마련해 주셨고, J고등학교에서 진행된 진로진학컨설팅 현장을 직접 볼 수 있었다. 현장에서 보고 배우는 경험은 정말 색달랐다. 진학컨설팅 준비의 첫걸음은 도움을 요청하는 용기에서 시작되었다. 부족함을 솔직히 인정하 고 배우고자 하는 태도를 보였기에 새로운 배움의 문이 열릴 수 있었다.

참관을 위해서는 내가 근무하는 학교의 교감 선생님의 허락도 필요했 다. 배우려는 나의 열정을 높이 평가하신 교감 선생님께서는 흔쾌히 이틀

간의 조퇴를 허락해 주셨다. 그렇게 조퇴를 하고 J고까지 달려가 처음으로 진로진학컨설팅 현장을 6시간 넘게 직접 참관할 기회를 얻었다.

진로교사 1년 차일 때는 신규 교사라는 이유로 잘 모른다고 말해도 주위에서 이해해 주는 분위기가 있다. 하지만 2년 차가 되면 이야기가 달라진다. 진로교사 2년 차부터는 "잘 모릅니다."라는 말이 쉽게 나오지 않는다. 늘 부족함을 드러내지 않기 위해서 노력했지만 말 못 할 속앓이로 괴로웠다. 그래서 누구보다 더 많이 배우고 빠르게 전문가가 되고자 하는 욕구가 강했다.

J고등학교에서의 참관은 단순히 컨설팅 기법을 배우는 것 이상이었다. 진학컨설팅의 전체적인 환경과 운영 과정을 볼 수 있었다. 예를 들어, 진학컨설팅 강사들을 맞이하는 현관 팻말, 강사 대기실 세팅, 간식 준비, 컨설팅 교실의 배치와 시간 안내 등 모든 운영 과정을 한눈에 파악할 수 있었다. 내가 근무하는 학교에서도 1년에 다섯 번 이상 진로진학컨설팅을 운영해야 했기에 이러한 경험은 단순한 참관 이상의 벤치마킹의 기회였다.

더 나아가 J고등학교의 환경을 적용하면서 단순히 따라 하는 데 그치지 않았다. 한 단계 더 업그레이드된 방식으로 준비할 수 있었다. 현장에서 보고 배운 내용을 사진으로 찍어 기록했고, 이를 참고해 우리 학교에 맞게 변형했다. 덕분에 나는 과거에 이 업무를 여러 번 해본 사람처럼 여유롭게 일을 처리할 수 있었다. 업무 속도는 빨라졌고 준비 과정은 한결 수월해졌다.

이 과정에서 얻은 가장 큰 교훈은 '혼자 하지 않는 것'이었다. 도움을 요청하고, 다른 사람과 협력하며, 부족함을 메워가는 과정에서 비로소 성장이 가능했던 것이다. 물론 혼자 공부해서 일을 해결할 수도 있었을 것이다. 그러나 나는 스스로의 수준과 상황을 누구보다 잘 알고 있었다. 빠르게 나의 현주소를 인정했다. 다른 사람은 속일 수 있어도 나 자신만큼은 속일 수 없다. 진로교사로서의 성장은 함께하는 사람들의 지지와 협력이 있었기에 가능했고 지금도 동일하다.

출발선을 넘는 일은 두렵다. 준비가 부족하다는 불안감이 발목을 잡기도 한다. 보이지 않는 미래가 나약하게 만들기도 한다. 하지만 출발선에서 한 걸음 내딛는 것은 완벽한 준비가 아니라 '용기'였다. 진학컨설팅의 첫 발걸음은 내게 두려움과 불안을 안겨주었다. 그러나 그 두려움을 넘어 도움을 요청했을 때 배움의 문이 열렸다. 그리고 그 문 너머에는 상상하지 못한 성장의 기회가 기다리고 있었다.

도전은 완벽하지 않아도 괜찮다. 중요한 것은 그 출발선을 홀로 넘을 수 있는 용기다. 오늘도 새로운 출발선 앞에서 이렇게 외쳐본다. "선을 넘자!"

# 13

# 면접위원은 처음이라

코로나19는 교육 현장에 예상치 못한 변화를 가져왔다. 온라인 수업, 온라인 상담, 온라인 면접과 같은 형태는 불과 몇 년 전만 해도 먼 미래의 이야기처럼 느껴졌지만 우리는 갑작스러운 변화 속에서 새로운 환경에 적응해야 했다. 이러한 변화는 관내 고등학교 3학년 학생들의 진로와 진학을 지원하기 위해 마련된 별꿈터 모의 면접 페스티벌에도 큰 영향을 미쳤다.

별꿈터 모의 면접 페스티벌은 관내 고등학교 3학년 학생들의 진로와 진학을 지원하기 위해 마련된 프로그램이다. 단위 학교와 교육지원청, 지역 사회가 협력해 학생들에게 실질적인 도움을 주는 것이 목적이다. 코로나 19 이전에는 대학 캠퍼스에서 대면 방식으로 진행되던 프로그램이다. 학생들은 대학에 방문해 실제 면접과 유사한 환경에서 경험을 쌓았다. 이 과정에서 입학사정관과 협업한 교사들은 면접 기술을 배우고 역량을 키울 수 있었다. 입학사정관과 함께 진행한 모의 면접은 실전 흐름과 절차를 생생하게 익힐 수 있는 기회가 되었다.

 학교에서 자체적으로 모의 면접을 진행하며 기본적인 면접 역량을 키워왔지만 별꿈터 모의 면접에서 경험한 것은 그 이상이었다. 입학사정관과 함께 진행한 면접은 실전과 유사한 흐름과 절차를 생생히 익힐 수 있는 기회였다. 대학 관계자들이 학생들의 긴장을 풀어주기 위해 건넨 "점심은 먹었나요?", "학교는 어떻게 왔어요?" 같은 사소해 보이는 질문은 학생들에게 심리적 안정감을 주며 자신감을 높인다는 것도 내게는 큰 깨달음이었다.

 그러나 코로나19 팬데믹 이후, 대면 방식의 모의 면접은 비대면 실시간 쌍방향 온라인 면접으로 전환되었다. 온라인 면접은 준비 과정에서부터 대면 면접과는 다른 난관이 있었다. 기술적인 문제뿐만 아니라 화면 속에서도 학생들이 편안하게 면접에 임할 수 있도록 세심한 배려가 필요했다.

 나 역시 온라인 면접 위원으로 참여하며 새로운 도전에 직면했다. 화상 면접 어플 사용법을 익히고, 파트너 면접 위원과 협업하며 질문을 조율했다. 중복된 질문을 즉석에서 바꾸고 면접 후 학생들에게 적합한 피드백을 작성했다. 학생들의 표정과 태도를 관찰하며 긍정적인 점과 개선이 필요한 점을 꼼꼼히 기록하는 과정은 적지 않은 집중력을 요구했다.

　가끔 불참 학생이 생긴 여유 시간은 나에게도 학습의 기회가 되었다. 파트너 면접 위원과 노하우를 공유하며 새로운 접근 방식을 배울 수 있었다. 파트너 선생님이 자신이 개발한 질문과 준비 과정을 아낌없이 나눠주신 덕분에 나의 실력 또한 한 단계 성장할 수 있었다. 이러한 경험은 단순히 면접 기술을 넘어 교사로서의 전문성을 더욱 강화해 주었다.
　이후 나는 이러한 경험을 동료 교사들과도 나누고 싶었다. 같은 학교에서 근무하는 G 선생님에게 모의 면접 참여를 권유하며 함께 배우고 성장하자고 제안했다. G 선생님은 나보다 경력이 짧았지만 학교생활기록부 분석과 면접 문항 개발에서는 탁월한 역량을 발휘했다. 그의 철저한 준비 태도는 나에게도 자극이 되었고 경력이나 나이에 상관없이 배울 점이 있다는 사실을 다시금 깨닫게 해주었다.

　별꿈터 모의 면접은 학생들에게 자기 주도성과 실질적인 배움의 기회를 제공했으며, 교사들에게도 성장의 발판이 되었다. 학생들은 외부 면접위원의 피드백을 통해 새로운 시각과 방향성을 얻었고 교사들은 입학사정관의 면접 방식을 관찰하며 전문성을 높였다. 이러한 경험은 진학지도에 큰 전환점이 되었다.

　나 역시 이 경험을 통해 교사로서 한층 더 성장할 수 있었다. 장학사님께서 처음 모의 면접 위원 참여를 제안했을 때 스스로를 과소평가하며 망설였다. "제가 과연 할 수 있을까요? 경험이 없는데 가능할까요?"라고 되묻던 모습이 아직도 기억난다. 지금이라면 더 자신 있게 "가능합니다."라고 대답했겠지만 당시에는 도전 앞에서 망설였다. 그러나 중요한 것은 당시의 두려움이나 망설임이 아니라 그럼에도 불구하고 도전을 선택했다는 사실이다. 이 선택 덕분에 대학교 입학사정관의 면접 방식을 관찰하며 배울 수 있었다. 선배 교사와 파트너가 되어 더 편안한 분위기에서 질문하며 나만의 면접 노하우를 쌓았다. 결국 도전은 나를 새로운 경험의 장으로 이끌었고 대학교 입학사정관과 선배 교사들에게 배울 수 있는 기회를 열어주었다.

나는 가끔 스스로에게 질문을 던진다.
'도전은 당신에게 어떤 의미인가요?'
'도전하는 이유는요?'
'도전을 통해 무엇을 배웠나요?'
'도전을 통해 달라진 점은 무엇인가요?'

이 질문의 답은 상황에 따라 달라질 수 있다. 나의 상황은 계속 변하고 있고 나 자신 또한 변화와 성장을 거듭하기 때문이다. 하지만 한 가지는 분명하다. 도전은 우리의 일상 속에서 자연스럽게 일어나고 있다. 그것을 인지하고 있느냐의 차이일 뿐이다. 모든 선택의 순간이 곧 도전이며 그 선택의 주체가 바로 나 자신이라는 사실을.

여전히 나는 새로운 도전 앞에서 망설이기도 한다. 그러나 그때마다 내가 나 자신을 믿고 선택하는 순간부터 모든 것이 시작되었음을 무수히 경험했다. 나에게 도전은 곧 나를 만들어가는 과정 그 자체다. 오늘도 새로운 출발선을 넘으며 또 다른 나를 만나러 간다.

# 깡이 필요해, 코칭 전문가로 거듭나기

함께 생각하며 나아가기

1. 악착같이 버티어 오기로, 깡으로 이겨낸 상황은 언제인가요?
2. '깡'이 없었다면 어떻게 되었을까요?
3. '오기, 깡'은 나에게 어떤 의미였나요?
4. 가장 힘들었을 때 어떤 위로를 받고 싶었나요?
5. '깡'으로 이겨낸 자신에게 어떤 보상을 해주고 싶나요?

'깡'은 악착같이 버티며 나아가는 힘을 뜻한다. 내 삶을 가장 잘 설명하는 단어 중 하나가 바로 '깡'이다. 하고 싶지 않아도, 억지로라도 끝까지 힘을 다해 해내는 삶. 그것이 바로 내 이야기다. 40대 후반인 지금까지 무수히 많은 순간을 깡으로 버텨왔다. 비록 힘든 순간들이었지만 그 시간들은 내게 또 다른 길을 열어주었다. 그중에서도 진로교사 3년 차 시절 코칭 전문가가 되기 위해 겪었던 도전은 내 인생을 바꾼 중요한 사건이었다.

그 시작은 한 통의 공문이었다. 제목은 '코칭 기반 진로 전담 교사 전문가 양성 연수'였다. 공문을 읽는 순간 가슴이 뛰었다. 진로교사가 된 첫해 570시간의 신규 연수를 받았었다. 그때 들었던 2시간짜리 코칭 강의가 떠올랐다. 그 짧은 강의는 나에게 강렬한 인상을 남겼고 언젠가 제대로 배워보고 싶다는 마음을 품게 했다. 그러나 학교 업무에 치여 그 바람은 묻혀 있었다. 그러다 다시 찾아온 기회. 나는 고민할 필요도 없이 도전하기로 결심했다. 진로상담에 늘 갈증을 느끼던 나에게 이 공문은 새로운 가능성을 열어주는 열쇠처럼 보였다. 학생들에게 더 나은 도움을 줄 수 있다면 어떤 도전도 감수할 수 있다는 믿음이 있었다.

90시간의 직무 연수를 통해 코칭의 기본기를 익혔다. 그러나 코칭을 실제 진로상담에 적용하는 일은 또 다른 차원의 도전이었다. 코칭의 가치를 충분히 이해하고 있었지만 구체적으로 진로상담에서 어떻게 활용해야 할지 포인트를 잡지 못했다. 이론은 이해했지만 실전에 들어가면 한계가 여실히 드러났다. 코칭을 진로상담에 효과적으로 적용하는 일은 쉽지 않았다. 코칭에 대한 목마름은 점점 깊어졌을 때 코칭 자격증 취득이라는 목표를 세우고 본격적인 공부를 시작하게 되었다.

코칭 교육 과정은 단순하지 않았다. 매주 4시간씩 동생과 함께 배우며 피드백을 주고받았다. 이 과정은 한국코치협회(KPC)와 국제코치연맹(PCC) 자격증 취득으로 이어졌고, 무려 2년이라는 시간이 걸렸다. 새로운 것을 배우고 성장하는 과정은 분명 행복했다. 그러나 코치가 되는 길은 예상했던 것보다 훨씬 더 어려웠고 험난했다. 실습 과정은 그만큼 고통스러웠다. 피드백 시간마다 나의 부족한 점이 여실히 드러났고 자존감은 바닥을 쳤다.

 특히 자격증 취득을 위한 실기 시험을 준비하는 과정은 고통이 극에 달하는 시간이기도 했다. 여러 번 주저앉을 뻔했다. 코치님의 피드백은 가슴을 깊이 찌르는 칼날같이 느껴졌다.

 "그렇게 하면 안 돼요. 질문이 너무 길어요. 코치로서 고객의 이야기를 들으면서 다음 질문을 생각하지 마세요. 인정과 칭찬이 부족합니다. 그런 단어 사용하지 마세요. 텐션이 자꾸 떨어지고 있어요. 반영이 안 되고 있습니다. 존재와 관련된 질문을 하세요. 코치가 질문하면서 길을 잃으면 안 됩니다."
 이 말들은 나를 성장시키기 위한 조언이었다. 하지만 나는 그것을 비난으로 받아들였다. 자존심은 무너지고 날마다 마음이 깎여 나가는 느낌이었다. 피드백을 받아들이는 마음의 그릇은 너무 작았고 상처받는 것이 죽기보다 싫었다. 불편함과 힘듦을 이겨내는 것은 오직 내 몫이었다. 이러한 피드백은 코칭 기술을 배우는 데는 필수였지만 나를 점점 위축시켰다.

 그러나 그만둘 수는 없었다. 나는 깡과 오기로 실습에 몰두했다. 하루에 네 명의 실습 고객을 섭외해 꾸준히 코칭하려고 애썼다. 코칭 질문을 녹음하고 수십 번 다시 들으며 나 자신을 객관적으로 점검했다. 코칭 질문을 몇천 개 써가며 연습하기도 했다. 김현주 작가의 『세상의 모든 질문』이라는 책을 손에서 놓지 않고 그 속의 상황별 질문을 내 것으로 만들기 위해 끊임없이 읽고 연습했다. 아침 등교 생활지도 시간에도 책을 들고 다니며 틈틈이 질문을 연구했다. 가족, 동료 교사, 친구를 가리지 않고 고객 역할을 요청하며 실습으로 나를 단련시켰다.

가장 힘들었던 시기는 KPC 실기 시험을 앞둔 마지막 1주일이었다. 그 기간은 불안감이 극에 달했다. 코칭 실기 시험 준비는 새벽까지 이어지는 피드백과 고된 연습이 반복되었다. 연습 시간이 길어질수록 좌절감이 덮쳐왔다. 새벽 1시가 넘어도 내 코칭 실력은 좀처럼 나아질 기미를 보이지 않았다. '진짜 포기할까?'라는 의문이 떠나지 않았다.

마음을 다잡기 위해 매일 새벽 산행을 나섰다. 왜 코칭을 공부하고 있는지 스스로에게 답하기 위해 무작정 걸었다. 안개가 자욱한 산속은 무서웠지만 그 순간의 무서움조차 나를 멈추게 하지는 못했다. 고요한 새벽의 숲속에서 나 자신과 마주하며 하나님께 기도했다. "하나님 제가 코칭을 배우는 이유는 딱 하나입니다. 학생들과 진정성 있는 진로상담을 하고 싶습니다. 잘하고 싶은 욕심을 내려놓을 수 있도록 도와주세요. 제가 할 수 있는 것은 아무것도 없습니다. 힘과 지혜를 주세요. 끝까지 포기하지 않게 해주세요. 학생들에게 온전히 도움이 되는 코칭을 끝까지 할 수 있도록 이끌어주세요."

나는 도망칠 수 없었다. 학생들에게 진정성 있는 코칭을 하고 싶다는 간절한 마음이 나를 버티게 했다. 매일 새벽 산길을 걸으며 스스로에게 다짐했다. '끝까지 해내자. 내게 필요한 것은 완벽이 아니라 진심이다.' 코칭 자격 취득은 깡으로 버텨냈다. 완벽하지 않아도 한 걸음씩 나아가는 그 힘이 나를 앞으로 이끌었다.

코칭을 포기할 수는 없었다. '깡과 오기'로 버텼다. 그저 견디고 또 버텼다. 코칭 실기 시험이 끝났을 때 그동안의 고통과 인내의 시간이 주마등처럼 스쳐 지나갔다. 그 모든 시간 동안 오직 하나만 바라봤다. '코칭으로 함께하고 싶다.'는 간절한 마음을. 지금도 코칭 실력이 늘지 않아 좌절하고, 죽을 만큼 힘들었던 시간들이 떠오른다. 그 시간들을 떠올리며 임용고시보다 더 힘들었다고 농담처럼 말하기도 했다. 그만큼 내겐 힘겨운 도전의 시간이었고 나를 성장시킨 과정이기도 했다.

코칭 자격증을 취득한 날 나는 지난 시간을 떠올리며 마음속으로 웃고 울었다. 매일 같이 좌절했던 기억은 여전히 아프다. 하지만 코칭 실습에서 얻은 배움은 나를 진로교사로서 더 단단하게 만들었다. 깡으로 버텨낸 시간은 나를 성장시켰고 학생들에게 긍정적인 영향을 미치고 있다.

삶에서 누구나 한 번쯤은 극한의 상황을 마주한다. 그럴 때 포기하지 않고 한 걸음 더 내디딜 수 있는 힘, 그것이 바로 깡이다. 혹시 지금 당신도 힘든 도전을 하고 있는가? 그 길이 아무리 고되고 험난해도 한 가지만 명심해 보자. 중요한 것은 포기하지 않는 것이다. 깡으로 나를 믿으며 견뎌 보자. 그 견딤이 새로운 가능성으로 이끌 것이다.

## 15

# 내면의 신경전, 실패가 남긴 흔적

코칭이 시작된 지 30분 만에 고객이 코칭을 그만하고 싶다고 했다. 순간, 멍하니 책상 앞에 앉아 머릿속이 하얘졌다. "그럼 그렇지. 코칭을 제대로 한 거 맞아?", "전문 코치라면서 어떻게 고객이 코칭을 중간에 그만둘 수가 있어?" 내면의 목소리가 비아냥거리며 나를 몰아붙였다. 스스로에게 "최선을 다했어."라고 대답했지만 그 말에는 확신이 없었다. 코칭이 중단되었다는 사실은 내가 지금까지 코칭을 해 왔던 모든 순간도, 앞으로의 코칭 시간도 모두 실패처럼 느껴졌다. 실패라는 단어가 머릿속을 가득 채운 순간 나는 아무것도 생각할 수 없었다.

그날의 고객은 탈북민이었다. 고객은 한국에 입국한 지 한 달도 채 되지 않은 상태였다. 최선을 다한다는 마음으로 그분과 첫 코칭을 시작했다. 고객과 오리엔테이션을 진행했을 때 긍정적인 분위기가 느껴졌고, 자신에 대해 알고 싶다는 그의 열망도 분명히 느꼈다. 그래서 첫 코칭이 잘될 것이라고 기대했다. 하지만 코칭은 예상과 다르게 흘러갔다.

코칭을 시작한 지 30분쯤 지났을 때 고객의 반응이 어딘가 불편하다는 것을 느꼈다. 용기를 내어 "고객님, 혹시 제가 느낀 것을 나눠도 될까요? 고객님이 지금 코칭받으시면서 불편함을 느끼고 계시는 거 같아요. 고객님의 생각은 어떠세요?"라고 물었다. 그제야 고객은 꾹 참았던 말을 쏟아냈다. "세상에 막 태어난 아기가 어떻게 말과 생각을 줄줄 할 수 있겠어요? 저는 지금 아기예요. 그런데 저에게 '어떻게 생각하나요?', '무슨 감정이 드나요?'라고 물으시면, 저는 대답할 수 없어요."

그분이 쏟아내는 말에 머리가 띵했다. 그는 정체성의 혼란과 두려움 속에서 자신이 누구인지조차 확신하지 못한 상태로 코칭을 받고 있었다. 한국이라는 낯선 곳에서 두려움과 의심뿐이라고 했다. 그런데도 나는 그의 현재 상태를 충분히 고려하지 못했다. 고객의 마음 상태를 헤아리지 못하고 코칭하는 것에 집중했다. 코치인 내가 생각했을 때 고객에게 도움이 될 것이라고 생각하는 질문을 던지며 오히려 고객의 혼란을 가중시켰다.

코칭을 더 이상 진행할 수가 없었다. "고객님 그럼 지금 가장 원하는 것이 무엇인가요?"라고 물었다. 그분은 진로 관련 검사를 통해서 자신이 누구인지 알고 싶다고 했다. 자신이 무엇을 좋아하는지 알고 싶고, 흥미와 적성을 찾고 싶다고 했다. 고객은 누구의 말도 아닌 정확한 검사 데이터를 기반으로 자신을 이해하고 싶다고 했다. 고객이 진정으로 원하는 것을 있는 그대로 받아들였다. 이후 코칭을 중단하고 그분이 원하는 진로 컨설팅을 받을 수 있도록 안내했다.

이 경험은 내게 충격적이었다. 코칭을 배운 후 코칭을 완벽하게 하지는 못했어도 중간에 그만둔 적은 없다. 이번 코칭의 실패는 내게 치명적인 실패 경험으로 낙인찍힐 위기의 순간이었다. 다른 사람에게는 부끄러워 말하지도 못했다. 평가의 잣대를 스스로에게 들이대며 괴로워했다. 머릿속에서는 실패라는 단어가 맴돌았다. 내 코칭 실력에 대한 회의감이 깊어졌고 실패에 대한 부정적인 감정이 나를 짓눌렀다.

내면 깊은 곳에서 울려 나오는 목소리가 불쑥 말을 걸었다. "어…. 제대로 하려고 했는데…." 대답은 했지만 내 스스로도 확신이 없었다. 코칭이 중간에 중단된 것은 분명한 실패였다. 실패했다고 느낀 순간 다른 것을 생각할 여유조차 없었다. 코칭이 끝까지 이어지지 못하고 중간에 멈췄다는 사실은 내게 큰 좌절과 절망감을 안겼다. 실패라는 단어만 가슴에 남게 되었다. 내 능력에 대한 회의감이 깊어졌다. 실패에 대한 부정적인 감정이 내 마음을 짓눌렀다.

코칭이 중단된 이후, 좌절과 절망 속에서 자책이 이어졌다.

"역시 코칭을 잘 못하는구나. 뭐가 잘못된 거 아냐?"
"코칭 자격증만 있으면 뭐해. 진짜 코칭은 실전인데."
"이래서 전문 코치라고 할 수 있겠어?"
"잘 따져봐. 뭘 잘 못했는지…. 무슨 실수를 했는지…."

내면의 평가적인 목소리는 나를 매몰차게 몰아붙인다. 마음속의 부정적인 목소리는 당황하는 내게 쐐기를 박는 소리를 하고야 만다. '코칭 다시 할 수 있겠어?', 누가 너한테 코칭받으려고 하겠어?'라고. 내면의 평가적인 목소리에 나는 무너지고 말았다. 뭐가 잘못됐을까. 어떤 지점에서부터 꼬인 걸까. 내 잘못이 아니지 않나. 배운 것을 제대로 적용했을 뿐인데 고객이 마음의 문을 열지 않은 게 아닐까. 변명과 핑계, 외면과 회피를 하고 싶어졌다. 코칭에서 가장 중요한 것은 고객과의 신뢰와 공감임을 알고 있지만 실제로 이를 실행하지 못했다는 사실이 나를 괴롭혔다. 실패를 정당화하려는 핑계와 스스로를 비난하는 감정이 뒤엉켰다.

티머시 골웨이의 이너게임 이론에 따르면 인간 내면에는 두 가지 마음이 존재한다고 한다. 하나는 지시하고 평가하며 통제하려는 셀프 1, 다른 하나는 이야기를 듣고 잠재력을 가진 셀프 2다. 코칭 실패 경험에서 나의 셀프 1은 셀프 2를 완전히 억눌렀다. 셀프 1은 실패를 감당하지 못하고 스스로를 끝없이 평가하며 채찍질했다. 그 과정에서 셀프 2는 숨통이 조여드는 듯 좌절했고, 내 마음은 마치 지하 깊숙한 곳으로 추락한 것처럼 느껴졌다. 셀프 1은 나를 끝없이 비판했다. 이로 인해 나는 점점 자신감을 잃고 마음의 문을 닫아갔다.

그런데 두 번째 코칭 실패는 S대 학생과의 코칭에서 연이어 발생했다. 탈북민과의 코칭 실패로 긴장과 조심스러움이 가득했다. 똑같은 실수를 반복하지 않기 위해 더 세심하고 조심스럽게 코칭을 진행하려고 했다. 하지만 결과는 비슷했다. 학생과 코칭하기 전 사전 오리엔테이션도 잘 마쳤다. 너무 섣부르게 학생의 마음을 알아차렸다고 착각했던 것이 문제였다. 모든 것이 순리대로 잘 진행되는 것처럼 느껴졌다. 1회기 코칭을 잘 마치기만 하면 됐다. 그러나 S대 학생과의 코칭도 40여 분 만에 중단되었고, 나는 이틀 연속 쓰라린 실패를 맛보게 되었다.

이틀 연속 실패를 경험한 나는 완전히 무너졌다. 코칭이 끝난 후 학생의 마음 상태가 계속 신경 쓰여 몇 시간 뒤 문자를 보냈지만 불편한 마음은 가시지 않았다. 이틀 연속된 코칭 실패는 나에게 큰 상처로 남았다. '무엇이 잘못되었을까?', '코칭이라는 과정에서 내가 부족했던 점은 무엇이었을까?' 잘못된 점, 부족했던 점에 대한 질문들만 계속해서 떠올랐다.

두 번의 코칭 중단 경험은 깊은 상처로 남았다. 분명히 나는 코칭을 했던 순간에 코치로서 진심으로 최선을 다하려고 애썼다. 그러나 결과는 실패로 이어졌다. 이 경험은 나에 대한 신뢰감과 자신감을 무너뜨렸다. 평소에도 코칭이 잘되지 않는다는 막연한 고민이 있었는데 이 사건을 통해 고민은 현실이 되었고 마음속에 큰 파장이 일었다.

코칭이 실패했다는 생각은 나를 끝없는 고통으로 몰아넣었다. 다른 사람들에게는 실패를 통해 배웠다고 포장해서 말했지만 정작 내 안에서는 그 순간이 계속 떠올랐다. 스스로 실패라는 낙인은 여전히 지워지지 않았다. 나는 스스로에게 물었다. '이 상처를 핑계 삼아 코칭을 멈춰야 할까?' 마음속 신경전은 오랜 시간 지속되었고 우울감은 깊어졌다. 코칭을 다시 시도하려고 하면 두려움이 엄습했다. 무엇이 잘못되었는지 알 수 없는 혼란 속에서 자꾸만 자신감이 사라졌다.

하지만 여기서 멈출 수 없었다. 내가 코칭을 배운 이유는 학생들에게 진정성 있는 도움을 주고 싶어서였다. 이 간절함이 무너지려는 나를 붙잡았다. 나는 마음의 신경전에서 벗어나기 위해 다른 코치의 도움을 받기로 했다. 코칭 이슈는 '자신감을 회복하고, 코치로서의 마음가짐 재정립하기'였다. 실패 경험에서 벗어나고 싶었다. 다시 회복하고 코칭을 제대로 해내고 싶은 마음이 간절했기에 스스로 코칭 받기를 선택한 것이다. 코칭을 받고 나서야 비로소 나의 내면에 자리 잡은 평가와 자책의 목소리가 줄어들기 시작했다. 실패했던 그 자리에서 성장하려는 목소리에 귀를 기울일 수 있었다.

코칭을 받은 후 나는 새로운 실천을 시작했다. '한걸음 코칭 성장 일기'를 작성하며 매일 나를 응원하기로 한 것이다.
"오늘 코칭에서 발휘된 나의 강점은?"
"가장 잘한 부분은 무엇인가?"
"배운 점과 성장할 점은?"

이 질문들로 나 자신을 점검하며 셀프 1(비난하는 목소리)을 셀프 2(가능성을 믿는 목소리)로 전환하기 위해 셀프코칭을 해 나갔다. 시간은 조금 걸렸지만 이 과정을 통해 나는 내면의 평화를 되찾고 자신감을 회복했다. 셀프코칭을 시작하기 전에는 늘 나를 평가하며 비판적인 기준을 들이 댔다. '왜 그것밖에 못해?', '경청은 제대로 하고 있는 거야?', '질문이 왜 그래?'라는 목소리가 나를 끊임없이 할퀴고 있었다. 그러나 '한걸음 코칭 성장 일기'를 통해 나의 내면을 다시 들여다보며 성장의 과정으로 나아갔다. 셀프 1의 부정적인 목소리가 아닌 셀프 2의 잠재력과 가능성을 깨닫게 된 순간 비로소 마음의 평화를 되찾을 수 있었다. 하지만 쉽지 않다. 계속 셀프 2의 목소리에 집중하려고 노력중이다.

탈북민과 S대 학생과의 코칭 실패는 여전히 나에게 뚜렷한 실패 흔적으로 남아 있다. 그러나 이 경험은 단순히 나를 좌절시키는 것이 아니라 나를 더 나은 코치로 성장시키기 위한 배움의 기회로 삼고 있다. 실패를 통해 코칭에 대해 더 깊이 이해하게 되었고 나의 부족함을 받아들이는 법을 배웠다.

실패는 내게 아픔을 남겼지만 그 흔적은 나를 배움과 성장으로 이끈다. 실패는 아팠다. 하지만 그 실패 덕분에 코칭을 받고, 다시 코칭을 하면서 성장 중에 있다. 솔직한 마음은 할 수만 있다면 실패를 피하고 싶다. 그런데 실패를 언제나 피할 수 있을까. 진로수업 시간에 학생들과 나누었던 실패 경험 활동이 떠오른다. 학생들이 내렸던 실패에 대한 정의가 나를 위로했다.

'실패는 길이다. 실패 → 실패 → 실패 → 실패 → 실패 → 실패 → 성공'
'실패는 공부다.'
'실패는 배움터다.'

# 16

# 논문을 써야 하는 이유

1. 내가 반드시 해야 한다고 느끼는 가장 중요한 일은 무엇인가요?
2. 그 일을 통해서 다른 사람들에게 어떤 기여를 하게 될까요?
3. 그 일로 내가 얻을 수 있는 가장 큰 만족감은 무엇인가요?
4. 내가 그것을 하지 않았을 때 어떤 후회를 하게 될까요?
5. 그 일을 통해 전달하고 싶은 메시지는 무엇인가요?

코칭 컨페스티벌이 대한상공회의소에서 열렸다. 연구년 덕분에 평일에 열리는 이 행사에 참여할 수 있었다. 다양한 코칭 프로그램을 체험하며 스스로를 되돌아보는 소중한 기회였다. 부스 체험은 기대했던 것보다 적었지만 현장에서 개막식도 참석했다. 특히 저자와 직접 만날 수 있는 '저자와의 만남'은 뜻깊은 시간이었다.

점심을 간단히 해결하고 오후 강의를 기다리던 중 예상치 못한 일이 벌어졌다. L 코치님이 갑자기 나를 찾아 온 것이다.

"코치님, 누가 코치님을 찾아왔어요."

"저를요? 대체 누가 저를 찾아왔을까요?"

"얼른 부스로 가요. 코치님 논문을 보고 찾아온 분이 계세요."

믿기지 않는 상황에 나는 계속 "정말 저를요?"라는 말을 반복했다. 설렘과 기대가 교차하는 마음으로 L 코치님과 함께 숭실대 커리어학습코칭학과 체험 부스로 향했다. '정말 내 논문을 보고 나를 찾아왔다고? 과연 어떤 분일까?'라는 생각이 머릿속을 스쳤다. 부스에 도착하자 한 젊은 코치님이 기다리고 있었다. 순간 모든 의심이 사라지고 내가 쓴 논문을 보고 나를 찾아 온 그 한 사람과 마주하게 되었다.

"여기 조금 복잡하니 라운지로 이동해서 이야기 나누는 게 어떨까요?"라는 내 제안에 코치님도 동의했다. 우리는 조용한 자리로 걸음을 옮겼다. 걸음을 옮기는 동안 가슴이 두근거렸다. '내 논문이 정말 이 코치님에게 의미가 있었을까?'라는 생각에 기대감이 차올랐다.

자리에 앉자마자 코치님은 내 논문을 발견한 계기와 그것이 자신의 코칭 강의에 큰 도움이 된 계기를 이야기해 줬다. 특히 교사를 대상으로 한 코칭 연구가 드물어 아쉬움을 느끼던 중 내가 쓴 「진로전담교사의 코칭을 적용한 진로상담 경험 탐색」 논문을 발견했을 때 얼마나 반가웠는지 모른다며 고마운 마음을 전해 줬다. "코칭의 중요성을 아무리 강의에서 말해도 사람들을 설득하기 어려웠어요. 그런데 선생님의 논문을 인용하면서 강의의 신뢰도가 크게 높아졌습니다. 정말 감사합니다."

코치님의 진심 어린 말에 내 마음은 뭉클해졌다. 논문을 쓰는 동안 힘들었던 순간들이 떠올랐다. 내가 쓴 논문이 누군가에게 실제로 도움이 되고 있다는 사실이 큰 위로와 보람으로 다가왔다. 나도 코치님께 논문을 쓰게 된 이유를 담담하게 전했다. "논문을 쓰는 과정이 정말 힘들었어요. 하지만 쓰는 내내 단 한 사람에게라도 제 논문이 도움이 된다면 좋겠다고 생각했어요. 그리고 교육청에서도 이 논문이 근거가 되어 교사 대상 코칭 연수가 지속적으로 열려 선생님들의 역량 강화에 기여했으면 좋겠다는 소망도 품고 있었습니다. 코치님께서 제게 용기를 주신 그 단 한 분이 되어 주셔서 정말 감사합니다. 코치님 덕분에 논문 쓰길 잘했다는 생각을 처음 하게 되었어요. 벽돌 한 장을 쌓는 마음으로 연구했지만 코치님 덕분에 그 노력이 빛을 본 것 같아요." 코치님은 내 고백에 미소 지으며 고개를 끄덕였다. 우리는 서로의 이야기를 나누며 코칭과 진로상담의 만남이 가져다준 가능성에 대해 깊이 공감했다.

「진로전담교사의 코칭을 적용한 진로상담 경험 탐색」 논문을 쓰기 위해 9명의 진로교사를 인터뷰했다. 인터뷰를 통해 진로상담에서 공통적으로 겪는 어려움을 직접 들을 수 있었다. 나만의 고민이라 생각했던 지점들이 다른 진로교사들에게도 동일하게 느껴진다는 사실은 위로가 되기도 했고 이를 해결할 방법을 고민하게 만드는 계기가 되었다. 진로상담은 단순한 정보 제공을 넘어 학생의 성장을 돕는 중요한 과정이다. 하지만 인터뷰를 통해 드러난 현실은 생각보다 복잡했다.

한 진로교사는 이렇게 말했다.
"우리 학교 학생들은 자신의 목표가 뚜렷한 경우가 많아요. 그래서 진로상담에서는 자신이 원하는 정보를 얻고 나면 더 이상 상담을 이어가려 하지 않는 경우가 많았어요. 보통은 제가 계속 컨설턴트 역할을 하며 정보를 제공했죠. 학생들은 솔루션만 원했고, 저는 그 정보를 족집게처럼 명확히 제공해야 유능한 진로교사로 보여야 할 것 같은 부담을 느꼈어요. 그러다 보니 '진로교사는 도대체 어떤 사람이어야 하지?'라는 고민이 점점 커졌고 점점 자신이 없어졌습니다."

또 다른 진로교사는 자신의 경험을 이렇게 털어놨다.

"진로상담에서 주로 '왜'라는 질문으로 시작했어요. 학생에게 문제를 계속 파고드는 방식이었죠. 상담을 하다 보면 문제에만 집중하게 되고, 그 순간의 문제를 해결하는 데 급급했어요. 결국 깊이 있는 상담보다는 임시방편처럼 느껴졌습니다. 상담을 마친 후에도 '그냥 고여 있는 물을 잠시 퍼다 쓰는 느낌이었다.'는 생각이 자주 들었어요."

이들의 이야기는 진로상담에서 겪는 현실적 고민과 한계를 여실히 보여주었다. 상담에 대한 부담, 학생들의 요구와 교사의 역할에 대한 고민, 문제 해결에만 집중하는 상담 방식의 한계 등이 반복적으로 드러났다. 이런 경험들은 진로교사의 역할을 재정의하고 상담 방식에 변화를 모색해야 한다는 필요성을 다시금 느끼게 했다.

인터뷰 과정에서 진로상담에 대한 부담감을 느꼈던 진로교사들이 코칭을 배우고 난 후 학생에 대한 시각과 진로상담 방식에서 큰 변화를 경험한 내용을 고스란히 들을 수 있었다. 특히 코칭이 진로상담에 새로운 가능성을 열어줬다는 점에서 논문 작성의 의미를 되새기게 되었다. 다음은 인터뷰에서 인상 깊었던 이야기다.

"유레카였죠. 유레카! 나의 갈 길은 이 길이다. 무엇보다 나의 삶과 진로 상담에 대한 전환점이 됐고, 스스로 질문해 볼 수 있는 정말 좋은 기회였죠. 진로상담에서 내가 알고 있는 이야기를 하면 안 되겠구나. 학생들이 이야기하고 생각할 수 있는 질문들을 해야 되겠구나. 진로상담에 코칭을 꼭 적용해야지. 제 인생에서 두 번째 겪은 '패러다임의 전환'이었어요. 상담 내용은 기존과 비슷한데 코칭을 적용한 진로상담에서는 '학생이 왜 이것에 관심을 두게 되었을까?'를 먼저 생각하게 되었어요. 관심을 두게 된 계기는 무엇이었을까를 질문하고 시작하는 것이 달라진 점이에요."

연구를 통해 코칭이 진로교사들에게도, 학생들에게도 얼마나 큰 변화를 가져다줄 수 있는지 보여줬다. 과거에는 학생에게 정보를 제공하거나 답을 제시하는 역할에 집중했다면 코칭을 접한 후에는 학생이 스스로 답을 찾아갈 수 있도록 돕는 방식으로 전환되었다.

논문을 쓰는 과정은 쉽지 않았다. 하지만 단 한 사람이 내 논문을 보고 나를 찾아와 주었을 때 그 모든 노력이 보람으로 바뀌었다. 연구는 단지 학문적 결과물이 아니라 누군가에게 영향을 미치고 연결을 만드는 도구였다.

이번 만남은 나에게 중요한 깨달음을 주었다. 도전은 그 순간에는 고통스럽지만 그 결과는 예상치 못한 방식으로 나를 찾아온다는 것이다. 논문을 썼기에 이 만남이 가능했고 이 만남은 나를 새롭게 시작할 수 있는 용기를 줬다.

어제 받았던 동기 진로교사의 메시지는 다시 내 가슴을 설레게 한다. "어제도 학교 선생님이랑 저녁 먹으면서 코칭 이야기했어요. 선생님은 진짜 저를 살렸어요. 매일 매일 진로상담이 힐링이고 행복이에요." 함께 코칭 공부를 했던 동기 진로교사에게 받은 메시지는 다시 나를 춤추게 만든다. 코칭 배우기 참 잘했다는 생각이 든다.

논문 쓰기의 도전은 또 하나의 한계를 넘어서게 했다. 그리고 새로운 만남으로 연결되었다. 이거면 됐다. '도전의 끝에는 늘 새로운 시작이 기다린다.' 나는 이 깨달음을 마음에 새기며 앞으로도 도전을 이어가고자 한다.

# 교사연구년, 학습을 넘어 연구로

**함께 생각하며 나아가기**

1. 도전 후 합격 결과를 기다린 적이 있나요?
2. 결과를 기다릴 때 느낀 감정은 무엇인가요? 이 감정을 한 단어로 표현해 본다면?
3. 도전을 통해 가장 자랑스러웠던 점은 무엇인가요?
4. 도전 과정을 통해 배운 가장 큰 교훈은 무엇인가요?
5. 도전할 때 가장 듣고 싶었던 말은 무엇인가요?

어느 금요일 오후, 퇴근 직전에 학교 메신저로 메시지 한 통이 도착했다. "교사연구년 선발 공문을 공람했습니다. 관심 있으신 분은 참고하세요."

드디어 소문으로만 들었던 연구년 선발 공문이 왔다. 설레는 마음으로 첨부 파일을 다운로드 받아 퇴근 후 집에서 열어보았다. 그러나 설렘도 잠시, 첨부된 17페이지짜리 계획서를 확인한 순간 머릿속이 복잡했다. 계획

서를 작성해야 할 분량과 선발 기준을 보며 자신감이 급격히 떨어졌다. '시도조차 하지 말까?'

제출 마감까지 열흘도 남지 않은 상황에서 고민만 하고 있을 시간은 없었다. 연구년 서류 제출 목록을 보며 합격 가능성이 낮음을 직감했다. 그렇다고 포기하기엔 아쉬웠다. '도전하지 않으면 얻는 것도 없다. 시작만이라도 해보자.' 스스로를 다독이며 계획서 작성에 첫발을 내디뎠다.

연구년 도전은 선배 교사와의 통화에서 시작되었다. 진로진학상담교사 1정 자격 연수 때 만났던 선배 교사에게 도움을 요청하자 흔쾌히 구체적인 팁과 조언을 아끼지 않으셨다. "연구년 계획서에 자신만의 이야기를 담아보세요. 자신의 경험과 열정을 녹여내 보세요." 이 조언은 계획서를 작성하는 데 큰 방향성을 제시했다.

사실 나는 '따라쟁이'라는 별명을 가질 만큼 열정 있는 사람들을 자꾸 따라 하며 배우고 성장해 왔다. 다른 사람들이 하는 좋은 것들을 자꾸 따라 하고 싶은 마음이 언제나 일어난다. 이번 도전 역시 그런 본능에서 시작되었다. 열정 있는 사람들을 따라가다 보면 나 역시 성장하고 있음을 느꼈다. 비록 시작은 어설프더라도 시간이 지나면 그것이 나만의 색깔로 자리 잡는 순간이 찾아온다. 연구년 도전도 그렇게 시작되었다.

내가 다른 사람을 따라 하는 이유는 그 사람처럼 되고 싶어서가 아니다. 열정 있는 사람을 따라 하다 보면 내가 성장하고 있음을 느낄 수 있기 때문이다. 시작은 어설퍼도 계속 따라 하다 보면 어느 순간 그것이 내 옷처럼 자연스러워지는 순간이 찾아온다. 그 모습은 이제 나의 것이 되고, 내가 가진 색깔은 또 다른 사람을 새로운 모양으로 물들이기도 한다. 그렇게 우리는 서로에게 물들며 함께 성장하는 것이 아닐까. 연구년의 도전도 그렇게 시작되었다.

주제 선정부터 작성 과정까지 막막했지만 답은 의외로 가까운 곳에 있었다. 최근 몇 년간 가장 많은 관심과 열정을 쏟아온 '코칭'이 바로 그것이었다. 코칭을 진로상담에 접목해 학생들에게 더 나은 지원을 하고 싶다는 확신이 있었기에 자연스럽게 연구 주제를 설정할 수 있었다.

연구년 서류는 에세이 2장과 연구 계획서 15장으로 구성되었다. 에세이는 단순히 화려한 교직 경력을 나열하는 것이 아니라 교직관과 교직 철학을 담아 자신의 삶을 이야기하는 글이었다. 서류를 작성하며 지나온 교직의 삶을 돌아보게 되었다. 그리고 앞으로의 방향을 새롭게 정리하는 과정은 나에게 너무나 소중한 시간이었다. 어떤 삶의 태도와 관점으로 교사의 역할을 수행해 왔는지를 진솔하게 풀어내려고 노력했다.

만약 연구년에 도전하지 않았다면 남은 교직 기간에도 아마 열심히만 살아갔을 것이다. 물론 열심히 살아가는 것은 나쁜 것이 아니다. 하지만 연구년에 도전하면서 나에게는 '정리와 다시'라는 중요한 시간이 생겼다. 에세이를 작성하면서 지나온 교직의 삶을 돌아보며 의미를 찾고 앞으로 살아갈 교사로서의 삶을 새롭게 시작할 기회였다. 연구년 도전을 위한 서류 작성 자체만으로도 내게 도움이 되었다. 그래서 동료 교사들에게도 연구년에 도전해 보라고 서슴없이 권하곤 한다. 연구년에 도전함으로써 교직 경험을 정리하고, 그 과정을 통해 다시 새로운 시작의 문이 열린다는 것을 경험했기 때문이다.

연구년이 시작된 3월 2일, 출근하지 않아도 되는 첫날이자 공식적으로 학습과 연구가 시작되는 날이었다. 연구년은 개인적으로도 교사로서의 삶에 있어서도 큰 전환점을 의미하는 시간이었다.

가장 큰 축복은 함께 배우고 성장할 학습 친구들을 만난 것이었다. 그 중 단연코 가장 귀한 인연은 연구년 공동연구 1-9분임의 7명의 선생님들이다. 7명의 선생님들과 '에듀테크를 활용한 자기 주도적 진로탐색 방안'이라는 주제로 1년 동안 연구 활동을 이어간 시간은 특별했다. 이 과정에서 선생님들과 깊은 교류를 나누며 함께 성장할 수 있었다.

연구년 동안 무엇보다도 독서 시간이 크게 늘어났고, 코칭 관련 프로그램에도 마음껏 참여할 수 있었다. 이 외에도 코칭 연구 세미나, 저경력 진로교사와의 학습공동체 모임, 학회 학술대회 및 컨퍼런스 참석, 코칭 실습을 통한 코칭 역량 강화, ILC(International Lifestyle Coach) 자격 인증 과정 이수, 강점 컨퍼런스 참석, 코치 인터뷰, 코칭 독서 모임, 코칭 연구 모임 등 다양한 활동을 통해 '코칭 기반 진로상담을 위한 질문 개발 연구' 결과 보고서를 완성했다. 또한 '연구년 참여 교사의 학습경험 과정에 관한 근거이론 연구'라는 주제로 소논문을 작성하기 시작했고 최종적으로 논문 게재까지 마칠 수 있었다.

학술지 게재 논문 인터뷰를 진행하면서 9명의 교사와 귀한 인연도 맺었다. 인터뷰 과정에서 각자의 삶을 들여다보며 많은 배움을 얻을 수 있었다. 덕분에 남은 교직 기간을 어떻게 보내야 할 것인가에 대한 통찰도 얻게 되었다. 이 시간을 통해 인터뷰에 참여했던 2명의 선생님과는 특별한 인연으로 이어져 현재 함께 글쓰기와 책 쓰기를 진행하고 있다. 한 인터뷰 참여 교사가 연구년 동안 기록을 남기지 못한 것이 아쉽다고 했던 이야기를 계기로 블로그에 '연구년 200일의 여정'이라는 이름으로 기록을 마쳤다. 이 기록은 단순한 일지가 아닌 배움과 성장을 증명하는 소중한 발자국이 되었다.

연구년은 내게 특별한 학습과 연구의 시간이었다. 평소 도전할 엄두를 내지 못했던 다양한 배움의 장소로 달려갈 수 있는 기회였다. 제한적인 환경 안에서도 자유롭게 배움을 이어갈 수 있다는 점이 무엇보다 좋았다. 배움을 넘어 나눔이 있었고 이 배움과 연구가 실제 현장에서 어떻게 적용해야 하는가에 대한 과제만 남았다.

가장 큰 배움은 도전을 대하는 마음가짐이었다. '누군가에게 반드시 인정받으려 하지 않아도 괜찮다. 진심에서 우러나와 하고 싶은 일을 하는 것, 그것이 나를 나답게 만든다.' 연구년은 내가 '나다움'을 찾아가는 과정이었다. 이제 나는 마음이 움직일 때 과감히 도전하고, 필요하면 내려놓을 줄도 아는 자유로움을 얻었다.

연구년은 끝났지만 그 여정은 내게 또 다른 시작을 열어주었다. 나의 연구 결과가 진로상담 현장에서 더 널리 활용되기를 바라며 앞으로도 배움과 나눔의 발걸음을 멈추지 않을 것이다.

도전은 결과가 아니라 과정이다. 시작하는 용기, 배우는 즐거움, 그리고 성장하는 나를 발견하는 것. 연구년은 내게 이 모든 것을 선물했다.

# 복사와 붙여넣기, 학습코칭 워크북

## 함께 생각하며 나아가기

1. 최근에 '한번 해볼까?'라는 마음을 먹은 적은 언제인가요?
2. '한번 해볼까?'라는 마음은 어떻게 움직였는가요?
3. 한번 해봤다는 것은 당신에게 어떤 의미였나요?
4. 다른 사람의 모습 중 복사해서 자신에게 붙여넣기 하고 싶은 부분은?
5. 붙여넣기 했을 때 어떤 일이 일어날까요?

인생에서 가장 귀한 축복 중 하나는 '만남'일 것이다. 어떤 만남은 계획된 우연처럼 찾아와 우리의 삶을 바꿔놓는다. 나에게도 그런 만남이 있었다. 나를 전문 코치의 길로 이끌어준 잔디밭 코치님이 바로 그 주인공이다.

잔디밭 코치님은 15년 이상의 코칭 경험과 풍부한 자료를 가진 보물창고 같은 분이었다. 코치님은 늘 진로 코칭, 멘탈 코칭, 학습 코칭 등 다양한 분야의 자료를 아낌없이 나누어 주셨다. 초보 코치였던 나는 코치님의 자료가 마치 자판기를 누르면 끝없이 나오는 음료처럼 느껴졌다. 그 모든 것을 내 것으로 만들고 싶었다. 마치 그대로 복사해서 내 안에 붙여넣고 싶을 정도였다.

어느 날, 코치님이 고등학교에서 진로 멘탈 코칭 프로그램을 운영하며 사용했던 자료를 공유해 주셨다. 그 자료를 보는 순간 나도 학교 현장에서 활용할 수 있는 학습 코칭 워크북을 만들어 보고 싶다는 생각이 들었다. 학생들에게 더 직접적인 도움을 주기 위해 내가 코칭 실력을 갖추는 것이 필요하다는 결론에 도달했다. 그리고 그 생각은 곧 행동으로 이어졌다.

"코치님, 저도 학교에서 사용할 수 있는 학습 코칭 워크북을 만들어 보고 싶습니다." 내 말에 코치님은 기꺼이 함께하겠다고 응답했고 우리는 곧장 워크북 개발에 착수했다. 코치님의 긍정적인 에너지와 아낌없는 지원은 나에게 큰 용기와 동기가 되었다. 나, 잔디밭 코치님, 그리고 동기 선생님까지 세 명이 팀을 이뤘다. 코치님은 이미 학습 코칭 워크북 자료를 보유하고 있었고, 우리는 그 자료를 기반으로 학교 현장의 필요에 맞는 프로그램을 구체화했다. 우리는 각자의 프로그램 아이디어와 관점을 정리해 추가적으로 발전시키기로 했다.

코칭을 배운 지 3년 만에 직접 학교 현장에서 활용할 수 있는 워크북을 개발한다는 행동 자체가 큰 의미가 있었다. 언제까지나 남들이 만들어 놓은 자료에만 의존할 수는 없었다. 게다가 기존 자료들은 학교 현장의 상황과 완전히 맞지 않을 때도 많았다. 워크북 개발은 단순히 자료를 만들고 끝나는 일이 아니라 학교 현장의 필요에 맞게 자료를 직접 설계하고 조율

하는 과정이었다. 이 과정에서 내가 느낀 가장 큰 보람은 학생들과 교사들에게 더 효과적으로 적용될 수 있는 자료를 만들고 있다는 사실이었다.

코치님이 공유해 준 워크북 파일을 열자마자 가슴이 벅차올랐다. 가장 먼저 눈에 들어온 것은 'GRIT 학습 코칭'이라는 키워드였다. 워크북을 개발한다는 생각보다는 마치 내가 지금 당장 학생과 함께 학습 코칭을 하고 있다는 상상이 느껴질 정도였다. '내 앞에 앉아 있는 학생과 코칭을 어떻게 열어갈까?', '코칭 진행 상황에서 어떤 질문들이 필요할까?' 이런 생각들이 꼬리를 물며 떠올랐고, 곧바로 메모장에 아이디어를 입력하기 시작했다.

워크북 개발의 핵심은 질문이라고 생각했다. 라포 형성을 위해 "학습 코칭을 받으러 오기 전에 어떤 기분이었나요?" 또는 "지금의 기분을 색깔로 표현한다면 어떤 색일까요?" 같은 질문을 작성해 나갔다. 학생들의 상태를 이해하고 긴장을 풀어주는 데 효과적인 질문을 생각했다. 이어서 코칭의 주제를 이끌어내기 위한 질문도 구체화했다.

다음은 내가 작성한 질문 중 일부다.
'GRIT 학습 코칭을 신청하게 된 동기는 무엇인가요?'
'최근 학습과 관련해 계속 고민하고 있는 것은 무엇인가요?'
'지금 어떤 이야기를 나누고 싶나요?'
'이 시간을 통해 얻고자 하는 것은 무엇인가요?'

워크북에 질문을 계속 추가하며 깨달았다. 코칭은 질문을 잘 만들어내는 것만이 아니라 학생들의 속도와 상황을 고려하며 진행하는 과정임을. 당시 나는 학생이 아닌 나 자신에게 집중하고 있었다. '질문을 잘 만들어야 한다'는 생각에 사로잡혀 학생의 상황과 필요를 충분히 고려하지 못했던 것이다. 하지만 동료 코치들과 질문을 공유하며 상호 피드백을 주고받는 과정에서 점차 내 코칭의 방향성을 잡아갈 수 있었다. 내가 미처 생각하지 못했던 관점과 아이디어를 배우는 과정에서 많은 인사이트를 얻을 수 있었다. 함께하는 과정에서 시너지 효과는 두 배, 아니 몇 배 이상이었다. 다양한 정보와 경험이 쏟아졌고 이를 통해 점점 더 교사 코치로서의 자신감을 키울 수 있었다. 지금 다시 워크북을 만든다면 다양한 활동이나 카드 같은 도구를 활용할 아이디어도 많다. 하지만 그때 당시 초보 코치로서의 나에게는 '질문을 잘하는 것'이 무엇보다 중요한 핵심 포인트였다.

완성된 워크북은 총 57페이지로 2시간씩 진행되는 8회기 프로그램으로 구성되었다. 초보 코치도 워크북과 메모에 기록된 코칭 질문만으로 충분히 활용할 수 있도록 구성하다 보니 페이지 수가 점점 늘어났다. 완성된 워크북은 학습 코칭에 도움이 될 질문을 가득 담은 백과사전 같았다. 그 결과물이 무척 뿌듯했다. 각 회기마다 구체적인 주제를 설정하고 질문과 활동을 재배치했다.

워크북에는 자신에 대한 이해, 학습 환경 분석, 목표 설정, 시간 관리, 학습 습관 형성, 핵심 가치 탐색 등 구체적인 학습 관련 주제들이 담겼다. 우리는 비대면 회의를 통해 5회 이상 수정과 보완을 반복하며 워크북의 완성도를 높였다.

완성된 워크북을 가장 먼저 고등학교 1학년 조카를 대상으로 적용했다. 하지만 조카와의 첫 코칭은 쉽지 않았다. 워크북의 내용을 그대로 적용하기 어려웠고 상황에 따라 변형해야 했다. 그다음으로는 동료 교사의 자녀를 대상으로 학습 코칭을 진행했다. 이 학생에게는 워크북 전반을 활용하기보다는 학생이 지금 당장 필요하다고 느끼는 부분만 골라 코칭을 진행했다.

솔직히 말하면 결과는 기대에 미치지 못했다. 조카와 선생님 자녀 모두 큰 변화를 보여주지 않았다. 동생은 "그다지 달라진 게 없어 보여."라고 했고, 선생님은 "아직은 잘 모르겠어요."라고 말했다. 처음에는 실망감이 컸다. 코칭의 효과를 스스로도 믿고 싶었지만 결과가 따라오지 않자 회의감이 들었다. 솔직한 피드백이 고맙기도 했지만 그 순간엔 쥐구멍에라도 숨고 싶었다. 하지만 시간이 지나면서 깨달았다. 코칭의 결과는 즉각적으로 드러나지 않을 수도 있다는 것을. 학생들이 변화의 가능성을 품고 있다는 사실만으로도 충분한 가치가 있다는 것을.

코칭은 단순히 결과를 내는 것이 아니라 학생들이 자기 자신을 탐색하고 성장의 가능성을 발견하는 과정이다. 코칭을 통해 뿌린 씨앗은 당장 싹을 틔우지 않더라도 언젠가는 자라날 것이다. 워크북을 통해 내가 할 수 있었던 일은 씨앗을 심고 물을 주는 과정에 해당된다.

나는 여전히 두려움도 많고 다른 사람의 말 한마디에 쉽게 영향을 받는다. 그럼에도 불구하고 '한번 해볼까?'하는 마음으로 시작한 도전이 결국 워크북 개발로 이어졌다. 혼자였다면 끝까지 해내지 못했겠지만 잔디밭 코치님과 동기 선생님이 있었기에 가능했다.

학습 코칭 워크북 개발은 8회기 코칭 프로그램 전체를 기획해 볼 수 있었다. 또한 학습 코칭 도중에 예상되는 여러 상황들을 세 명이 협업하며 다각적으로 준비할 수 있었다. 이는 나를 교사이자 코치로서 한 단계 성장하게 만든 경험이었다. 동료들과 함께 협력하며 배우고 학생들에게 더 나은 도움을 주기 위해 고민하는 모든 과정이 내게 큰 배움이 되었다.

수백 개의 코칭 질문을 만들어 보는 과정에서 학생들에게 가장 적합한 질문은 결국 코칭 현장에서 코치의 경험에 따라 펼쳐질 수 있다는 사실도 깨달았다. 더불어 워크북을 단순히 개발하는 데 그치지 않고 실제로 적용해 본 경험은 무척 값졌다.

결과가 완벽하지 않았다고 해서 그 도전이 무의미했던 것은 아니다. 워크북 개발은 내가 도전했다는 증거가 되었다. 나는 여전히 코칭을 배우고 실천하는 중이다. 그리고 여전히 부족하지만 두려움에도 불구하고 '한 번 해보자'를 무한 반복 중이다.

복사와 붙여넣기를 통해 도전을 계속 이어갈 것이다. 도전을 멈추지 않은 이상 성장은 당연한 결과니까.

## 19

# 버티기 끝판왕, '한 번만 더'

**함께 생각하며 나아가기**

1. 가장 오래 지속하고 있는 도전은 무엇인가요?
2. 오래 지속할 수 있게 만든 자신만의 강점 한 가지는 무엇인가요?
3. 또 다른 강점은 무엇인가요?
4. 자신의 삶에서 버티는 마음으로 도전하고 있는 것은 무엇인가요?
5. 포기하지 않고 계속 버티고 있는 이유는 무엇인가요?

진로교사가 되기 전까지 학습공동체나 스터디 모임은 나와는 거리가 먼 이야기였다. 수업과 학교 업무만으로도 바빴기에 개인적인 학습 모임에는 관심조차 두지 않았다. 하지만 진로교사가 되고 첫 학기가 끝날 무렵 나는 혼자만의 힘으로는 부족하다는 사실을 절감했다. 학생들을 더 잘 돕고 싶었지만 혼자서는 그 방법을 찾기 어려웠다. 함께 배우고 성장할 누군가가 절실했다. 그렇게 시작된 스터디 모임은 내 교직 생활의 전환점이자 오늘 날까지 이어지는 배움의 출발점이 되었다.

지역 진로진학상담교사연구회에서 진행되는 월 1회 모임은 진로교사로서의 전문성을 쌓는 데 있어 없어서는 안 되는 곳이다. 진로수업, 진로상담, 진로행사 등 각자의 경험과 정보를 공유하며, 동료 교사들과 함께 성장하는 장이다. 공식적인 연수가 끝나고 사석에서 나누는 대화들은 진로교사로서의 고충과 고민을 허심탄회하게 털어놓는 귀한 시간이 되기도 했다.

　그동안 연수나 공적인 모임은 단순히 정보를 얻는 자리에 불과하다고 느꼈다. 하지만 지역 연구회에서 만난 교사들은 달랐다. 선생님들과 함께 이야기를 나누면서 '진로교사로서 내가 가야 할 길이 이것이구나.'라는 정체성을 갖게 되었다. 배우면 배울수록 진로교사로서의 전문성이 높아지고 배움의 과정 자체가 즐겁다는 사실을 깨닫게 했다. 배움이 단순히 정보의 습득이 아니라 동료와 함께 성장하는 과정임을 깨닫게 된 것이다.

　그런데 교사연구년으로 시간을 보내면서 지역 학습공동체 모임을 잠시 쉬게 되었다. 그 공백에서 느껴진 허전함을 달래기 위해 코칭 관련 스터디에 관심을 갖게 되었다. 마침 기회가 찾아 왔다. 아무것도 하지 않으면 마치 도태되고 있는 느낌이 들어 공부 모임에 계속 참여하고자 했다.

　이런 배움에 대한 열망은 학습코칭 스터디로 이어졌다. 이미 학습유형 검사 전문가 과정을 수료했지만 현장에서 제대로 활용하지 못한 상태였다. 그러던 중 함께 과정을 수료했던 동료 코치님에게서 메시지가 왔다. "우리 학습코칭 공부 다시 시작해볼까요?" 이 한 문장이 나를 다시 공부의 자리에 앉게 했다. "좋아요. 새벽 6시에 만나죠." 그렇게 공부 모임이 시작되었다.

첫날 우리는 두꺼운 교재를 펼쳐 한 페이지씩 읽어나갔다. 리더도 없고 특별한 계획도 없었다. 다만 배우고 싶다는 열망만이 두 사람을 이끌었다. 이 모임 역시 '한번 해볼까?'라는 생각에서 시작되었다. 학습코칭 공부를 시작한지 벌써 6개월이 넘었다. 혼자였다면 절대 지속할 수 없었을 것이다. 누군가는 나를 두고 이렇게 표현하기도 한다. '불도저, 묻지도 따지지도 않고 덤비는 사람, 쉽게 도전하는 사람.' 이 표현이 전혀 틀린 말은 아니다. 무엇이든 시도할 때 따지지 않고 덤벼들기 때문이다.

학습코칭 공부 모임은 새벽 6시에 무조건 이뤄졌다. 학습코칭 전문가 과정에서 메모했던 부분을 서로 공유하며 읽어 나갔다. 맞는 방식인지 의구심도 들었고 얼마나 지속될지도 알 수 없었다. 솔직히 말하자면 얼마 가지 않아 모임이 끝나버릴 줄 알았다. 두 사람 중 한 명이라도 "이제 그만할까요?"라고 말했다면 그대로 끝났을 것이다. 새벽 5시 30분에 울리는 알람이 고통스러웠고 이불 속에서 머물고 싶었다. 가끔은 상대방이 약속을 깜빡하기를 은근히 바랄 때도 있었다. 바쁜 일정으로 약속이 미뤄지면 부담감이 사라져 마음이 가벼웠다. 하지만 포기하고 싶은 마음을 억누르고 매주 비대면으로 만났다. 이런 순간들을 넘기고 끝까지 포기하지 않은 덕분에 결국 3권의 교재를 다시 읽고 학습코칭에 대한 기억을 되살릴 수 있었다.

그 과정에서 1박 2일 학습코칭 캠프 기획이라는 새로운 도전도 시작되었다. 이미 프로그램개발 수업을 수강했던 경험이 있었기에 이를 바탕으로 프로그램 기획서, 활동 도구, 활동지, 그리고 강의용 PPT까지 제작했다. 내년에는 학교에서 학습코칭 캠프를 운영할 계획도 세웠다. 이런 모든 결과는 배움의 자리를 떠나지 않고 꾸준히 버틴 덕분이었다.

새벽 학습코칭 스터디 외에도 매주 목요일 저녁 8시에는 코칭 역량 강화를 위한 연구모임에 참여했다. 한 코치님의 권유로 시작된 이 모임은 매주 목요일 두 시간 동안 진행되었다. 이번에도 '6개월 동안 매주 참여할 수 있을까?'라는 의문이 들었다. 그렇지만 주저하지 않고 참여를 결심했다.

6개월은 결코 짧지 않았다. 목요일 저녁마다 다른 약속을 피하고 스터디에 집중하기 위해 꾸준히 노력해야 했다. 단순히 듣기만 하는 프로그램이 아니라 실습까지 포함되어 있어 더 큰 몰입과 노력이 필요했다. 매주 목요일이 다가올 때면 여러 가지 생각이 나를 유혹했다. '아프다고 참여하지 말까?', '비디오를 끄고 참여할까?', '여기서 포기할까?'라는 질문들이 단골처럼 찾아왔다.

몇 주 동안은 다른 회원들이 참여하지 않아 강사님과 일대일로 수업을 받은 적도 많았다. 마치 특별 훈련처럼 나만을 위한 수업이 진행되기도 했다. 도망가고 싶은 마음이 없었던 건 아니다. 중도에 그만두고 싶은 유혹도 있었다. '그만두고 편하게 살자'는 생각이 머릿속을 떠나지 않았다.

포기하고 싶을 때마다 가장 강렬하게 떠오르는 말은 바로 '오늘만 참여하자.'였다. 그 단순한 다짐이 나를 계속 앞으로 나아가게 했다. 수업이 끝나고 컴퓨터를 끄기 전 '오늘도 포기하지 않은 내가 참 대견하다.'는 생각이 들었다. 끝까지 참여하겠다는 다짐 덕분에 6개월 동안 거의 빠지지 않고 그 자리를 지켰다. 버티고 또 버티며 마무리까지 가는 과정은 결코 쉽지 않았다. 배움의 자리를 떠나지 않겠다는 나의 다짐은 결국 나를 변화시키고 있었다.

포기하지 않고 버티기, 배움의 자리 떠나지 않기 위해서 나는 여전히 자리를 지키고 있다. 그 자리에 있게 되면 반드시 변화와 성장은 일어난다. 버티는 힘으로 쌓아온 시간들은 나를 더 단단하게 만들어 주었고 내가 추구하는 코칭의 본질에 한 걸음 더 가까이 다가가게 했다.

배움은 언제나 고통스럽지만 동시에 가장 큰 기쁨을 준다. 포기하지 않고 끝까지 버티며 배움의 자리를 지키는 것. 이것이 내가 앞으로도 지키고 싶은 태도이다. '포기만 하지 말자. 오늘 한 번만 더 버텨보자.' 이 단순한 다짐이 만들어내는 변화는 결코 작지 않다.

# 20

## 한다, 한다, 한다

**함께 생각하며 나아가기**

1. 당신의 도전 공식은 무엇인가요?
2. 도전 공식을 포스트잇에 직접 써보세요.
3. 포스트잇을 어디에 붙여놓고 싶은가요?
4. 도전 공식은 자신에게 어떤 의미인가요?
5. 도전 공식을 어디에 적용해 보고 싶은가요?

19년간 고등학교에서만 근무했던 나에게 처음으로 중학생들을 만날 기회가 주어졌다. 중학생의 특성에 대해 이야기만 들어왔지 실제로 수업 현장에서 그들과 마주할 일은 없었다. 내가 중학생을 만났던 경험은 고작 특성화고 홍보를 위해 중학교를 방문했던 두 번의 짧은 순간뿐이었다. 그러나 이번엔 달랐다. 중학생들에게 직접 강의를 해야 했다.

어느 날 장학사님으로부터 업무 지원 요청이 들어왔었다. 중학교 3학년인 예비 고1 학생들에게 고교학점제 특강을 해달라는 내용이었다. 교육청에서 강의 자료도 제공해 준다니 부담은 별로 없었다. 나는 이미 고1 학생들과 고교학점제 수업 및 관련 활동을 2~3시간씩 운영한 경험이 있다. 그리고 고교학점제 진로 캠프로도 운영했으니 익숙한 주제라고 여겼다. 학생들에게 꼭 필요한 내용을 전달할 수 있다는 자신감도 있었다. 그러나 "괜찮겠지."라는 안일함이 문제였다.

강의 자료 준비는 비교적 쉬웠다. 하지만 중학생과의 40분을 어떻게 효과적으로 소통하며 보낼지는 또 다른 문제였다. 중학생들의 자유로운 에너지를 컨트롤하며 집중을 이끌어 내는 일이 얼마나 어려운지 이미 다른 교사들에게 들은 바가 있었기 때문이다.

12월 말 중학교 3학년 교실에 들어섰다. 분위기는 예상대로 낯설고도 새로웠다. 졸업을 앞둔 학생들은 이미 한 학년을 마친 듯 자유롭고 느긋해 보였다. 화장을 하는 학생, 웃으며 장난치는 학생, 그리고 스마트폰 화면에 푹 빠진 학생들. 교실 안에서 나는 그저 스쳐 지나가는 어른 중 한 명일 뿐이었다.

노트북과 교실 텔레비전을 연결하고 학생들의 흥미를 끌기 위해 음악도 틀어봤다. 하지만 반응은 시큰둥했다. 노트북을 세팅하고 교실 텔레비전과 연결이 잘 되는지 확인했다. 몇 명 학생이 힐끔 쳐다볼 뿐 큰 반응이 없다. 나는 태연한 척, 괜찮은 척, 아무렇지 않은 척 교실을 살펴봤다. 교탁 근처에 있는 학생들에게 말도 걸어보았지만 몇 마디 질문 외에는 대화로 이어지지 않았다.

드디어 수업 시작종이 울린다. 수업 시작종과 함께 내 가슴도 뛰기 시작했다. 마음을 가다듬고 강의를 시작해야 했다. 학생들에게 인사를 했더니 다행히 몇 명의 학생들이 교실 뒤에 서 있는 학생들에게 자리에 앉으라고 나 대신 말해준다. 그 학생들에게 고마운 마음을 전하고 준비한 강의를 시작했다. 강의를 시작한 초반 교실 분위기는 썰렁했다.

중학생들에게 고교학점제를 쉽게 전달하기 위해 퀴즈 형식으로 강의를 준비했다. 고교학점제에 대한 핵심만 콕 콕 알려주고 싶었다. 어차피 특강 시간은 40여 분밖에 주어지지 않기 때문에 고교학점제의 전반적인 부분을 다 다뤄줄 수도 없다. 특강 초반 학생들의 3분의 2는 여전히 자기 일에 열중하고 있었다. 하지만 시간이 지날수록 몇몇 학생들이 자세를 바로 하고 텔레비전 화면에 집중하기 시작했다.

10분쯤 지나자 한 학생이 손을 들고 질문을 던졌다.
"선생님, 진짜 저렇게 되는 거예요?"
질문이 시작되자 다른 학생들도 호기심을 보이며 질문을 쏟아냈다.
"꿈이 없으면 과목 선택은 어떻게 해요?"
"과목 선택을 안 하면 어떻게 되는 거예요?"

거울 앞에 서 있던 학생도 호기심을 보였다. 뭔가 자신들에게 꼭 필요한 내용이라는 것을 직감한 거 같다. 그 순간 나는 힘이 나서 점점 목소리가 커졌다. 학생들의 궁금증이 이어질수록 교실의 에너지는 달라졌다. 처음엔 소극적이던 학생들도 조금씩 참여하기 시작했다. 그들의 호기심에 힘입어 강의는 점점 생동감 있게 진행되었다. 강의를 마칠 시간이 다가오자 학생들의 표정에서 만족감이 느껴졌다.

강의를 마친 후 교실을 나서며 스스로에게 물었다. '나는 학생들에게 제대로 전달했을까?', '이 시간이 그들에게 조금이라도 도움이 되었을까?' 강의를 할 때마다 늘 찾아오는 아쉬움과 자문이었다. 그러나 한 가지 분명한 사실은 학생들의 질문과 반응 속에서 작은 가능성을 발견했다는 점이다.

'그냥 한다, 다시 한다, 또 한다.' 이것은 나의 도전 공식이다. 특별한 이유가 필요하지 않다. 새로운 것을 시도하는 데 있어 가장 중요한 것은 그저 해보자는 마음이었다. 중3 학생들과의 만남도, 고교학점제 특강도 이 공식으로 시작된 도전이었다.

도전은 늘 긴장과 두려움을 동반하지만 그 과정에서 얻는 배움과 성장은 무엇과도 바꿀 수 없는 값진 경험을 선사한다. 이번 중학교 특강도 마찬가지였다. 학생들에게 새로운 정보를 전달하며 나 또한 그들의 질문을 통해 새로운 시각을 얻었다.

내 도전 공식은 단순하지만 강력하다.
도전 = 그냥 한다, 도전 = 다시 한다, 도전 = 또 한다.

이 공식이 있기 때문에 오늘도 새로운 도전을 두려워하지 않는다. 도전이 멈추지 않는다면 내 심장은 계속해서 뛰고, 성장할 것이다. 두려움과 걱정이 찾아와도 괜찮다. 중요한 것은 그냥 해보는 것이다. 도전은 늘 새로운 세상으로 이끌고 예상치 못한 만남과 배움을 선사한다.

그냥 한다, 다시 한다, 또 한다.

이 공식이 나를 앞으로도 계속 움직이게 할 것이다.

질문 톡톡

# 실전 사례로 알아보는 진로업무 운영 계획

**Q1. 진로상담부 영역별 업무 추진 계획은 어떻게 되나요?**

**A1.** 학교급별에 따라 영역별 업무 추진은 달라질 수 있습니다. 아래 내용은 고등학교 진로업무 운영 예시 자료입니다.

| 영역 | 세부실천 계획 | | | 목표 |
|---|---|---|---|---|
| 1. 창체(진로) 수업 내실화를 위한 연 2회 진로탐색활동 운영 | ◆ 1학기 진로탐색활동 : 학년별 연계, 확장된 진로주제탐구 | | | 2회 (단, 3학년 은 1학기에 모두 진행) |
| | 1학년 | 2학년 | 3학년 | |
| | 진로주제탐구 | 진로주제표현탐구 | 진로심화주제탐구 | |
| | ◆ 2학기 진로탐색활동 : 학년별 위계화된 프로젝트 | | | |
| | 1학년 | 2학년 | 3학년 | |
| | 학교문제 해결프로젝트 | 지역사회 문제해결프로젝트 | 지속가능발전 문제해결프로젝트 | |
| 2. 진로교육 로드맵 | ◆ 교과연계 전문직업인 특강 | | | 1회 |
| | ◆ 진로 및 전공 탐색 안내 및 제공 | | | 수시 |
| | ◆ 진로소식지(드림레터, 꿈진) 홈페이지 및 학급 게시 | | | 수시 |
| | ◆ 고교학점제를 대비한 학과계열검사 및 진로캠프 운영(1학년) | | | 1회 |
| | ◆ 터닝포인트 진로전략프로그램 진로캠프(2학년) | | | 1회 |
| | ◆ 꿈키움 대안교실-학습전략향상프로그램(1~2학년) | | | 1회 |
| | ◆ 스터디 콘서트(1~3학년) | | | 1회 |
| | ◆ 예체능 진로진학컨설팅(3학년) | | | 1회 |
| | ◆ 생각코딩 캠프(1~2학년) | | | 1회 |
| | ◆ 고교학점제 연계 진로 캠프(1~2학년) | | | 1회 |
| | ◆ 도전 프로젝트(1학년) | | | 1회 |
| | ◆ 대학생 학습 멘토링 | | | 1회 |
| | ◆ 진로 페스티벌(1~2학년) | | | 1회 |
| | ◆ 꿈꿈교실(1학년) | | | 1회 |

| 3. 진로 · 진학 교육 및 프로그램 | ◆ 진로체험의 날 <br>   – 졸업생과 함께하는 학과 멘토링 <br>   – 찾아오는 대학 전공 체험 | 1회 |
|---|---|---|
| | ◆ 일대일 맞춤형 진로진학컨설팅 4회 운영 | 4회 |
| | ◆ 일대일 맞춤형 면접컨설팅(3학년 대상) | 2회 |
| | ◆ 변화하는 대입제도 분석 및 대처방법 특강(1학년 대상) | 1회 |
| 4. 상담 활동 강화 | ◆ 진로상담 홍보 포스터 | 수시 |
| | ◆ 개인별 맞춤형 진로진학상담 | |
| | ◆ 면접 지도(3학년부와 협조) | |
| | ◆ 직업교육 위탁과정 희망 학생 상담 | |
| | ◆ 직업교육 위탁과정 참여 학생 월 1회 상담 | |
| | ◆ 진로 그룹 코칭 | |
| 5. 학부모 연수 | ◆ 학부모 대상 대입 콘서트(3학년) | 1회 |
| | ◆ 학부모 대상 대입전형의 이해 및 효율적인 학교생활 연수 | 1회 |
| 6. 진로대회 | ◆ 자유주제발표대회 | 1회 |
| | ◆ 꿈발표 대회 | 1회 |
| | ◆ 진로 UCC대회 | 1회 |
| | ◆ 진로포트폴리오 대회 | 1회 |
| | ◆ 창업 · 창직 아이디어 대회 | 1회 |
| 7. 교사 대상 연수 | ◆ 대입 총론 | 1회 |
| | ◆ 학생부 내실화 방안 | 1회 |

## Q2. 진로상담부 영역별 업무 추진 계획 중 적용해 보고 싶은 부분은?

## Q3. 진로상담부 월별 업무 추진 계획은 어떻게 되나요?

## A3. 학교급별에 따라 월별 업무 추진은 달라질 수 있습니다. 아래 내용은 고등학교 예시 자료입니다.

| 월별 | 내용 |
|---|---|
| 3월~4월 | ◆ 진로상담부 연간 운영계획수립<br>◆ 창체(진로)활동 학년별 연간계획 수립<br>◆ 진로표준화검사 실시(학과계열선정검사, 유형별학습법 진단검사 등)<br>◆ 학생 사이버 진로교육 운영 계획 수립<br>◆ 직업교육 위탁과정 운영계획 수립<br>◆ 진로진학상담 홍보 포스터 제작 및 안내<br>◆ 학년별 진로진학프로그램 운영 연수<br>◆ 진로진학 전문적학습공동체 운영 계획 수립<br>◆ 1학년 선택과목 안내 교육<br>◆ 학부모 대상 대입 설명회<br>◆ 고교학점제 대비 선택과목 안내<br>◆ 진로소식지(드림레터, 꿈진 등) 게시, 안내<br>◆ 맞춤형 진로상담 실시 |
| 5월~7월 | ◆ 전문직업인 특강<br>◆ 자유주제발표대회<br>◆ 만만한 도전 프로젝트 운영<br>◆ 졸업생과 함께하는 학과 멘토링<br>◆ 찾아오는 전공 학과 체험<br>◆ 학생 맞춤형 진로진학 길찾기(2, 3학년)<br>◆ 학습전략향상프로그램(1학년)<br>◆ 대학생 학습 멘토링 |
| 8월~10월 | ◆ 직업 위탁교육 과정 안내(2학년)<br>◆ 직업 위탁교육 안내 및 기관 방문<br>◆ 학생 맞춤형 진로진학 길찾기(1, 2학년)<br>◆ 면접전형 대상자 지도 협조<br>◆ 모의면접 컨설팅 프로그램(3학년)<br>◆ 직업위탁교육 2학년 담임교사 대상 연수<br>◆ 직업 위탁교육 희망 학생 조사(2학년)<br>◆ 창직아이디어 경진대회 |

| 11월~1월 | ◆ 진로가치인성프로그램<br>◆ 금융방문교육<br>◆ 직업교육 위탁과정 상담<br>◆ 진로체험 참여 실적 보고(꿈길)<br>◆ 차기년도 예산 수립<br>◆ 연간 활동 평가 및 차기년도 계획 수립 |
| --- | --- |

## Q4. 나만의 영역별 업무 추진 계획을 세워보세요.

| 월별 | 내용 |
| --- | --- |
| 3월~4월 | |
| 5월~7월 | |
| 8월~10월 | |
| 11월~1월 | |

# 3부

# 세워가는 삶,
# 학생들과 길을 만들다

# 쉬운 게 없다, 만만하지 않은 도전

1. 당신의 삶에서 '만만한 도전'은 무엇이었나요?
2. 만만한 도전을 하게 된 계기는 무엇인가요?
3. 그때 발휘된 강점은?
4. 만만한 도전에서 한계에 부딪혔을 때 어떤 반응을 보였나요?
5. 만만한 도전을 한 번이라도 시도한 자신에게 진정성 있는 응원, 지지, 인정을 한다면?

출근 후 가방을 내려놓고 북카페로 향하며 책과 커피를 들었다. 책을 펼쳐 들었지만 눈앞에 펼쳐진 글자들은 쉽게 머릿속으로 들어오지 않았다. 몇 줄 읽다 보면 책을 덮고 싶은 충동이 올라왔고 업무를 해야 한다는 생각이 계속 떠올랐다. 하지만 학생들과의 약속이 떠오르며 마음을 다잡았다.

"선생님은 매일 아침 북카페에서 30분씩 독서를 할 거야." 진로수업 시간에 학생들에게 선언했던 나의 약속이었다. 학생들과 함께 '만만한 도전'을 실천해 보기로 한 것이다. 작은 도전을 함께하자는 취지였지만 목표를 실행하고 유지하는 것은 결코 만만하지 않았다. 학생들과의 약속은 더 큰 책임감을 동반한다. 교사로서, 진로교사로서, 도전 프로젝트의 진행자로서 반드시 이 도전을 완수해야 한다는 부담감이 마음속에 자리 잡고 있었다. 특히 '매일 아침', 그리고 '북카페에서 30분'이라는 조건은 생각보다 더 큰 부담으로 다가왔다.

단 하루만 실천해도 두 조건을 모두 지키기란 쉽지 않다는 것을 깨달았다. 다른 사람들보다 한 시간 일찍 출근해야 했고 책 읽기 30분은 생각보다 긴 시간이었기 때문이다. 독서가 익숙하지 않았던 나는 30분 동안 자리에 앉아 있는 것조차 쉽지 않았다. 엉덩이가 들썩였고 핸드폰을 자꾸 확인했다. 그런데 고작 5분밖에 지나지 않았다. 이쯤 되면 책을 읽는 건지 시간을 측정하는 건지 알 수 없을 정도였다. '도대체 30분이 언제 끝날까?'

30분 후에 알람이 울리면 무조건 책을 덮었다. 그리고 혼자 속삭이듯 중얼거렸다. '그래도 해낸 거야. 난 독서를 한 거야.' 이 말은 도전을 합리화하는 것처럼 느껴졌다. 물론 책의 내용을 온전히 이해하지 못했다는 아쉬움이 남았지만 '독서를 한 건 맞으니까.'라는 자기 위안으로 마음을 다독였다. '그래도 해냈잖아. 책을 읽었잖아.'

북카페에서 책 읽는 내 모습을 본 선생님들의 반응은 다양했다. "우와, 멋지세요. 저도 해보고 싶은데 일찍 못 나와요.", "나도 책을 읽어야 하는데…."와 같은 말들을 건네며 지나갔다. 이런 반응들은 쑥스럽기도 하고 어색하기도 했다. 학생들과 한 약속을 지키기 위해 시작했지만 이 도전이 누군가에게는 긍정적인 자극이 되는 것 같았다. 내가 북카페에 한 번 앉아 있든 두 번 앉아 있든 그것이 중요한 것은 아니다. 내가 이 자리에 앉아 있는 이유는 단순히 누군가의 관심을 받기 위함이 아니라 나 자신뿐만 아니라 학생들과의 약속을 지키기 위해서였다.

'만만한 도전 프로젝트'는 진로교사 연수에서 배운 프로그램이다. 연수에서 배운 내용이 참신하고 재미있어서 진로수업 시간에 바로 적용했다. 이 프로젝트는 3차시로 구성되었다. 1차시에는 나의 도전과 실패 사례를 학생들에게 이야기해 주는 것으로 시작했다. 학생들의 눈빛은 호기심으로 반짝였다. 아마도 선생님의 실패 경험이 학생들에게는 재미있는 이야기처럼 들렸나 보다. "선생님은 실패를 너무 많이 해봤어. 물 1리터 마시기, 믹스커피 끊기, 밤에 야식 먹지 않기, 하루 만 보 걷기, 밥 천천히 먹기, 영어 공부 등등…. 하지만 실패해도 괜찮아. 중요한 건 다시 해보는 거야." 학생들에게 솔직하게 나의 실패 경험을 털어놓으며 도전의 부담감을 덜어주려 했다.

2차시에는 실패를 주제로 한 동영상을 시청한 후 자신만의 실패를 정의해 보게 했다. 동영상 속에서 실패를 경험한 사람들이 다시 삶을 도전하는 모습을 보며 학생들은 자신의 실패 경험을 떠올리기 시작한다. 동영상이 끝난 후 학생들은 자신이 겪었던 실패 사례를 기록했다. 이러한 과정을 통해 학생들이 실패를 단순한 좌절이 아닌 경험으로 인식하도록 돕고 싶었다.

학생들이 각자 작성한 실패에 대한 정의를 캘리그래피로 표현했다. 완성된 작품들은 진로활동실 칠판에 부착해 두었다. 실패를 다양한 방식으로 표현한 학생들의 정의를 서로 공유하며 친구들의 생각을 듣고 공감하는 시간이 되었다. 그리고 도전을 위한 루틴 만들기에 집중하게 했다. 성공한 사람들의 루틴을 보며 아이디어를 얻고 자신만의 좋은 습관을 떠올리게 한다. 학생들은 자신이 일주일 동안 실천해 보고 싶은 도전 목표를 설정한다. 이 과정을 통해 학생들은 도전에 대한 예행연습을 하며 목표를 구체화할 수 있었다. 예행연습 기간에 목표가 마음에 들지 않으면 자유롭게 바꿀 수 있는 유연함도 허용했다.

3차시에는 학생들이 20일 동안 실천할 목표를 정해 도전 달력을 만들었다. 학생들은 일상생활에서 실천하고 싶은 목표와 학습과 관련된 목표를 각각 한 가지씩 기록했다. 자신만의 다짐 문구도 함께 작성한다. 도전 달력은 학생들이 꾸준히 자신을 돌아보고 작은 목표를 이루어 나가며 자신감을 쌓을 수 있는 인증 도구로 활용되었다.

도전. '학생들의 도전을 어떻게 지속하게 할 수 있을까?' 이 질문은 나에게 오랜 시간 고민의 대상이었다. 그래서일까. 몰입, 그릿, 지속성, 주도성, 변화, 성장, 습관 등 도전과 관련된 키워드들을 볼 때마다 내 마음이 움직이는 것을 느낀다. 한 번의 도전이 두 번으로 이어지고, 두 번의 도전이 세 번으로 확장될 수 있는 힘. 이 힘이 학생들의 내면에 자리 잡기를 바랐다. 단순한 성과나 결과를 넘어서 학생들이 스스로 세운 목표를 끈기 있게 지속할 수 있는 능력을 키워주고 싶었다. 그 과정에서 학생들이 도전의 즐거움을 느끼고 실패조차도 성장의 발판으로 삼을 수 있는 자신감을 길러주고자 했다.

학생들은 아침에 일찍 일어나기, 하루에 영어 단어 10개 외우기 등 각자의 목표를 정하고 실천했다. 도전은 단순한 목표 달성이 아니라 꾸준함의 힘을 배우는 과정이었다. 20일 동안의 도전은 학생들에게 자신감을 심어주었고, 도전을 통해 작지만 지속적인 변화를 체감하게 했다.

고등학생들에게는 66일 또는 100일 도전, 중학생들에게는 20일 또는 25일 도전 기간을 운영했다. 이 활동은 학생들에게 도전의 의미를 깨닫게 하고 꾸준함의 중요성을 경험하게 하는 좋은 기회가 되었다. 도전 과정을 통해 학생들은 스스로 정한 목표를 이루기 위해 노력해 나갔다. 도전이 서툴더라도 다시 도전할 수 있는 마음이 생겼다는 학생도 있었다.

학생들에게 도전을 강조하며 나 자신도 다시 깨달았다. 도전은 거창한 것이 아니라는 것을. 작지만 꾸준한 실천이 쌓여야 진정한 변화를 만든다는 것을. 북카페에서 도전했던 30분 독서도 성공과 실패를 반복했지만 결국 나를 조금씩 변화시켰다. 독서가 익숙하지 않던 내가 이제는 독서와 더 친해졌다. 지금은 두 개의 독서 모임에 참여하며 책 읽기를 이어가고 있다. 올해만 20여 권의 책을 읽었고 블로그에 글을 쓰는 도전도 시작했다. 만만한 도전 프로젝트는 나에게 자신감을 심어줬다. 학생들과 함께 시작한 이 프로젝트는 작지만 꾸준한 도전의 힘을 일깨워 주었다.

지금도 새로운 도전을 이어가며 스스로에게 다짐한다. "쉬운 게 없어. 만만한 도전도 없어. 하지만 괜찮아, 잘하고 있어. 오늘도 해낸 거야." 작은 도전이 쌓여 만들어지는 변화를 믿으며 나는 앞으로도 도전을 멈추지 않을 것이다.

# 마음 콕 진로독서의 발화점, '사람'

1. 당신을 도전하게 만드는 발화점은 무엇이 있나요?
2. 그 발화점의 의미는 무엇인가요?
3. 발화점은 나에게 어떤 변화를 가져왔나요?
4. 발화점을 나만의 강점과 연결시키려면 어떤 노력이 필요할까요?
5. 당신의 도전은 다른 사람들에게 어떤 발화점이 되고 있나요?

'학생들이 많이 신청하면 어쩌지?'

'신청자가 넘치면 어떤 기준으로 선발해야 할까?'

'장소는 어디가 좋을까?'

'공통된 책을 읽는 게 좋을까, 아니면 각자 자신의 진로와 관련된 책을 읽도록 해야 할까?'

진로 독서 모임을 준비하며 머릿속에는 수많은 고민들이 끊임없이 떠올랐다. 고민은 꼬리에 꼬리를 물며 나를 멈추지 않게 했다. 코로나19 상황에서도 학생들과 직접 만나고 싶은 마음이 간절했기 때문이다. 무엇을 해야 학생들과의 소중한 접점을 만들고 의미 있는 시간을 보낼 수 있을지 절실했다. 이러한 생각들이 머릿속을 떠나지 않았다. 아니 멈춰지지 않았다는 표현이 더 적합할 것이다. 고민은 나를 멈추지 않게 했다.

새 학기가 시작되었지만 코로나19 상황은 여전히 지속되고 있었다. 대면과 비대면을 번갈아 진행하는 등교 방식 속에서 학생들과 만날 기회는 매우 제한적이었다. 그러다 고1 학생들을 대상으로 한 아침 진로 독서 모임이라는 아이디어가 떠올랐다. 진로 독서 모임의 아이디어는 사람들과의 대화 속에서 시작되었다. 나의 발화점은 두 사람, 동생과 진로교사 동기였다.

발화점은 일이 처음 시작되는 지점을 의미한다. 내가 진로교사로서 새로운 프로그램을 시작하게 되는 발화점은 대개 혼자만의 고민에서 나온 것이 아니었다. 오히려 동생과의 대화, 동료 교사와의 소통, 다양한 연수 자리 등 사람들과의 만남에서 비롯된 경우가 많았다. 결국 나의 도전을 가능하게 한 발화점은 언제나 사람이었다.

첫 번째 발화점은 동생이다. 우리는 하루에도 몇 번씩 통화하며 사소한 이야기부터 아이디어를 공유한다. 동생은 내가 말하는 생각을 긍정적으로 받아들이며 발전시켜주는 소중한 존재다. 동생이 교사는 아니지만 진로 업무와 관련된 아이디어 공유를 자주한다. 동생은 편안하게 어떤 대화든 받아줄 수 있는 소중한 존재로 새로움을 즐기고 도전을 좋아하는 사람이다. 특히 그의 긍정적인 태도는 내 아이디어를 더욱 발전시키는 데 큰 도움이 되었다.

"그거 괜찮은데?"
"이렇게 해보는 건 어때? 그건 좀 아닌 거 같아. 다시 생각해 보자."
"굿 아이디어! 진짜 잘하고 있네."

동생의 이런 코멘트들은 내가 생각한 아이디어를 실행 가능한 구체적인 프로그램으로 바꾸는 데 큰 힘이 된다. 결국 동생과의 대화는 학생들과 함께할 수 있는 진로 독서 프로그램을 만드는 데 중요한 출발점이 되었다.

진로 독서 프로그램 이름도 동생의 아이디어였다. 내가 진로 독서 프로그램 이름을 지어야 하는데 뭐가 좋을지 고민하고 있을 때 "내 마음에 콕 들어온 문장이라는 뜻으로 '마음 콕' 어때?"라고 제안했다. 이름을 듣자마자 딱 느낌이 왔다. 부르기 쉽고 입에도 착 붙는다. 동생 덕분에 '마음 콕 진로 독서'라는 좋은 이름이 탄생했다. 간결하면서도 의미를 담고 있는 이 이름은 지금도 마음에 든다. 동생에게 고마운 마음이 새삼스럽게 든다.

마음 콕 진로 독서 진행 과정에서도 동생과 소소한 대화를 이어갔다. 하루는 "마음 콕 진로 독서하러 일찍 출근했어."라는 메시지를 보내자 동생은 "파이팅! 나도 오늘 독서실 1등 도착. 열심히 공부할게요."라고 답신을 보내왔다. 이처럼 사소하지만 서로에게 긍정적 에너지를 주고받는 대화들이 나를 움직이게 했고 그 과정에서 동생과의 교감이 큰 자극과 역동성을 만들어냈다.

두 번째 발화점은 진로교사 8기 동기였다. 동기 선생님은 나의 아이디어를 함께 발전시키고 실현할 수 있도록 도와준 든든한 동반자였다. 진로교사라는 공통된 목표와 역할 속에서 나눈 대화와 협업은 프로그램의 실행 가능성을 높이는 데 결정적인 역할을 했다. 함께 고민하고 아이디어를 구체화하는 대화 속에서 나는 실행력을 얻었다. "선생님은 정말 열정적이에요. 선생님의 마음 쏙 진로독서 아이디어라면 충분히 학생들에게 도움이 될 거예요." 동기 선생님의 격려는 내가 도전을 시작하고 유지할 수 있는 든든한 힘이 되었다. 그리고 내게 별명을 하나 붙여주었다.

"샘에게 RIASEC이라고 별명을 붙여주고 싶어요. 샘은 홀랜드 유형의 RIASEC 6가지 유형을 다 갖췄어요. 샘은 다방면으로 열정을 가지고 일하는 모습이 참 보기 좋아요."

RIASEC은 얼핏 보면 암호 같고, 전문 용어 같기도 한 이 별명은 사실 나의 일하는 모습을 보고 붙여준 이름이다. RIASEC은 미국 심리학자 홀랜드가 만든 직업흥미검사 이론의 약자로 현실형, 탐구형, 예술형, 사회형, 진취형, 관습형을 뜻한다. 이 별명을 붙여 준 선생님은 내가 다양한 영역에 도전하고 꾸준히 성장하려는 모습을 보고 이렇게 말한 것이다. 그 말한마디에 나의 열정과 도전을 돌아보게 되었다. RIASEC이라는 별명은 마치 나의 정체성과도 같았다. 단 한 가지의 길이 아니라 여러 갈래를 탐구하고, 그 길에서 최선을 다하며 에너지를 쏟는 나 자신을 표현가기에 딱맞았다.

동생과 동기 선생님 덕분에 진로 독서 모임은 학생들과 함께하는 의미 있는 경험으로 이어질 수 있었다. 두 사람의 응원과 아이디어 나눔은 내게 큰 힘이 되었다. 이들의 지지와 격려 덕분에 마음 콕 진로 독서 프로그램이 구체화되었고 마침내 시작할 준비를 마칠 수 있었다.

"단 3명이라니?"

고등학교 1학년 학생은 대략 200여 명 정도 됐다. 그러나 구름떼처럼 몰려올 것 같았던 학생들의 신청자는 단 3명에 그쳤다. 최소한 10명, 아니 5명 이상은 신청할 줄 알았다. 처음엔 당황스러웠지만 마음을 가라앉히고 생각했다. '단 한 명이 신청했더라도 시작했을 거야.' 학생들과의 약속을 지키기 위해 3명의 학생과 함께 독서 모임을 시작했다.

프로그램을 기획할 때는 학생들과 함께 책을 읽고 풍성한 토론을 나눌 줄 알았다. 학생들 각자의 진로와 연결 짓는 활동을 통해 생각의 폭을 넓힐 것이라고 기대도 했다. 더 나아가 학생들과 친밀감을 쌓아 진로상담으로 자연스럽게 이어질 것이라고 생각했다. 그러나 현실은 생각만큼 이상적이지 않았다.

학생들과의 첫 만남은 기대와 달랐다. 깊은 독서 토론은 이루어지지 않았고 진로에 대한 학생들의 고민도 함께 나누지 못했다. 첫 만남의 시간이 지나면서 다짐했던 말이 있다. "작은 시작에도 의미가 있다. 이 시간을 통해 학생들이 조금이라도 성장했다면 그걸로 충분하다." 비록 완벽한 독서 프로그램은 아니었지만 학생들이 한 걸음씩 진로에 다가가는 시간을 가질 수 있었다는 점에 의미를 두고 싶다. 자신을 이해하는 데 작은 힌트라도 얻었다면 그 자체로도 충분히 가치 있는 경험이 아니었을까. 마음 콕 진로

독서는 화려하지는 않았지만 한 학기 프로그램으로 마무리되었음에 감사한다.

프로그램 진행 중 어려움도 있었다. 학교 도서관 문을 열기 위해 7시 40분까지는 출근해야 했다. 숙직 기사님께 도서관 열쇠를 받아 문을 열고 준비하는 일이 주 1회 반복되었다. 비대면 수업일 때도 여전히 진로상담실에서 온라인 줌을 열고 학생들을 기다렸다. 학생들이 늦잠을 자면 전화를 걸어 깨우기도 했으니 나와 학생들 모두 쉽지 않은 시간을 보내고 있었다.

게다가 내 마음에 콕 박히는 위기의 순간도 있었다. 가끔 "누가 시킨 것도 아닌데 왜 이런 걸 해요?"라는 주위의 말에 흔들리기도 했다. 깊은 한숨이 절로 나왔다. 하지만 학생들과 한 약속을 끝까지 지키고 싶었다. 그렇게 마음 콕 진로 독서는 1학기 동안 지속되었다.

2학기가 시작되고 재참여하는 학생들은 없었다. 그렇게 프로그램은 조용히 막을 내렸다. 진로 독서가 학생들에게 어떤 변화를 주었는지 명확히 알 수는 없다. 3명의 학생과 내가 끝까지 자리를 지켰다는 사실 하나만으로 위안을 삼았을 뿐이다. 그럼에도 3명의 학생도 나도 서로를 칭찬하고 격려할 자격이 있다.

마음 콕 진로독서 프로그램 운영 경험은 나에게 또 하나의 질문을 남겼다. '모든 도전이 반드시 큰 의미를 가져야 할까?' 때로는 한참 후에야 도전의 의미와 가치를 비로소 깨닫기도 한다. 지금의 나처럼 말이다. 혹은 아무런 의미를 남기지 않을 수도 있다. 중요한 것은 도전을 통해 얻어지는 경험과 작은 성취이지 않을까.

　나는 도전을 거창하게 시작한 적이 거의 없다. 사소한 도전들이 쌓여 나를 움직이는 힘이 되었다. 작은 도전들이 하나둘 쌓여 '도전 근육'이 만들어지고 있는 중이다. 여전히 '한번 해 볼까?'로 시작한다.

　나를 도전하게 만드는 발화점을 찾아보자. 나를 움직이게 만드는 그것이 바로 발화점이다. 내게 도전을 시작하게 만드는 발화점은 언제나, 여전히 사람이다. 그들과 함께 도전의 자리를 꾸준히 지켜 나가고 있다. 내게 도전의 끝은 없다. 언제나 시작만 있을 뿐.

**23**

# 이젠 진로상담도 MZ처럼!

## 함께 생각하며 나아가기

1. 과거에 낯선 환경 속에서도 새롭게 도전했던 것은 무엇인가요?
2. 새로운 도전을 할 때 어떤 어려움이 있었나요?
3. 어떻게 그 어려움을 이겨내게 되었나요?
4. 어려움을 함께 극복한 사람은 누구였나요?
5. 다시 돌아간다면 새로운 도전을 위해 어떤 강점을 활용할 생각인가요?

텅 빈 교실, 멈춘 진로상담. 코로나19가 일상의 모든 것을 뒤흔들던 그 시절 학교는 말 그대로 고요 속에 갇혔다. 학생들의 웃음소리나 움직임조차 사라졌다. 학생들과 만날 수 있어야 가능한 수업과 진로상담은 중단되었고 학생들 간의 연결은 완전히 끊긴 듯했다. 진로교사로서 가장 소중히 여겼던 학생들과의 대화와 관계가 순식간에 사라져 버렸다. "이제 어떻게 해야 하지? 진로교사로서 무엇을 할 수 있을까?"

그 답은 의외의 곳에서 찾을 수 있었다. 어느 날 교무실로 전달된 공문 하나가 눈길을 끌었다. '코로나19 상황에서도 비대면으로 상담을 진행할 수 있는 카카오채널과 오픈 카카오톡 활용 방법'을 안내하는 내용이었다. 이 공문의 주인공은 위클래스 전문상담사 선생님이었다. 전문상담사 선생님들의 결속력과 빠른 적응력이 부럽기도 했지만 그 공문을 읽는 순간 머릿속에 한 가지 아이디어가 스쳤다. '이거다!' 마치 퍼즐 한 조각이 맞춰지는 듯한 확신이 들었다. '진로진학상담실'을 비대면으로 운영할 가능성을 떠올렸다. 새로운 시도였지만 학생들과의 연결이 가능하다면 충분히 가치 있는 일이었다.

즉시 전문상담사 선생님과 함께 공문에 나온 방법을 도전해 보기로 했다. 평소였다면 시도하지 않아도 될 일이었겠지만 코로나19라는 특수한 상황에서 우리는 지체하지 않고 새로운 환경에 접속하며 머리를 맞댔다.

처음 카카오채널을 개설하려는 시도는 혼란의 연속이었다. 전문상담사 선생님과 함께 채널을 설정하고 테스트하는 동안 수십 번의 오류와 시행착오를 겪었다. 채널을 만들고 메시지 기능을 연습해 나갔다. 채널에 나타나는 반응을 확인하며 마침내 '진로진학상담실'이라는 이름을 가진 온라인 공간을 탄생시켰다. 채널 첫 화면에는 "어서 와~ 진로진학상담실이야."라는 따뜻한 메시지를 담았다. 학생들이 새로운 공간에서 편안함을 느낄 수 있기를 바라는 마음이었다. 전문상담사 선생님과 함께 비대면으로도 학생들과 소통할 수 있는 가능성을 확인했다. 설렘과 신기함에 진로교사 동기 선생님에게도 채널 가입을 부탁했고 또 한 번 학생들이 쉽게 접근할 수 있는지 확인을 거쳤다.

채널을 개설하는 데에도 많은 시행착오가 있었지만 이것은 단지 시작일 뿐이었다. 이제 남은 과제는 이 채널을 어떻게 학생들에게 알리고 활용하게 할 것인가였다. 특히 학생들이 자발적으로 채널에 가입하도록 만드는 과제가 남았다. 학생들이 진로상담의 필요성을 느끼고 스스로 신청하고 싶은 마음이 들도록 해야 한다.

학생들이 알기 쉽게 접근할 수 있도록 진로상담 포스터를 제작했다. 이 과정에서 전문상담사 선생님과의 협력은 큰 힘이 되었다. 디자인과 문구를 고민하며 여러 번 수정 작업을 거친 끝에 채널 소개 포스터가 완성되었다. 포스터 한 장을 만들고 나니 아이디어가 샘솟았다. 또 다른 문구와 디자인이 떠올랐고 결국 세 장의 포스터를 연달아 제작해 업로드했다. 온라인상에서 현실의 진로상담실을 재현해 낸 듯한 뿌듯함이 밀려왔다. 첫 포스터를 올렸을 때 전문상담사 선생님이 긍정적으로 반응해 주니 더 힘이 되었다. "정말 좋은데요. 대면 수업으로 돌아가더라도 진로상담 신청은 온라인으로 진행해도 괜찮을 것 같아요."

그 말은 새로운 가능성을 열어주는 순간이었다. 긍정적인 피드백을 받으니 자신감이 생겼고 잘하고 있다는 확신도 들었다. 전문상담사 선생님 덕분에 더 열정적으로 몰입하게 되었다. 진로상담 채널 운영은 온라인과 오프라인 진로상담을 병행하는 환경으로 효율적이었다. 또한 학생들에게 더 쉽게 접근성을 제공할 수 있다는 점이 좋았다. 이런 작은 시작이 학생들과의 소통을 더 풍부하게 만들 수 있다는 생각에 가슴이 뛰었다.

코로나19라는 위기가 아니었다면 시도하지 않았을 일이다. 하지만 이 작은 도전은 학생들과의 단절을 조금이나마 해소할 수 있는 가능성을 열어주었다. 머뭇거릴 시간 없이 새로운 방법을 탐구하며 얻은 이 경험은 이후 진로교사로서의 업무에도 큰 영향을 주었다.

진로진학상담실 카카오채널이 자리 잡아가면서 더 큰 목표를 세웠다. 채널 친구 수 100명을 목표로 잡고 학생들과의 연결을 지속적으로 확대하려고 노력했다. '단 한 명이라도 학생이 필요를 느껴 이 채널을 찾는다면 그 자체로 성공이다.'라는 마음으로 콘텐츠를 추가하고 학생들이 자발적으로 상담을 신청하도록 독려했다.

그러나 이 과정이 순탄치만은 않았다. 가장 큰 적은 주변에서 들려오는 말 한마디였다. "또 새로운 일 만들어서 해요?"라는 주변의 자조적인 반응에 흔들릴 때도 있었다. 주말마다 컴퓨터 앞에 앉아 몇 시간씩 포스터를 제작하며 피로감은 쌓여갔다. 학생들의 반응이 기대에 미치지 못할 때 찾아온 실망감도 있었다. 진로상담 신청에 오류가 생길까 노심초사하며 확인 작업을 수도 없이 반복했다.

채널 개설과 가입 과정을 통해 나는 스스로에게 묻게 되었다. '나는 왜 계속 새로운 시도를 하는 걸까?', '굳이 안 해도 될 일에 왜 이토록 시간을 쏟고 있을까?' 그리고 그 질문의 답은 항상 같은 곳으로 돌아왔다. 학생들과 연결되고 싶은 진심과 진로교사로서의 책임감이었다. 그리고 변화와 성장을 향한 갈망과 그럼에도 불구하고 멈출 수 없는 열정이었다. 나를 움직이는 원동력은 결국 학생이었다.

진로상담 카카오채널이 학생들과의 소통 창구로 자리 잡아가면서 또 하나의 감사한 순간이 찾아왔다. 동기 진로선생님이 내 채널을 보고 칭찬과 격려를 보내온 것이다. "채널 너무 좋네요. 저도 우리 학교에 똑같이 만들어보고 싶어요. 도와줄 수 있나요?" 그 말에 나는 더 신이 났다. "당연하죠. 같이 하면 더 재미있을 거예요." 동기 진로교사와 함께 채널을 운영하며 홍보 포스터를 만들고 학생들의 눈높이에 맞는 콘텐츠를 고민하는 시간은 재미와 성취감을 날로 더해갔다. 정보와 아이디어를 공유하며 우리는 함께 성장하고 있었다. 코로나19가 끝난 지금도 근무하는 학교에서 여전히 카카오채널을 운영 중이다.

결국 진로교사로서의 도전은 항상 새로운 연결을 만드는 일에서 시작된다. 그 연결이 비록 작은 시작일지라도 학생들과의 더 깊은 소통으로 이어지며, 나에게도 성장의 기회를 안겨준다. 그렇기에 나는 오늘도 멈추지 않는다. '위클래스상담실'과 '진로진학상담실' 채널의 동시 개설은 뜻깊은 작업이다. 상담 영역은 다르지만 코로나19의 제약 속에서도 학생들과의 연결을 지속하고자 하는 교사들의 마음은 하나였다. 그것은 바로 학생들이 언제든 자신들의 고민을 나누고 도움을 받을 수 있는 안전한 공간을 제공하는 것이다. 코로나19의 위기 속에서 시작된 이 작은 시도는 학생들에게 새로운 소통의 길을 열어주었고 나에게는 진로교사로서 새로운 시도를 하게 만들었다.

새로운 시도를 후회하지 않은 적이 없다면 그것은 거짓말이다. 후회는 하지만 포기를 하지 않았기에 진로교사로서 사명을 다하는 것이라 믿고 있다. 내가 걷고 있는 이 길이 어디로 뻗어 나갈지 모른다. 다만 나는 여전히 이 길 위에서 새로운 연결을 만들어가고 있을 뿐이다.

# 북카페에서 보드게임을 한다고?

| 함께 생각하며 나아가기 |
| --- |
| 1. 도전을 한 이후 후회한 적이 있나요? |
| 2. 그 후회는 당신의 도전에 어떤 영향을 미쳤나요? |
| 3. 후회하는 마음을 극복하기 위해서 어떻게 했나요? |
| 4. 후회했던 도전은 지금 어떻게 느껴지나요? |
| 5. 다시 똑같은 상황이 온다면 어떤 선택을 할 생각인가요? |

　신설 중학교 발령. 설렘과 막막함이 교차하는 단어다. 모든 것이 새롭게 시작되는 신설 중학교는 말 그대로 무(無)에서 유(有)를 창조해야 하는 공간이다. 개교 예정 학교를 방문했을 때 건물만 완성되었고 내용물은 없었다. 텅 빈 교실과 교무실을 보며 알 수 없는 긴장감이 밀려왔다. 3월 개교를 앞둔 두세 달 동안 교사들은 공간을 채우고 시스템을 만들기 위해 분주히 움직여야 했다. 특히 신설학교 개교 멤버가 두세 달 전부터 먼저 갖은 고생을 하며 업무를 시작한다. 그러고 나면 2월에 나머지 교사들이 발령

받아 최종적으로 학교 구성원이 완성되어 하나의 팀으로 완성된다.

 이렇게 개교한 학교는 공간 한 군데 한 군데 모두 교사의 손길을 거치지 않은 곳이 없게 된다. 개교 첫해에는 학생들이 많지 않아 4층 건물 중 1층과 2층까지만 사용했다. 그러나 개교 후 두 번째 해부터는 학생 수가 증가하면서 3층까지 사용하게 되었고 3층과 4층 복도는 학생들을 위한 쉼터 공간으로 꾸며졌다.

 그렇게 완성된 학교의 3층 복도에는 북카페가 자리 잡았다. 북카페는 예쁜 소파와 테이블이 세팅되었다. 창가 쪽으로는 평상처럼 생긴 원목 마루도 설치되었다. 원목 마루는 커피 한잔 마시기에 좋은 멋스러운 곳이었다. 북카페는 쉬는 시간과 점심시간에 학생들이 장난치는 곳이 되었다. 학생 몇 명이 도란도란 앉아 있는 모습도 눈에 띄었다. 원목 마루와 아늑한 소파, 테이블이 어우러진 북카페는 학생들에게 쉼터 이상의 공간이 되기를 바랐다. 하지만 시간이 지나면서 느껴진 건 아쉬움이었다.

 '학생들이 북카페에서 더 즐겁고 의미 있는 시간을 보낼 수 있다면 얼마나 좋을까?'

 어느 날 떠오른 아이디어는 보드게임이었다. 학생들에게 놀잇감을 제공하고 싶어졌다. 북카페에 앉은 학생들이 무엇을 해야 가장 행복하고 재미 있는 공간이 될 수 있을지 고민한 것이다. 북카페는 학생들이 놀 수 있는 안전한 공간이다. 학생들에게는 이보다 더 좋은 공간이 없어 보였다. 중학생들이 짧은 시간에도 즐겁게 할 수 있는 놀이가 무엇일지 고민했을 때 반짝이는 아이디어가 떠올랐다. 북카페에 그림책과 보드게임을 비치해 보자!

곧장 교장, 교감, 각 부서 부장이 모인 기획 회의 시간에 북카페에 보드게임을 설치하자는 의견을 제안했다. 다행히 긍정적인 반응을 얻었다. 다들 좋은 의견이라고 지지도 해준다. 구체적인 실행 계획을 세우기 시작했다. 가장 먼저 학생들에게 어떤 보드게임이 필요할지 고민이 시작됐다. 보드게임을 잘 알지도 못하면서 덜컥하겠다고 했으니 또 새로운 고민이 시작된 것이다.

진로수업이 끝날 무렵 학생들에게 질문했다. "북카페에 보드게임을 비치하려고 하는데 어떤 게임이 좋을까?" 순간 교실은 환호성으로 가득 찼다. 학생들이 좋아하는 보드게임이 무엇인지 알아보는 일은 생각보다 간단했다. 학생들은 보드게임이 북카페에 설치된다는 소식에 신나서 저마다 좋아하는 보드게임을 추천해 주었다. 학생들은 자신들이 좋아하는 보드게임 이름을 빼곡히 적어내며 기대감을 드러냈다. 그렇게 차곡차곡 쌓인 목록 속에서 인기 있는 게임을 선별해 예산에 맞게 구매를 진행했다. 드디어 북카페에 보드게임이 비치되었고 학생들은 점심시간마다 삼삼오오 모여 함께 게임을 즐겼고 웃음소리가 끊이질 않았다.

보드게임 비치는 예상대로 대성공이었다. 점심시간이 되면 북카페는 마치 게임장이 된 듯 활기가 넘쳤다. 학생들이 이렇게 웃고 즐기는 모습을 보는 것만으로도 보드게임 설치는 충분히 보람 있는 일이었다.

하지만 문제도 뒤따랐다. 보드게임을 하려는 학생들이 점점 늘어나며 경쟁이 과열되었다. 보드게임을 차지하려는 학생들 간의 신경전, 정리되지 않은 게임 조각들, 여기저기 흩어진 쓰레기까지. 학생들끼리 순서를 두고 다투지는 않을까 걱정이 됐다. 결국 점심시간마다 1학년 부장선생님과 북카페를 순찰해야 했다. 처음에는 기쁜 마음으로 시작했지만 어느새 새로운 업무가 하나 더 추가된 셈이었다. 학생들에게는 즐거움을 주었지만 1학년 부장선생님에게는 점심시간을 빼앗게 된 것 같아 미안한 마음이 들었다.

그러던 중 A라는 여학생이 내게 다가왔다. "선생님, 학생들이 보드게임을 하고 정리를 안 해요. 쓰레기도 버리고 가요." 그 이후에도 A는 매일 나를 찾아와 북카페의 문제점을 전했다. 어느 날부터인가 5교시 시작 전 예비종이 울릴 때 북카페에 나가보면 A 혼자서 정리를 하고 있는 모습이 보였다. A는 매일같이 북카페를 정리하며 문제를 해결하려고 노력했다. 내가 부탁한 적도 없는데 A는 자발적으로 나서서 북카페를 깨끗하게 유지했다. A는 자발적으로 바닥에 떨어진 보드게임을 치우고, 쓰레기를 모으며 의자를 정돈하여 북카페를 깔끔하게 유지하고 있었다. A의 주도적인 태도는 감동적이었다. 내가 해야 할 일을 먼저 나서서 해주는 모습에 감동과 미안함이 동시에 밀려왔다.

A는 내게 특별한 존재였다. 등교 시간, 쉬는 시간, 점심시간마다 북카페에 '짠' 하고 나타나 정리 정돈을 해주는 모습은 마치 우렁각시 같았다. 내가 정리하지 않아도 된다고 말했지만 그 학생은 자신이 그저 좋아서, 정리가 안 된 북카페가 싫어서 스스로 정리한다고 했다. A는 진로수업의 문제해결 프로젝트에서 북카페 문제 해결 방안을 주제로 발표하며 구체적인 아이디어를 제시하기도 했다. 학생들에게 무분별한 보드게임 사용에 대한 문제를

직접 해결하려는 아이디어를 제안하면서 다른 학생들에게 문제의식을 갖게 했다. 이런 모습에서 나는 A의 책임감과 리더십에 큰 감명을 받았다.

보드게임을 비치하는 작은 도전은 예상치 못한 어려움과 번거로움을 동반했다. 보드게임 설치를 통해 학생들에게 즐거운 공간을 제공했다는 사실은 분명히 뿌듯했다. 하지만 그 과정에서 느껴지는 후회도 피할 수 없었다. 학생들에게 좋은 환경을 만들어 주겠다는 마음으로 시작한 일이지만 준비 과정과 관리에 드는 수고를 고려하면 내 발등을 내가 찍은 듯한 기분이 들기도 했다. 보드게임 설치를 위해 학생들에게 의견을 묻고 예산에 맞는 게임을 선정하며 학교 인터넷 거래 사이트에서 물품을 검색해 장바구니에 담아 두는 과정은 단순하지 않았다. 품의 결재, 행정실을 통해 물품 구매, 택배 상자를 뜯고 정리하는 일까지 모든 과정이 만만치 않은 일이었다.

그럼에도 불구하고 학생들의 웃음소리를 들을 때면 이 모든 번거로움과 피로가 잊혔다. 이 모든 수고가 보람으로 바뀌는 순간이다. 북카페에서 친구들과 어울려 게임을 즐기며 행복해하는 학생들, 차 한 잔을 나누며 잠시 쉬어가는 선생님들이 눈에 선하다. 내가 좋아하는 천사샘 2명과 함께 원목 평상에 앉아 커피 한잔을 나누던 순간은 영원히 잊지 못할 것이다.

북카페에 보드게임을 비치했던 작은 일로 많은 사람이 웃고 행복해졌다. 앞으로도 나는 행복한 도전을 계속 이어갈 것이다. 도전은 나와 우리를 행복하게 하는 멋진 일이다. 이 작은 도전은 내게 중요한 교훈을 남겼다. 학생들과의 관계를 통해 학교가 더 따뜻한 공간으로 변화할 수 있다는 것과 그 변화를 위해 노력하는 과정이 교사로서의 나를 더 성장하게 만든다는 것을.

## 25

# 엉뚱처방, 마음약방

**함께 생각하며 나아가기**

1. 내가 하지 않아도 될 일을 하게 된 적이 있나요?
2. 하지 않아도 될 일을 하게 되었을 때 어떤 기분이 들었나요?
3. 새로운 도전을 준비하면서 발생한 어려웠던 점을 어떻게 극복했나요?
4. 도전이 실패하게 됐을 때 어떤 반응을 보였나요?
5. 실패한 당신에게 어떤 위로의 메시지를 해주고 싶나요?

신설 중학교에서의 첫해는 위클래스 선생님의 부재로 내가 그 역할을 맡게 되었다. 전문상담교사는 아니지만 주어진 업무에 최선을 다하자는 마음으로 학생들의 정서를 지원할 수 있는 프로그램을 고민하기 시작했다.

"학생들의 고민을 어떻게 잘 들어 줄 수 있을까? 어떻게 하면 학생들의 고민을 덜어줄 수 있을까? 학생들은 어떤 문제로 힘들어할까? 학생들과 더 가까워지는 방법은 무엇일까?" 이런 고민은 모든 교사가 계속 하고 있는 것들이다. 하지만 학생들의 마음을 세심하게 들여다보고 정서적으로 힘들어하는 학생들과 지속적으로 소통하며 특별히 보살펴주는 역할은 위클래스에서 근무하는 전문상담교사의 역할이 중요하다.

직전 학교에서 위클래스 선생님과 가까이에서 함께 일했던 경험은 나에게 큰 영감을 주었다. 그 선생님은 학생들의 정서를 돌보며 다양한 프로그램을 운영했다. 그리고 마음이 힘든 학생들이 편히 머물 수 있는 따뜻한 공간으로 위클래스를 쉼터로 만들어주었다. 그 모습을 보며 '학생들을 위한 공간이란 이런 곳이어야 한다.'는 생각을 하게 되었었다. 그래서 내가 전문상담교사의 역할을 대신 맡게 되었을 때 그분을 흉내 내서라도 학생들을 위한 프로그램을 만들어보고 싶었다.

나는 학생들의 심리 · 정서적 부분을 지원할 수 있는 프로그램을 월 1회 운영해야 한다는 책임감이 들었다. 위클래스 업무를 맡으면서 운영했던 프로그램은 느리게 가는 편지, 사과데이&감사데이, 사서 교사 주관 도서관과 함께하는 친구 사랑 주간, 걱정 인형 만들기, 마음약방 같은 것들이었다. 한 번도 맡아보지 않은 업무였기에 어려움이 있었지만 학생들에게 조금이나마 의미 있는 시간을 만들어 주고 싶다는 생각에 정보를 검색하며 프로그램 계획을 수립했다. 처음 해보는 일이라 부족함도 많았지만 학생들에게 의미 있는 시간을 만들어주고 싶다는 마음으로 하나씩 실행에 옮겼다.

사실 위클래스 업무를 처음 맡은 나에게는 주요 업무만 해내도 충분했을 것이다. 그러나 학생들을 위해 조금 더 노력하고 싶다는 선한 욕심이 나를 움직였다. 그중 가장 기억에 남는 프로그램은 '엉뚱처방, 마음약방 위로 프로젝트'였다. 이 프로젝트는 학생들의 고민을 들어주고 작은 위로를 전하는 것이었다. 학생들에게 자신이 혼자가 아니며, 그 마음을 알아주고 위로하는 시간이 되길 바랐다.

이 프로젝트의 첫 단계는 홍보물 제작이었다. '혼자가 아니야! 힘을 내.'라는 메시지를 담아 학생들에게 다가 가고자 했다. 이 프로그램은 3일 동안 점심시간에 진행되었고 학생들이 참여할 수 있는 다양한 코너를 마련했다. '걱정 날리기, 걱정을 써요.' 코너는 익명으로 자신의 고민을 포스트잇에 적어 게시판에 붙이게 했다. '걱정 뚝! 행복 시작' 코너는 학생들이 자신의 고민을 걱정 인형에게 털어놓고 마음의 짐을 내려놓는 시간을 가졌다. '조제 열심! 엉뚱처방' 코너는 약 봉투에 사탕과 젤리류를 담고 또래상담자 학생들이 고민에 맞는 위로의 문구를 작성해 처방해 주었다.

특히 '엉뚱처방' 코너는 학생들의 뜨거운 호응을 얻었다. 학생들은 자신만의 고민을 털어놓으며 또래 친구들로부터 응원을 받았고 이 과정에서 특별한 위로와 연결을 경험했다.

프로그램 준비는 예상보다 훨씬 복잡했다. 가장 큰 난관은 약 봉투 작업이었다. 약포지 하나에 사탕과 젤리를 4~5개씩 담아야 했다. 참여 학생 50명을 기준으로 하면 약포지는 250개가 필요했다. 그 양은 생각보다 어마어마했다. 혼자 해결할 수 없어서 보건 선생님, 사서 선생님, 특수 선생님에게 도움을 요청했지만 여전히 일손이 부족했다. 결국 또래 상담 동아리 학생들까지 함께해 작업을 마쳤다.

비록 엄청난 에너지가 소모된 프로젝트였지만 학생들에게 마음약방은 그야말로 폭발적인 인기를 끌었다. 프로그램이 진행되는 동안 학생들의 반응은 기대 이상이었다. "선생님 저 고민이 많았는데 이렇게 말하니까 마음이 가벼워졌어요!", "사탕도 좋지만 친구가 써준 문구가 진짜 위로가 돼요." 특히 또래상담자로 참여한 학생들은 그 과정에서 자기 자신도 치유받는 느낌을 받았다고 말했다. "저도 친구들 고민을 들으면서 뭔가 제 이야기를 털어놓은 것 같았어요. 더 많이 공감하게 됐어요." 이런 반응들을 보며 힘들었지만 뿌듯함도 컸다. 마음약방은 단순히 학생들의 고민을 해결해 주는 프로그램이 아니라 학생들 간의 연결과 공감을 만들어내는 장이 되어 좋았다. 사탕과 젤리를 먹기 위해 단순히 재미로 참여했을 것이라고 생각할 수도 있지만 그보다 더 깊은 의미가 있었다. 학생들이 참여하며 웃고 떠드는 모습을 보니 모든 수고가 보람으로 바뀌었다.

물론 마음약방 프로젝트는 내 독창적인 아이디어는 아니다. 위클래스 업무를 맡으면서 인터넷 검색을 통해 발견한 프로그램이다. 위클래스에서 운영하는 여러 프로그램 중에서 학생들에게 가장 의미 있고 많은 참여를 이끌어낼 수 있을 것 같은 프로그램을 선택했을 뿐이다. 실제로 이 프로그램이 얼마나 인기가 있을지는 전혀 알 수 없었다. 학생들의 참여 인원수도 예측하기 어려웠다. 내가 할 수 있었던 것은 그저 '한 번 해보자!'는 다짐과 의미 부여였다. 이 프로그램을 통해 학생들에게 조금이라도 힘이 되었으면 좋겠다는 마음으로 시작했으니 그것만으로도 충분히 의미가 있었다.

물론 이 프로젝트는 완벽하지 않았다. 포스터 제작, 물품 준비, 진행 과정 등에서 시행착오도 많았다. 처음부터 끝까지 손이 많이 갔고 매일 새로운 문제가 생겼다. "왜 이렇게까지 해야 하지?" 스스로에게 이런 질문을 던지기도 했지만 답은 항상 같았다. "학생들에게 조금이라도 도움이 될 수 있다면 그것으로 충분하다." 결과가 성공적이든 그렇지 않든 중요한 것은 시도했다는 사실이었다. 그 시도는 학생들에게 작은 위로와 따뜻함을 전했다. 그뿐만 아니라 나에게도 새로운 배움과 성장을 가져다주었다.

프로그램이 끝난 후 나는 스스로에게 물었다. '엉뚱처방, 마음약방을 시도하지 않았다면 무슨 일이 일어났을까?' 그 답은 분명하다. 아무 일도 일어나지 않았을 것이다. 도전은 나와 학생들 모두를 움직이게 했고 그 과정에서 우리는 서로에게서 배웠다.

"실수를 해보지 않은 사람은 한 번도 새로운 시도를 하지 않은 사람이다." 아인슈타인의 말처럼 나는 도전을 통해 비로소 성장할 수 있었다. 엉뚱처방, 마음약방 위로 프로젝트는 그런 도전의 산물이었고 앞으로도 계속해서 도전할 이유를 만들어 준 소중한 경험이었다.

가끔은 내가 '일을 만들어가는 사람'이라는 생각이 든다. 아니 '길을 만들어가는 사람'이라고 해야 더 정확할 것이다. 나는 어떤 일을 시작할 때 완벽을 목표로 하지 않는다. 결과를 미리 예측할 수도 없고 늘 성공할 거라는 보장도 없다. 그럼에도 새로운 시도를 할 때마다 기분이 좋아지는 것을 보면 이러한 노력들이 학생들에게도 분명 좋은 영향을 미쳤을 거라는 믿음이 생긴다.

나도 처음 해보는 일이 많아서 항상 낯설다. 준비 과정에서 손이 너무 많이 가서 후회할 때가 많다. 학생들이 관심을 보이지 않을까 봐 마음 졸일 때도 있다. 프로그램 참여율이 저조해서 각 교실을 돌며 큰 소리로 홍보하고 동료 교사들이 찾아와 주길 바랐던 적도 있다. 잠시 낙심할 때도 있다. 그럼에도 불구하고 도전을 멈출 수가 없다.

오늘도 나는 여전히 새로운 시도 앞에서 몸살을 앓고 있다. 너무 힘겨워서 눈물을 흘리며 견디고 있는 중이다. 이 견딤은 늘 힘겹다. 하지만 이제 나는 믿는다. 작은 시도는 반드시 변화를 만든다는 것을. 그 변화가 크든 작든 그 자체로 의미가 있다는 것을.

# 26

# 66일간의 꿈달 프로젝트

> **함께 생각하며 나아가기**
>
> 1. 당신이 도전하고 있는 것 중 한 가지를 떠올려보세요. 그 도전에 이름을 붙여 본다면?
> 2. 그 이름의 의미는 무엇인가요?
> 3. 당신에게 무모한 도전이었던 경험을 떠올려보세요.
> 4. 무모했던 도전은 당신에게 어떤 영향을 미쳤나요?
> 5. 만약 새롭게 시작할 무모한 도전을 생각해 본다면 무엇일까요?

"꿈을 향해 달리는 새로운 여정이 시작되었다."

66일간의 꿈달 프로젝트는 학생들과 나 자신에게 변화를 가져오게 한 선물이었다. 꿈달 프로젝트는 무언가를 도전하고 성취감을 맛본다는 것, 그 과정을 통해 성장한다는 것의 가치를 학생들과 함께 경험하게 되었다. 처음 해보는 일이었지만 그 설렘이 모든 두려움을 잠재우고 나를 이끌었다.

프로젝트의 시작은 단순했다. '학생들에게 작은 목표를 세우고 꾸준히 도전해 성취감을 느낄 기회를 만들어주면 어떨까?'라는 생각이 출발점이었다. 연수에서 배운 내용을 토대로 학생들이 자율적으로 참여할 수 있는 프로그램을 기획하며 점차 구체화되기 시작했다. 이름도 정했다. '꿈을 향해 달려가는'이라는 의미를 담아 꿈달 프로젝트라 부르기로 했다.

'꿈을 향해 달려가는 66일간의 꿈달 프로젝트'는 내게 큰 모험이자 도전이었다. 한 번도 시도해 본 적 없는 거대한 프로젝트였다. 학생 모집, 프로그램 진행, 독려 및 피드백 등 프로젝트를 운영하기 위한 여러 가지 대안이 필요했지만 현실적으로 불가능에 가까운 도전이었다. 특별히 누가 나에게 꿈달 프로젝트를 진행해 보라고 권유한 것도 아니었다. 학생들과 함께 도전 프로젝트를 통해 성장해 보고 싶다는 나의 순수한 의지가 출발점이었다.

그러나 대부분의 사람은 단순히 생각만으로 실행에 옮기지는 않는다. 계획을 세우고 실행하는 과정에서 부딪힐 어려움들이 예측되기 때문이다. 실제로 꿈달 프로젝트는 결코 만만한 프로젝트가 아니었고 여러 난관이 예상됐다. 그럼에도 불구하고 나는 이 도전을 선택했다. 그리고 66일간의 여정을 통해 학생들과 나 자신이 겪은 성장과 변화를 여기에 기록하고 싶다.

66일간의 꿈달 프로젝트는 학생들과의 연결을 위한 간절한 마음에서 시작되었다. 학생들에게 자기주도성을 키울 수 있는 기회를 주고자 이 프로젝트를 기획했다. 학생들을 만나고 싶은 마음과 자기주도 학습의 중요성에 대한 고민이 꿈달 프로젝트라는 새로운 도전으로 이어진 것이다. 66일간의 꿈달 프로젝트는 진로교사 연수에서 배운 만만한 도전 프로젝트를 모티브로 기획되었다. 이 연수에서 배운 내용이 이렇게 뜻깊게 활용될 줄은 나조차 몰랐다. 기획 단계에서부터 이 프로젝트는 나에게 기쁨과 에너지를 주었고, 시작 전부터 이미 내 안에 새로운 열정을 불러일으켰다.

꿈달. '꿈을 향해 달려가는'이라는 뜻을 담아 학생들과 교사 모두가 꿈을 향해 함께 나아가자는 메시지를 담았다. 프로젝트는 시작부터 예상치 못한 열띤 호응을 얻었다. 1학년 전체 200여 명 중 절반 이상인 109명이 신청서를 제출했다. 이 결과는 학생들의 관심을 증명했다. 학생들의 반응에 놀라며 프로젝트가 성공적으로 진행될 것이라는 희망을 품었다. 그러나 동시에 학생들의 높은 참여율은 책임감과 긴장을 더했다.

꿈달 프로젝트는 단순히 도전을 독려하는 프로그램이 아니었다. 프로젝트의 중심에는 학생들이 매일 도전을 기록하고 성취감을 느낄 수 있도록 돕는 '꿈달 노트'가 있었다. 이 노트 작성은 자신의 도전을 스스로 기록하는 긴 여정에 해당된다. 어쩌면 도전 목표보다 더 쉽지 않은 도전이었는지 모르겠다.

66일 동안의 도전 과정을 기록할 수 있는 꿈달 노트 제작은 프로젝트의 첫 번째 과제였다. 꿈달 노트를 제작하기 위해 24페이지 분량의 인증 활동지를 직접 설계해야 했다. 기존에 참고할 샘플조차 없어 모든 것을 처음부터 만들어야 했다. 학생들이 매일 목표를 설정하고 성취한 내용을 기록하며, 스스로를 돌아볼 수 있도록 각 페이지를 세심하게 구성했다.

꿈달 노트 최종 결과물 제작은 생각보다 훨씬 힘든 과정이었다. 꿈달 프로젝트 신청자가 109명이었지만 혹시 추가 신청자가 생길 것을 대비해 140여 권의 노트를 제작하기로 했다. 노트 인쇄 작업도 만만치 않았지만 진짜 문제는 스프링 노트로 완성하는 과정이었다. 먼저 모든 페이지를 인쇄한 후 스프링을 끼우기 위해 구멍을 뚫어야 했다. 그리고 구멍이 뚫린 페이지를 차례로 정리해 스프링을 끼우는 작업이 이어졌다. 이 모든 과정은 손으로 직접 이루어졌고 반복되는 작업은 끝이 보이지 않았다. 다행히 동료 교사 두 명이 도움을 주었다. 세 명 중 한 명은 인쇄 작업, 두 번째 사람이 펀치 작업, 세 번째 사람은 인쇄물에 스프링을 끼우는 방식으로 분업하며 작업을 이어갔다. 책상이 인쇄물과 스프링, 펀치기로 가득 찬 상태에서 반복되는 작업은 지칠 수밖에 없었다. 도와주는 선생님들의 눈치를 보면서 조심스럽게 작업을 이어갔다. 결국 140권의 꿈달 노트가 완성되었다.

66일간의 도전을 시작하기 전 학생들과 함께 일주일간의 워밍업 시간을 가졌다. 학생들이 자신의 도전 항목을 설정하고, 도전 과제를 어떻게 실행하고 인증할지 배우는 시간이었다. 구글 클래스룸을 활용해 도전 인증 방법과 꿈달 노트 작성법을 연습하는 시간을 가졌다. 도전 목표 영역은 학습, 생활습관, 건강관리 등 다양했다. 진짜 도전을 위한 워밍업 동안 학생들은 자신이 세운 도전을 실행하며 점차 프로젝트에 익숙해졌다.

일주일간의 워밍업 시간이 끝났다. '연습은 오늘까지만'이라는 제목으로 글을 올렸다. "꿈달 프로젝트 1주일간의 예행연습 5일이 모두 끝났습니다. 오늘이 마지막으로 인증하는 날입니다. 인증은 자유롭게 해주세요." 프로젝트를 앞두고 마지막 연습을 안내하는 메시지를 업로드했다.

학생들에게 도전 인증의 기준도 명확히 공지되었다. 월요일부터 금요일까지 인증할 것, 주중에 인증하지 못한 경우 주말을 활용할 것(주말에는 자율 스터디), 3회 이상 인증에 불참하면 자동으로 탈락, 인증 방법은 창의적으로 작성할 것. 이렇게 네 가지 기준을 통해 학생들은 프로젝트에 참여하고 인증하게 되었다.

드디어 꿈달 프로젝트 진짜 도전이 시작되었다. 그날의 설렘과 긴장을 잊을 수 없다. 도전이 시작된 첫날 학생들에게 인증 미션과 함께 학생들에게 메시지를 보냈다. "꿈달에 참여한 친구들, 첫 도전입니다. 모든 도전은 자유롭습니다. 도전은 학업과 관련된 실천(공부 내용 또는 계획 등), 생활 습관(독서, 새벽에 일어나기, 칭찬하기 등), 자신의 목표를 향해 도전하고 실천하는 모든 것이 도전입니다. 자신의 도전 이야기를 인증하면 됩니다. 힘내서 시작해 봐요."

"노력한 것은 어떤 방식이든 되돌아오게 되어 있으니 힘내서 참여해 보자. 파이팅! 서로서로 파이팅해요. 선생님도 여러분과 함께 도전합니다."

메시지로 시작한 첫날의 설렘은 둘째 날, 셋째 날로 이어졌다.

"벌써 두 번째 날입니다. 우리 모두 파이팅합시다. 그런데 선생님도 꿈달 루틴에 도전해 보니 어렵긴 합니다. 그래도 우리 해봅시다."

"와우~ 드디어 세 번째 도전! 선생님은 정말 설레고 너무 기분이 좋아요. 109명이 함께 노를 젓고 있고, 우린 또 계속 도전할 거니깐. 우리 함께

힘냅시다."

프로젝트는 매일매일 새로운 도전과 함께 이어졌다. 학생들은 학습 목표를 설정하거나 건강을 위해 운동 루틴을 실천하고, 생활 습관을 개선하는 등 자신만의 도전을 꾸준히 이어갔다. 나는 매일 구글 클래스룸에 응원의 메시지를 전하며 학생들과 소통했다.

특히 매주 금요일은 특별한 미션 데이를 운영했다. 학생들은 그날 주어진 미션을 수행하며 프로젝트에 활기를 더했다. 학생들에게 주어진 미션은 다양한 방식으로 그들의 도전에 재미와 동기를 더해주었다. 미션을 성공적으로 완수한 학생들 중 일부에게는 '그릿 간식 꾸러미'라는 작은 선물을 제공하며 동기를 북돋았다. 이는 작은 보상이었지만 학생들에게는 도전에 대한 긍정적인 피드백이 되었고 프로젝트에 활기를 불어넣는 계기가 되었다.

프로젝트를 통해 학생들이 보여준 열정은 감동적이었다. 한 남학생은 매일 캘리그래피 두 장을 그리고 인증하며 자신만의 도전을 이어갔다. 그 중 한 장은 글자, 또 다른 한 장은 여자 친구를 표현한 이미지였다. 단 하루도 빠지지 않고 꾸준히 도전을 이어가는 모습을 보며 깊은 감동을 받았다. 이 학생의 꾸준함과 성실함은 다른 학생들에게도 긍정적인 자극을 주었고, 프로젝트의 의미를 더욱 빛나게 했다.

"꿈달 프로젝트를 통해 자신만의 루틴을 만들어 보자." 학생들에게 반복적으로 이 메시지를 전달했다. 도전이 단순히 목표 달성에 그치는 것이 아니라 자기주도성을 기르는 경험이 되길 바랐다. 66일간의 꿈달 프로젝트는 학생들에게 단순한 과제가 아닌 자기주도 학습과 목표를 향한 성취감을 키워주는 경험이면 족했다. 이를 꾸준히 실천하는 과정을 통해 학생들은 자신이 세운 계획을 실현하는 기쁨을 느끼게 되었다. 처음이라 어설프고 부족한 부분도 있었지만 학생들과 함께한 66일간의 여정은 큰 보람과 성취감을 남겼다.

꿈달 프로젝트가 끝난 후 학생들의 소감은 나를 울렸다.

"66일이라는 짧다면 짧지만 길다면 길었던 시간 동안 '포기할까'라는 생각을 가장 많이 했었던 것 같다. 그 생각의 횟수와 비례하여 '포기는 절대 하지 말아야지.' 등 다시 일어나고자 했던 생각은 수도 없이 많았다. 포기가 빨랐던 나에게 꿈달은 아주 생소한 경험이었다. 포기하지 않고 쟁취한 66일의 꿈달이 끝나면 되게 후련할 줄 알았지만 신기할 정도로 아쉬움이 많이 남았다. 다음에는 정말 잘할 수 있을 것 같다. 곧 있을 꿈달 연장이 기다려진다. 지금은 포기하려고 하기 전에 다시금 생각해 보는 버릇이 생겼고, 아침저녁으로 스트레칭, 물 1리터 마시기는 정말 나의 루틴이 되었다. 꿈달을 하고 가장 큰 이득은 역시 '성취감'인 것 같다."

"꾸준히 영어문장을 썼더니 거의 공책 한권 다 채웠다. 목표가 있으니까 확실히 하게 되는 것 같아 좋은 꿈달이었다. 약간 일상처럼 익숙해진 꿈달이었다. 벌써 60일도 넘는 시간이 지난 게 신기한 꿈달이었다."

66일간의 꿈달 프로젝트는 단순한 프로그램이 아니라 학생들에게는 성장의 발판, 나에게는 교사로서의 새로운 가능성을 열어준 경험이었다. 학생들은 스스로 세운 목표를 이루며 성취감을 느꼈고 그 과정을 통해 자기

주도성과 책임감을 키웠다. 나 또한 이 프로젝트를 통해 교사로서의 성장과 보람을 느꼈다. 학생들에게 긍정적인 영향을 주고, 그들과 함께 성장할 수 있는 프로그램을 기획하고 운영하며 얻은 경험은 무엇과도 바꿀 수 없는 소중한 자산이 되었다.

꿈달 프로젝트는 끝났지만 학생들과의 도전은 멈추지 않는다. 이후 나는 매년 새로운 도전 프로젝트를 기획하며 학생들과 함께하고 있다. 학생들의 변화와 성장을 지켜보는 기쁨은 내가 이 일을 계속할 수 있는 오직 하나의 이유이다. 도전은 크든 작든 우리에게 성장과 변화를 선물한다. 그 과정에서 얻는 작은 성취와 경험들이 쌓여 우리를 더 나은 방향으로 이끈다. 오늘도 나는 새로운 도전을 꿈꾸며 또 한 걸음을 내딛는다.

'도전은 과정 그 자체만으로도 충분히 가치가 있다.'
이 믿음이 있기에 나는 오늘도 학생들과 함께 꿈을 향해 달리고 있다.

## 27

# 망설이지 말고, 체인지메이커

**함께 생각하며 나아가기**

1. 지금 망설이고 있는 것은 무엇인가요?
2. 지금 망설이고 있는 이유는 무엇인가요?
3. 망설이지 않고 도전한다면 어떤 결과가 있게 될까요?
4. 계속 망설이다가 포기하게 된다면 어떤 일이 일어날까요?
5. 망설이지 않고 도전하기 위해 필요한 것은 무엇인가요?

"망설이지 말고, Go~ Go~!"

이 한 문장이 내 마음에 깊이 새겨졌다. 진로교사가 된 이후 배움과 도전은 내 교직 생활의 중심이었고, 그 중심에 늘 학생들이 있었다. '무엇을 더 배울 수 있을까?', '배운 것을 어떻게 적용할까?'라는 두 가지 질문은 내가 매일 연수 장소로 달려가고 새로운 프로젝트를 기획하게 하는 동력이었다. 마치 자석이 철을 끌어당기듯 나를 연수 장소로 이끌었다.

연수가 많을수록 오히려 신이 났다. 배움에 대한 기대와 연수 현장으로 달려가는 즐거움은 힘들다고 느낄 새도 없이 나를 움직이게 했다. 무엇보다도 연수에서 배운 내용을 학교 현장에서 실제로 적용하는 것은 큰 기쁨이었다. 매일 시도별 진로교사 협의회에서 안내되는 정보를 꼼꼼히 확인하고 연수 신청과 참여를 위해 시간과 장소에 구애받지 않았다.

지금도 공람되는 연수 제목을 보면 호기심이 생기고 이미 내 스케줄을 확인하며 참석 가능 여부를 따지고 있다. 시간이 지나도 배움에 대한 열정이 식지 않는다는 걸 느낀다. 더 배워야 한다는 열정, 배운 것을 현장에 적용하려는 용기, 학생들에게 더 유익한 진로교육을 제공하고 진로 역량을 키워주고 싶다는 고민은 여전히 나를 연수 장소로 이끈다. 나도 모르는 사이에 연수 신청 버튼을 누르고 있다. 배움에 대한 갈증이 얼마나 깊은지 새삼 깨닫게 된다.

체인지메이커 연수는 나에게 그동안 품어왔던 질문에 대한 구체적인 해답을 제시해 준 경험이었다. 남양주교육청까지의 거리와 이동 시간은 전혀 문제가 되지 않았다. 연수에서 배운 내용은 내게 도전과 변화를 시도할 용기를 북돋아 주었고 학생들에게 진로교육을 새롭게 접근할 방법을 알려주었다.

유스망고 연수팀이 진행한 이 체인지메이커 연수는 자료 공유와 체계적인 진행으로 자신감을 심어주었다. 체인지메이커 연수는 내게 단순한 배움 이상의 경험이었다. '망설이지 말고, Go!'라는 유스망고의 캐치프레이즈는 도전의 용기를 북돋아 주었고 문제 발견과 문제 해결 중심의 진로교육이라는 새로운 접근법을 제시했다. 연수에서 배운 이 과정을 학교 진로 수업에 적용하기로 결심했다. 학생들이 단순히 수업을 듣고 끝나는 것이 아니라 실질적인 문제를 해결하며 성장할 수 있는 환경을 만들고 싶었다.

체인지메이커 문제해결 프로젝트는 문제 발견하기, 솔루션 찾기, 행동하기, 퍼뜨리기라는 네 단계로 이루어진다. 이 과정을 통해 학생들이 직접 문제를 발견하고 이를 해결하기 위한 행동에 나설 수 있다는 점이 인상적이었다. 연수 후 이 접근법을 학교 현장에 도입하기로 결심했다. 학년별로 진로교육이 각기 다른 방향으로 단절되어 진행되는 것이 아니라 학년이 올라갈수록 깊이와 폭을 더하며 학생들의 진로 역량을 심화할 수 있겠다는 구상이 떠올랐다. 일회성의 진로수업에 그치지 않고 학년별 연계성을 가진 장기적인 프로젝트로 발전시킬 계획을 세웠다.

이 프로젝트는 학년별로 연계성을 가지고 단계적으로 진행되었다. 전 학년에 걸쳐 학생들이 문제해결 프로젝트 경험을 통해 자연스럽게 진로 역량을 키워갈 수 있는 구조를 설계했다. 1학년은 학교 문제해결 프로젝트, 2학년은 지역사회 문제해결 프로젝트, 3학년은 지속 가능 문제해결 프로젝트를 주제로 학년별로 문제해결 역량과 주제의 깊이를 차별화했다.

이 구조는 학년이 올라갈수록 더 깊이 있는 문제를 다루도록 설계되었다. 학생들은 주변에서 작지만 실질적인 문제를 발견하고 이를 해결하기 위한 창의적인 아이디어를 도출하며, 실행으로 옮기는 과정을 경험했다.

프로젝트를 진행했던 첫해에는 1~2학년은 학교 문제를 중심으로, 3학년은 지역사회의 문제를 주제로 설정했다. 예를 들어, 3학년의 지역사회 문제해결 프로젝트에서는 '4차선 도로 속도위반 사례 분석', '야간 청소년 음주 사례 분석', '축사 냄새 제거 사례', '길거리 흡연 문제 사례', '임산부 좌석 배려 캠페인', '야간 교통법규 캠페인' 등의 주제가 다뤄졌다.

2학년은 학교 문제 해결책을 모색했는데, '학교 방충망 해결 프로젝트', 'e학습터 조성 프로젝트', '학교 옥상 태양광사업', '여학생 교복 변경', '친환경 급식실 만들기'와 같은 현실적이고 실행 가능한 주제를 선정했다.

1학년도 '교실 문틈 모래 문제', '칠판 관리 상태', '화장실 악취 문제', '노후 교탁 교체'와 같은 실질적인 문제부터 출발했다. 이런 변화는 학생들에게 '내가 속한 공동체에 관심을 갖고 공감하며, 문제를 해결할 수 있다.'는 자신감을 갖게 했다. 이런 결과들이 프로젝트의 가치를 더 빛나게 했다.

4~6주간 진행되었던 프로젝트는 당연히 긍정적인 성과와 어려움이 뒤섞여 있었다. 가장 큰 의의는 학생들이 자신의 주변에 관심을 가지게 되었다는 점이다. 학생들은 문제를 발견하고 이를 공감하며 해결책을 찾기 위해 고심하게 되었다. 비록 모든 문제가 즉각적으로 해결되지 않았더라도 학생들은 주변의 문제를 인식하고 이를 개선하려는 마음을 가지게 되었다는 점에서 프로젝트는 분명 의미가 있었다.

학생들이 문제를 발견하고 이를 해결하기 위해 행동에 나서며 결과적으로는 스스로의 성장과 변화까지 경험하는 모습을 보며 이 프로젝트의 가치를 더욱 확신하게 되었다. 체인지메이커 문제해결 프로젝트는 학생들에게 단순한 활동 이상의 경험을 제공했고, 스스로 세상에 긍정적인 영향을 미칠 수 있는 힘을 가진 존재라는 것을 깨닫게 해준 시간이었다.

프로젝트 진행 과정은 결코 순탄하지 않았다. 처음 시도하는 방식의 수업은 교사와 학생 모두에게 새로운 도전이었다. 특히 처음 시도하는 새로운 방식의 수업은 교사와 학생 모두에게 부담감으로 다가왔다. 진로교사로서 나는 프로젝트의 총괄 역할을 맡아 2~3학년 진로 담당 선생님들께 체인지메이커 연수를 진행하고 자료를 안내했다. 수업이 진행되는 동안 중간 점검도 필요했다. 그러나 함께 수업을 진행했던 동료 선생님들로부터 "왜 이렇게 어려운 걸 하느냐."라는 불만을 듣기도 했다. "쉬운 수업도 많은데 왜 자꾸 복잡한 수업을 하라고 하느냐."라는 말에 속상한 마음이 들기도 했지만 이미 시작한 프로젝트를 중단할 수는 없었다.

학생들이 교감선생님과 행정실 주무관님을 찾아가 인터뷰하며 문제 해결의 단서를 찾으려 애쓰던 모습은 아직도 기억에 남는다. 체인지메이커 프로젝트의 핵심은 학생들이 발견한 문제를 해결할 주체를 구체적으로 생각하게 하는 데 있었다. 학생들은 문제 해결 담당자를 찾아가 인터뷰를 진행하면서 해결 과정에 직접 참여했다. 주로 행정실장님, 교장선생님, 교감선생님, 학생생활인권부장님 등이 인터뷰 대상자로 참여했다. 특히 교감선생님을 인터뷰하려는 학생들이 쉬는 시간마다 긴 줄을 서는 진풍경도 벌어졌다. 교감선생님과 같은 교무실을 쓰는 동료 교사가 나에게 사진을 보내며 상황을 공유해 주었을 때 한편으로는 죄송한 마음이 들기도 했다.

그러나 이러한 과정은 학생들에게 문제 해결의 주체로서 자신감을 심어

주었고 문제를 인식하고 행동하는 법을 배울 기회가 되었다. 교감선생님을 포함하여 여러 선생님들은 학생들을 진심으로 만나 주시고 피드백을 해주셨다.

"문제 상황을 정확히 파악하고, 설문조사를 통해 사용의 빈도를 진단한 후 그 결과를 바탕으로 새로운 공간 활동의 필요성을 제시한 점이 매우 뛰어나네요. 또한, 그 공간의 활용 방안과 필요한 물품을 구체적으로 제시함으로써 실현 가능성이 매우 높은 우수한 제안이라고 판단됩니다."

"정말 좋은 아디이어네요. 선생님도 제안한 아이디어가 실제로 적용된다면 더 좋은 결과가 나올 것 같다고 생각합니다. 학생들이 직접 학생자치회를 통해 자발적으로 설치를 건의해 보는 것은 어떨까요? 선생님도 이 아이디어를 이야기할 기회가 생긴다면 더 적극적으로 알리고 싶습니다."

프로젝트는 학생들에게 실질적인 성취감을 안겨주었다. 남녀 화장실 강화유리문 선팅, 1학년 교실 책걸상 전체 교체, 화장실 대걸레 청소기 수리, 복도 계단의 노란색 안전띠 부착이 이루어졌다. 이와 같은 변화는 학생들의 문제 제기와 해결 과정에서 나왔다. 학생들이 문제 해결 과정을 경험하며 느낀 뿌듯함은 교실 안의 박수와 환호로 이어졌다. 문제를 해결한 학생들은 뿌듯함을 느꼈고 이를 지켜본 학생들은 새로운 배움을 얻었다.

행정실 주무관님의 메시지는 이 프로젝트의 가치를 잘 설명해 주었다. 행정실 주무관님은 학생들의 건의로 해결된 문제 해결 과정이 학생들에게 홍보되길 원하셨다. "학생들과 소통할 기회가 생겨 좋았습니다. 불편한 점을 반영하는 건 의미 있는 일입니다." 이러한 메시지는 학생들이 문제를 제기하고 해결 과정을 경험하면서 직접적인 변화를 만들어낼 수 있다는 것을 보여주었다.

　비록 모든 문제가 해결된 것은 아니었지만 중요한 것은 문제를 해결했느냐 못했느냐가 아니었다. 학생들이 문제를 발견하고 이를 해결하기 위해 직접 행동하며, 자신과 세상에 대한 새로운 시각을 가지게 되었다는 점에서 프로젝트는 성공적이었다. 프로젝트를 통해 학생들은 자신이 속한 교실과 학교, 더 나아가 지역사회와 세계에 관심을 가지기 시작했다. 작은 문제를 발견하는 과정에서 변화는 시작되었고 학생들은 이를 통해 문제해결 역량을 키워갔다.

　프로젝트를 진행하며 얻은 가장 큰 배움은 '완벽하지 않아도 괜찮다'는 것이었다. 때로는 시행착오가 있었고 모든 문제를 해결하지 못했지만 중요한 것은 시도하고 행동했다는 점이다. 이 과정을 통해 진로교사로서의 역할과 가치를 다시금 깨달았다. 학생들에게 도전과 성장을 경험하게 하고 그 과정을 통해 자신감을 심어주는 것이 내가 할 수 있는 가장 중요한 일이었다.

　체인지메이커 프로젝트는 학생들에게 '변화는 나로부터 시작된다'는 강렬한 메시지를 전달했다. 그들은 문제를 발견하고 이를 해결하며 자신이 세상에 긍정적인 영향을 미칠 수 있다는 것을 깨달았다. 프로젝트가 끝난 후에도 학생들의 변화는 계속되었다. 주변의 작은 문제를 발견하는 시선과 이를 해결하고자 하는 마음가짐은 그들의 삶 속에서 지속되고 있었다.

　학생들은 프로젝트를 통해 자신의 잠재력을 발견했고 나는 그들의 도전

을 지지하고 이끌며 교사로서 한 단계 더 성장했다. '망설이지 말고, Go!'
라는 메시지는 이제 내 삶의 신념이 되었다. 앞으로도 나는 새로운 배움과
도전을 통해 학생들과 함께 더 나은 세상을 만들어 나갈 것이다.

도전은 늘 쉽지 않지만 그 과정에서 얻는 배움과 성장은 무엇과도 바꿀
수 없는 가치다. 오늘도 나는 '망설이지 말고, Go!'를 외치며 또 한 걸음을
내딛는다.

# 28

# 꿈이 없는 학생들을 위하여, 진로 by 코칭

"학생들에게 필요한 건 그들의 이야기를 꺼내줄 용기와 시간을 주는 것이다."

이 문장은 내가 '진로 by 코칭 동아리' 활동을 마무리하며 스스로에게 남긴 가장 큰 깨달음이었다. 학생들이 꿈이 없다는 것은 단지 그들의 이야기가 아직 세상 밖으로 나오지 않았음을 의미할 뿐이었다. 내가 할 수 있는 일은 그들이 마음속에 품은 이야기를 꺼낼 수 있도록 기다려주고 경청하며, 격려하는 것이었다.

처음 진로 by 코칭 동아리를 맡으며 느꼈던 막막함과 조바심은 사실 내가 학생들을 이해하지 못한 채 '빨리 꿈과 진로를 찾아주어야 한다.'는 책임감에서 비롯된 것이었다. 그러나 동아리 활동을 통해 학생들이 저마다의 속도로 자신을 탐색하고 표현할 수 있도록 돕는 것이 진정한 진로교육임을 배웠다.

"선생님 창의적 체험활동 동아리에 들어가지 못한 학생들이 있어요. 꿈이 없거나 진로를 정하지 못한 학생들을 맡아주실 수 있을까요? 학생들에게 동아리를 선택하라고 해도 선택하지 않고 있어요."라는 요청이 왔을 때나는 주저 없이 수락했다. "진로교사로서 당연히 제가 해야 할 일이죠. 제가 맡아 볼게요."

그렇게 시작된 '진로 by 코칭 동아리'는 출발부터 막막했다. 꿈이 없고 진로를 선택하지 못한 학생들이라는 말이 진로교사로서의 책임감을 자극했기 때문에 맡는다고 했다. 마치 자연스럽게 내가 맡아야 할 일처럼 여겨졌다. 그래서 흔쾌히 동아리를 맡겠다고 했지만 막상 학생들을 만나면서 어떻게 이끌어가야 할지 전혀 감이 오지 않았다. '어떻게 도와줘야 할까?'라는 질문만 반복했다.

쉬는 시간에 찾아온 학생들은 대부분 말수가 적고 소극적인 모습이었다. 더구나 3학년 여학생 네 명이 추가로 동아리에 합류했는데 이들은 항상 동아리 시간에 늦고 뒷자리에서 수다를 떨거나 화장을 하며 시간을 보내곤 했다. 이렇게 다양한 성향의 학생들과 함께 무엇을 해야 할지, 어떤 방향으로 나아가야 할지 해답을 찾지 못했다.

진로교사로서 '학생들의 꿈과 진로를 찾게 해야 한다.'는 생각에 머릿속이 복잡했다. 학생들이 아무 말도 하지 않는 시간은 답답하게 느껴졌고 뭔가를 빨리 해내야 한다는 마음만 앞섰다. 학생들에게 진짜 필요한 건 그들의 이야기를 듣고 그저 함께 시간을 보내는 것이었는데 그때는 몰랐다.

그 당시 나는 학생들에게 꿈과 진로를 찾아주는 것만이 목표였다. 그러나 지나고 보니 학생들에게는 자신에 대해서 스스로 탐구할 수 있는 여유가 더 필요했다. 그 시간들을 더 잘 활용하지 못한 것이 못내 아쉽다. 지금 다시 그런 기회가 주어진다면 학생들과 함께 더 웃고 더 많이 대화하며 신뢰를 쌓는 시간을 만들었을 것이다. 완벽하지 않아도 괜찮다는 것을 그때는 몰랐다. 그들의 속도에 맞춰 기다려주고, 작고 사소한 이야기들부터 함께 나누었다면 더 많은 것들을 얻었을지도 모른다.

다른 창의적 체험활동 동아리들은 대부분 학생이 주도적으로 이끌어가는 구조였다. 학생들이 동아리 활동 계획을 세우고 동아리 회장을 중심으로 자율적으로 움직인다. 그러나 내가 맡게 된 동아리는 상황이 달랐다. 이 동아리는 학생 주도가 아닌 진로교사가 방향을 제시하고 이끌어가야 하는 구조였다. 진로교사로서 학생들과 꿈에 대해 이야기하고 진로에 대해 깊이 있는 대화를 나누는 일은 나의 전문 영역이라고 생각했지만 갈피를 잡지 못했다.

멘토 코치님께 도움을 요청한 것은 이런 고민이 절정에 달했을 때였다. 도저히 혼자서는 해결할 수 없겠다는 생각에 멘토 코치님께 전화를 걸었다. 코치님은 여러 가지 아이디어를 제안하며 진심 어린 조언을 해주셨다. 그러나 그 조언만으로는 부족하다는 생각에 염치 불구하고 부탁을 더 드렸다. "혹시 2시간 거리인 우리 학교에 오셔서 저와 함께 학생들에게 진로 코칭 프로그램을 운영할 수 있을까요?" 덜컥 부탁을 드리고 말았다.

멘토 코치님께서는 한 치의 망설임 없이 바로 수락해 주셨다. 학생들을 위한 일이라면 기꺼이 달려가겠다고, 학생들을 만나고 싶다며 흔쾌히 응답하셨다. 예산이 아직 편성되지 않았다는 이야기에 줄 수 있는 만큼만 주라고 하시며 강사비를 받지 않고도 달려올 기세였다. '그래, 내가 모든 걸 할 수 없다면 전문가의 도움을 받아야지. 진로교사라고 혼자 모든 걸 감당하려는 건 욕심일 뿐이야. 코치님의 수업 방식을 배워가며 협력 수업으로 진행하면 되겠지.'라고 마음을 다잡았다. 그렇게 우리는 협력 수업을 시작하게 되었다.

첫 시간은 간단한 활동으로 시작했다. 학생들은 네임텐트에 자신을 표현하는 단어와 상징물을 적고 소개했다. 취미나 장점, 목표 등도 자유롭게 썼다. 특히 상징물을 통해 자신을 표현하는 활동은 부담을 덜어주는 효과가 있었다. '너의 꿈이 뭐야?', '관심 있는 직업이 뭐야?'와 같은 직접적인 질문은 학생들에게 압박으로 다가올 수 있지만 상징물을 활용해 자신을 표현하는 과정에서는 학생들의 얼굴에 생기가 돌기 시작했다. 이 첫 시간은 단순한 활동 이상이었다. 학생들이 스스로를 탐색하고 조금씩 자신에 대해 말하기 시작하는 계기가 되었다. 이를 통해 학생들은 자연스럽게 자신을 돌아볼 기회를 가졌다.

두 학생의 상징물 표현이 기억에 남는다. 한 학생은 자신을 잡초로 표현하며 끈질기게 살아가고 싶다는 이야기를 전했다. 그리고 자신이 원하는 학과에 진학하고 싶고, DNA와 웹툰, 친구를 좋아한다고 차분히 이야기했다. 또 다른 학생은 상징물로 시냇물을 선택했다. 시냇물처럼 자유롭고 평화로운 삶을 꿈꾸고 있다고 했다. 학생들은 서서히 자신을 탐색하기 시작했고 교실 안에는 조금씩 생기가 돌았다. 각자의 이야기에 모든 학생이 진지하게 귀를 기울였다. 작은 목소리였지만 분명하게 자기 이야기를 시작하고 있었다. 학생들의 진솔하고 깊이 있는 이야기에 나도 모르게 코끝이 찡해졌다.

그제야 나는 깨달았다. 학생들은 꿈이 없는 아이들이 아니었다. 나도 모르게 꿈이 없는 학생들이라는 딱지를 붙여 놓고 동아리 활동을 시작한 것이다. 학생들이 자신에 대한 생각이 별로 없을 거라고 착각했다. 그러나 그건 오산이었다. 그들 마음속에는 저마다의 고민과 이야기가 가득 차 있었다. 다만 그것을 표현할 기회를 얻지 못했을 뿐이었다. 상징물을 활용한 자기소개는 학생들 스스로를 돌아보고 진로에 대해 깊이 고민할 수 있는 계기를 만들어 주었다. 진로란 단순히 직업을 찾는 것을 넘어 자신을 알아가고 이해하는 과정이라는 것을 다시금 깨달았다.

진로교사로서 학생들이 꿈과 진로를 찾을 수 있도록 돕는 것은 당연한 책무라고 여겨왔다. 하지만 이 역할을 수행하는 데 있어 내가 그들의 꿈과 진로를 대신 찾아줄 수 없다는 점을 깨달았다. 교사로서의 역할은 단지 옆에서 학생들이 스스로를 관찰하고 성찰하며 자신만의 길을 발견하도록 돕는 길잡이 역할에 지나지 않는다. 멘토 코치님과 함께한 진로 by 코칭 동아리는 그런 기다림을 배우는 과정이었다.

멘토 코치님은 동아리 시간 외에도 희망하는 학생들에게 일대일 코칭을 진행하며 특별한 시간을 만들어 주셨다. 한 고3 학생은 진학을 고민하며 코치님과의 대화를 통해 자신의 목표를 구체화했다. 코치님은 강사비도 받지 않고 재능기부 형태로 학생들과 함께해 주셨다. 코칭을 받으려는 고3 학생들의 진로 방향성을 함께 고민하며 진심으로 그들의 미래를 응원했다. 그 과정에서 '코칭은 단순한 기술이 아니라 진심 어린 관심과 헌신에서 시작된다'는 것을 배웠다. 코치님의 헌신적인 모습은 나에게도 깊은 울림을 주었다.

멘토 코치님의 모습은 나에게 좋은 모델링이 되었다. 학생들에게 어떻게 다가가야 하는지, 그리고 코칭을 통해 그들의 삶에 의미 있는 변화를 일으키는 역할이 무엇인지를 몸소 보여주셨다. 이 경험을 통해 나도 학생들에게 긍정적인 영향을 줄 수 있는 교사 코치가 되고 싶다는 결심을 하게 되었다. 멘토 코치님 덕분에 진로교사로서의 역할에 대해 다시 한 번 깊이 고민할 수 있었다.

만약 내가 코치님께 도움을 요청하지 않았다면 이 모든 일은 일어나지 않았을 것이다. 나 역시 전문 코치의 현장 경험을 직접 체험할 기회를 놓쳤을 것이다. '혼자 해보지 뭐.'라는 생각으로 포기했다면 동아리는 형식적인 활동에 그쳤을지도 모른다. 그러나 작지만 용기를 내어 도움을 요청했기 때문에 더 나은 협력 수업이 가능했고 전문 코치의 노하우를 배울 수 있는 값진 시간이 만들어졌다. 때로는 혼자 고민하기보다 누군가와 이야기를 나누는 것이 큰 변화를 가져온다는 것을 경험하게 되었다. 도움의 손길은 예상치 못한 곳에서 나타날 수도 있고 대화 과정에서 스스로 해답을 발견하기도 한다는 사실도 깨달았다.

동아리 운영 경험은 내가 진로교사로서 어떤 역할을 해야 하는지를 다시 한번 생각하게 했다. 학생들의 진로를 대신 찾아주는 것이 아니라 그들이 스스로 탐색하고 자기만의 길을 발견할 수 있도록 돕는 길잡이가 되는 것. 진정한 교사의 역할은 그것에 있었다.

우리는 종종 삶에서 정답을 찾고자 한다. 문제의 해답이 명쾌하게 주어지길 바라며 답답한 마음에 빨리 해결되기를 간절히 원한다. 하지만 진로와 삶에는 정답이 없다. 각자의 이야기가 곧 정답이며 우리는 그 이야기를 만들어가는 과정에 있을 뿐이다. 맞고 틀린 것이 아니라 그저 각자가 자신의 의미를 찾아가며 길을 만들어가고 있을 뿐이다.

진로 by 코칭 동아리는 단순히 학생들의 꿈을 찾는 활동이 아니라 자신을 돌아보고 이해하며, 진정한 자기 자신을 만나는 여정이었다. 이 여정에 함께할 수 있었다는 사실이 나에게는 무엇보다도 큰 의미로 남아 있다.

# 29

# 진로학습코칭 신청자 0명?

## 함께 생각하며 나아가기

**1.** 자신이 하는 일에 아무도 호응하지 않을 때 어떤 생각이 들었나요?

**2.** 그 결과의 반대 상황이 일어났다면 어땠을까요?

**3.** 그럼에도 불구하고 당신의 선택은 무엇이었나요?

**4.** 가장 원하는 상황을 생생하게 그려보세요. 어떤 모습이 상상되나요?

**5.** 가장 원하는 상황 속에 서 있는 당신의 표정은 어떤가요?

2월은 교사들에게 늘 특별하다. 새 학년을 준비하는 설렘과 긴장, 변화에 대한 기대와 두려움이 공존하는 시간이다. 학교를 옮기기 위해 내신을 쓴 교사도, 그대로 남아 있는 교사도 새로운 변화 앞에서 마음이 편치 않은 건 마찬가지다. 떠나는 교사는 새로운 출발로 긴장하고 남아 있는 교사는 새로운 전입 교사들과 함께 맞이할 새 학기 준비로 어색함이 가득하다. 2월은 항상 긴장감이 감돈다.

나에게도 이번 2월은 그 어느 때보다도 큰 변화의 시기였다. 19년간 익숙했던 고등학교를 떠나 생애 처음으로 중학교로 발령받았다. 그것도 신설 학교였다. 발령 소식을 접했을 때의 충격은 이루 말할 수 없었다. 한 번도 경험하지 못한 중학교와 신설학교라는 조합은 마음을 무겁게 했다. '왜 하필 나인가.' 신설 중학교 발령에 대한 혼란과 불안이 머릿속을 떠나지 않았다.

익숙한 곳을 떠나 새로운 환경에 적응해야 한다는 것은 큰 부담이었다. 하지만 주어진 현실을 바꿀 수는 없었다. '중학교는 처음이지만 그래도 내가 진로교사로서 할 수 있는 일을 찾아야 한다.' 그렇게 다짐하며 중학교에서의 첫 발걸음을 내딛었다.

중학교 근무를 시작하며 가장 먼저 떠오른 아이디어는 진로학습코칭 프로그램이었다. 학생들이 자신의 가능성을 발견하고 성장할 수 있도록 돕고 싶었다. 진로학습코칭 프로그램 운영에 대한 나의 꿈은 매우 구체적이었다. 3월부터 12월까지 진로학습코칭 프로그램을 위한 장기 계획을 월별로 수립했다. 프로그램 홍보 포스터도 제작했고 학교 홈페이지 게시 및 교실을 돌면서 홍보 포스터까지 부착하고 안내했다. '나다움 코칭 1기 모집: 코칭으로 나를 찾아가는 여행을 떠나보실래요?'라는 제목으로 학생들에게 참여를 권했다.

코칭의 목적은 학생들이 자신의 잠재력을 발견하고 진로와 학습에서 성장할 수 있도록 돕는 것이었다. GROW 코칭 모델을 기반으로 월별 4회기의 세션을 진행할 계획이었다. 학생 자신이 스스로 무한한 가능성을 발견할 수 있도록 돕는 것이 핵심이었다. 나다움 진로학습코칭 신청 인원수가 궁금했다. 두근거리는 마음으로 신청자를 확인했다.

그러나 신청 마감일에 확인한 결과는 충격적이었다. 신청자 0명. 기대가 컸던 만큼 실망도 컸다. '무엇이 잘못되었을까? 왜 아무도 관심을 보이지 않았을까?' 이런 상황이 이해되지 않았지만 받아들여야 했다. 마치 신설 중학교에 발령받는 것을 받아들여야 했던 것처럼 나다움 진로학습코칭 신청 결과도 인정해야 했다.

처참한 결과 앞에서 나 스스로에게 변명 아닌 변명으로 위안을 삼았다. 그리고 스스로 합리화했다. '나는 할 만큼 했어. 일을 안 하려고 한 게 아니야. 학생들을 위해서 프로그램도 기획했고, 좋은 의도를 가지고 도전했지만 학생들이 관심 없었던 거야. 학생들이 선택하지 않은 거야. 증거가 있으니 일을 안 하고 있다는 말은 아무도 못 하겠지.'

며칠 뒤 방과후학교 업무 담당 교사에게 연락이 왔다. "선생님 방과후학교에 참여하는 학생들을 대상으로 진로학습코칭을 진행해 줄 수 있을까요?" 갑작스러운 제안에 당황했지만 이번이 좋은 기회라는 생각이 들었다. 더군다나 20명이 넘는 학생 명단이 주어질 예정이라는 말에 마음이 들뜨기 시작했다. 이번에는 제대로 해보고 싶었다.

갑자기 극과 극의 상황이 벌어진 것이 믿기지 않았다. 코칭을 할 기회가 생긴 것에 감사하면서도 20여 명이나 되는 학생들을 어떻게 코칭할지 행복한 고민이 이어졌다. 주어진 기회를 놓칠 수는 없었다. 방과후학교 업무 담당 교사에게 흔쾌히 오케이 사인을 보냈고 머릿속은 벌써 코칭 프로그램을 어떻게 진행할지에 대한 생각으로 가득 찼다.

새로운 프로그램의 이름은 '옹달샘 코치와 함께 떠나는 나다움 코칭 여행'이었다. 이번에는 나다움 코칭 1기 모집 때처럼 홍보할 필요가 없다는 점이 다행이었다. 대신 오리엔테이션 준비에 집중했다. 학생들을 네 그룹으로 나누어 그룹 코칭 2회, 개별 코칭 2회씩 참여하도록 계획했다. 준비 과정은 분주했지만 이번에는 신청자를 걱정할 필요가 없었기에 훨씬 수월하게 느껴졌다. 이렇게 네 그룹으로 편성된 나다움 코칭 여행은 순조롭게 시작되었다.

프로그램의 첫 단계는 학생들의 고민을 이해하는 것이었다. 사전 설문지를 통해 학생들이 학습과 관련해 고민하는 점을 적게 했다. "공부를 잘하고 싶은데 방법을 모르겠어요.", "시간 관리를 못 해서 매일 후회만 해요." 같은 답변에서 학생들의 고민이 고스란히 느껴졌다.

코칭은 GROW 모델에 따라 목표 설정, 현실 탐구, 대안 탐색, 의지 다지기 순서로 체계적으로 진행했다. 청소년들은 자신의 내면 이야기를 잘 꺼내지 못한다. 아직 정체성이 확립되지 않은 진로 발달 단계에 있기 때문에 그들의 이야기에 온전히 집중하고 이해하려는 노력이 더 많이 필요했다. 이를 돕기 위해 감정 카드를 활용했다. 학생들이 학습적인 부분에 대해 느끼는 감정과 어려움을 알아차리도록 했다. 학습에 대한 부정적인 이미지를 긍정적인 이미지로 전환하도록 풀어갔다. 이미지 카드와 감정 카드를 활용해 학생들이 자신의 내면을 탐색할 수 있도록 도왔다.

학생들은 처음엔 어색해했지만 점차 자신의 이야기를 꺼내기 시작했다. 한 학생은 코칭을 계단에 비유하며 '한 단계씩 성장하는 느낌이에요.'라고 표현했다. 또 다른 학생은 코칭을 여행에 비유하며 '새로운 시야를 얻는 과정이에요.'라고 이야기했다. 또 엘리베이터에서 층수를 누르는 것 같다는 표현도 있었다.

코칭은 모든 문제를 해결해 주는 마법 같은 도구는 아니다. 하지만 코칭을 통해 학생들이 자신을 탐구하고 작은 변화를 만들어가는 과정을 지켜보며 깊은 보람을 느꼈다. 한 학생은 자신의 감정을 카드로 표현하며 이렇게 말했다. "저는 지금까지 제 감정이 뭔지 몰랐어요. 그런데 감정 카드를 보니까 제 기분이 어떤지 알게 됐어요." 또 다른 학생은 코칭을 통해 시간 관리를 시작하며 스스로 변화하고 있다고 이야기했다. 이런 작은 변화들 덕분에 코칭을 배운 보람이 느껴졌다. 물론 코칭이 모든 학생에게 똑같은 효과를 가져다준 것은 아니다. 일부 학생은 자신의 고민을 꺼내놓는 데 시간이 더 필요했다. 하지만 중요한 것은 학생들은 스스로 자신을 알아가고 있었다는 점이다.

방과후학교 프로그램은 공식적으로 종료되었지만 일부 학생들은 코칭을 계속 진행했다. 나는 그들과의 만남을 이어갔고 그 과정에서 '내가 해야 할 일은 문제를 해결해 주는 것이 아니라 옆에서 함께 걸어가는 것이다.'라는 깨달음을 얻었다. 진로와 학습에서 중요한 것은 답을 빨리 찾는 것이 아니라 스스로 질문을 던지고 답을 찾아가는 과정임을 다시 한 번 느꼈다.

나다움 진로학습코칭은 처음에는 실패처럼 보였지만 결국 새로운 기회로 이어졌다. '신청자 0명'에서 시작한 프로그램은 학생들과 함께한 깊이 있는 코칭으로 마무리되었다. 앞으로도 나는 학생들의 옆에서 작은 발걸음을 응원할 것이다. 변화는 항상 작은 시작에서 비롯되며 그 시작이 학생들에게 더 나은 미래를 선물할 수 있다는 믿음이 나를 움직이게 한다.

> 질문 톡톡

# 실전 사례로 알아보는 도전 프로젝트

**Q1. 66일간의 꿈달 도전 프로젝트 운영 과정을 알려주세요.**

**A1.** 66일간의 꿈달 도전 프로젝트 로드맵은 다음과 같습니다.

| STEP 1 | STEP 2 | STEP 3 | STEP 4 | STEP 5 |
|---|---|---|---|---|
| **진로수업 연계** | **66일간의 꿈달 프로젝트 기획** | **66일간의 꿈달 프로젝트 연습** | **66일간의 꿈달 프로젝트 실행** | **66일간의 꿈달 프로젝트 마무리** |
| - 실패를 이야기하다<br>- 만만한 도전 시동 걸기<br>- 만만한 도전 홍보 | - 계획 수립 및 결재<br>- 홍보 포스터 제작<br>- 인증 방식 결정<br>- 꿈달 도전 노트 제작<br>- 오픈채팅방 운영 | - 구글 클래스룸 개설<br>- 일주일 간 도전 연습<br>- 패자 부활전 | - 꿈달 노트 기록<br>- 구글 클래스룸에 인증<br>- 꿈달 미션 9차까지 진행<br>- 그릿 꾸러미 만들기 | - 꿈달 노트 제출<br>- 꿈달 발표회<br>- 학생부에 기록 |

**Q2. 꿈달 프로젝트의 금요일 미션 내용을 알려주세요.**

**A2.** 꿈달 프로젝트는 매주 금요일마다 진행되었습니다. 아래 내용을 참고해 보세요.

| | |
|---|---|
| 1주차 | 자신의 도전 목표에 대해서 작성해 보세요. 목표를 설정한 이유는 무엇인가요? |
| 2주차 | 자신을 단어나 사물에 비유해 보세요.(3가지 이상) |
| 3주차 | 자신이나 선생님에 대해서 3가지 이상 칭찬해주세요. |

| | |
|---|---|
| 4주차 | 자신이 들었던 강의 중 친구들에게 소개하고 싶은 최고의 강의(영상)을 추천해주세요. 그 이유는? |
| 5주차 | 자신이 좋아하는 노래 1곡 추천하기(좋아하는 이유 & 함께 듣고 싶은 사람)<br>본인의 학급에 소개하고 싶은 노래 1곡(함께 듣고 싶은 사연 쓰기) |
| 6주차 | 나는 ~을/를 함께 나눌 수 있는 사람이 OO이다. 그 이유는 ~이다. |
| 7주차 | 알찬 방학 계획을 세워보세요. 꼭 실천할 수 있는 계획 2가지 이상 작성해 보세요. |
| 8주차 | 방학 동안 자신이 세운 계획을 실천하면서 의미 있었던 점은? |
| 9주차 | 7인 7색 인터뷰를 보고 '실패'에 대해 정의해 보세요. 자신의 실패 경험 한 가지 사례를 나눠주세요. |

## Q3. 체인지메이커 프로젝트 운영 과정을 알려주세요.

## A3. 체인지메이커 프로젝트 로드맵은 다음과 같습니다. 예시를 참고해 주세요.

| STEP 1 | STEP 2 | STEP 3 | STEP 4 | STEP 5 |
|---|---|---|---|---|
| 체인지메이커 연수 | 체인지메이커 준비 | 체인지메이커 진행 | 체인지메이커 발표 | 체인지메이커 마무리 |
| - 체인지메이커 망고 (망설이지 말고) 연수 | - 2~3학년 진로 담당 교사 연수<br>- 구글드라이브 공유 문서함에 자료 업로드<br>- 활동지 학년별 인쇄<br>- 2~3학년 진로수업 담당 교사 중간 점검 | - 문제 발견하기<br>- 솔루션 찾기<br>- 행동하기<br>- 퍼뜨리기<br>- 발표하기 | - 진로수업 시간에 발표<br>- 발표 순서 미리 정하기<br>- 발표 자료 구글 클래스룸에 팀별 제출 | - 학생 개별적 최종 소감문 제출(수업시간에 작성)<br>- 개별화 기록 후 담임선생님께 공유 |

## Q4. 중학교 자유학기제 진로탐색 17차시 운영 계획을 알려주세요.

## A4. 진로탐색 17차시 수업 예시 자료입니다. 참고해 보세요.

| 1주차 | 체인지메이커 모둠 구성, 그라운드룰 정하기 |
|---|---|
| 2주차 | 체인지메이커란? 체인지메이커 정의하기 |
| 3주차 | 체인지메이커 역량 찾기 – 동영상(태국 판히섬에서 이루어진 감동적인 축구 실화) |
| 4주차 | 내가 찾은 체인지메이커 사례 분석 |
| 5주차 | 변화가 꼭 필요해, 문제 쏟아내기 게임 |
| 6주차 | 문제 정의하기 |
| 7주차 | 4컷 혹은 6컷 만화로 문제 표현하기 |
| 8주차 | 프로젝트 설계하기(체인지메이커 카드 활용) |
| 9주차 | 해결책 쏟아내기 – 만다라트 활용 |
| 10주차 | 해결책 쏟아내기 – 발표 |
| 11주차 | 공감 캠페인 만들기 |
| 12주차 | 공감 캠페인 결과 정리, 발표하기 |
| 13주차 | 문제해결 실행계획 세우기 |
| 14주차 | 체인지메이커 행동하기 |
| 15주차 | 체인지메이커 여정을 담은 스토리텔링 1 |
| 16주차 | 체인지메이커 여정을 담은 스토리텔링 2 |
| 17주차 | 체인지메이커 6행시 짓기 |

※ 참고자료 : 체인지메이킹(와이비엠), 디자인씽킹 및 스타트업(윤민 창의재단)

# 4부

# 함께하는 삶,
# 동료 교사와 길을 잇다

## 30

# 진로진학 전·학·공 첫발 떼기

**함께 생각하며 나아가기**

1. 당신이 소속되어 있는 공동체는 무엇인가요?
2. 공동체 속에 있는 자기 모습을 동물에 비유해 본다면 무엇인가요?
3. 그 동물은 어떤 의미인가요?
4. 공동체에 속해 있는 사람들을 통해 자신에게 어떤 배움이 일어나고 있나요?
5. 그 배움을 통해 달라진 점은 무엇인가요?

진로교사로 첫 발령을 받은 학교는 나에게 새로운 도전이었다. 그곳에서 신규 교사 12명과 함께 첫발걸음을 내디뎠다. 한 학교에 이렇게 많은 신규 교사가 배치된 것은 드문 일이었다. 이 학교는 3년 차 미만의 저경력 교사 비율도 높았다. 학교는 신선한 에너지와 동시에 많은 고민과 도전을 안고 있었다.

나 역시 진로교사로서의 경력은 이제 막 시작이었다. 교직 경력 16년을 넘긴 내가 진로교사로서의 배움을 시작한다는 것은 설렘과 부담이 동시에 다가오는 일이었다. 그런데도 신규 교사들의 고민과 어려움이 유독 공감되었던 이유는 내가 그들과 같은 출발선에 서 있었기 때문이었다. 신규 교사의 마음은 같은 경험을 해본 사람만이 제대로 이해할 수 있다. 그래서인지 신규 및 저경력 교사들의 어려움과 고민이 더욱 피부에 와 닿았고 그들의 마음을 헤아릴 수 있었다.

'혼자서는 성장할 수 없다.' 이러한 공감과 이해는 자연스럽게 '함께 성장하자'는 마음으로 이어졌다. 이 생각은 나를 진로진학 전문적학습공동체(전·학·공)로 이끌었다. 교사로서의 성장은 함께 배우고 나눌 때 더 큰 시너지를 발휘한다고 믿는다. 진로교사로서의 경험은 부족했지만 저경력 교사들과 함께 배우며 서로 성장할 수 있는 기회를 만들고 싶었다. 그래서 전·학·공을 운영하는 열망을 품게 되었다.

전·학·공의 목표는 단순했다. 진로진학상담 역량을 강화하고 학교 현장에서 학생들에게 실질적으로 도움이 되는 방법을 찾는 것이었다. 진로진학 연수는 다양하게 제공되지만 실제 학교 현장에서 각 교사가 처한 상황에 맞게 활용하는 것은 각자의 몫이었다. 이런 현실을 극복하고자 학습공동체를 통해 교사들이 서로의 경험과 지식을 공유하며 함께 배우고 성장할 수 있는 기반을 마련하고 싶었다. 특히 나만의 적용 방안을 함께 연구하며 진로지도와 대입 상담을 효율적으로 운영하는 데 중점을 두었다.

전·학·공의 교육 내용은 폭넓게 구성했다. 대학 전형 분석과 고교학점제에 따른 대입 정책 변화 연구로 시작했다. 학생 개개인에게 최적화된 입시 전형 매칭 역량 강화, 고3 학생들의 학교생활기록부 및 대학 입시 요강 분석, 면접 준비까지 진로진학상담의 핵심을 다루는 주제들도 포함했다. 단순히 정보를 공유하는 것에 그치지 않았다. 교사들이 서로의 경험과 지식을 통해 배우고 성장하며 학생들에게 더 나은 지원을 제공할 수 있는 환경을 만드는 데 중점을 두었다. 전·학·공의 시작은 매우 순조로웠다. 첫 시작은 고3 담임을 맡고 있거나 진로·진학 연구에 관심이 있는 7명의 교사들이 자발적으로 참여했다. 그 후 3년 동안 다양한 과목의 선생님들과 함께 전·학·공은 지속되었다.

하지만 첫해의 전·학·공은 욕심이 과했던 만큼 시행착오도 많았다. 직무연수 30시간 이수를 목표로 했지만 잦은 모임은 참여 교사들에게 피로감을 주었다. 이를 바탕으로 다음 해부터는 시간을 15시간으로 줄이고 보다 실질적이고 효율적인 운영 방식을 도입했다.

1학기에는 학교생활기록부의 작성 원리와 특징을 파악하고 학교생활기록부를 분석하는 데 집중했다. 대입전형을 이해하기 위해 전국의 200여 개 대학 입시요강을 분석하기에는 현실적인 한계가 있었다. 따라서 참여 교사들의 의견을 반영하여 주요 대학 리스트를 선정하고 해당 대학들의 입시 요강을 깊이 있게 공부했다. 더 나아가 모의 면접을 지도하면서 학생 지도 핵심 포인트를 알게 되었다. 이런 일련의 과정들은 학생들을 지도하는 데 자신감이 생기게 했다. 전·학·공은 목적이 같은 선생님들이 모여 함께 기획하고 만들어가는 연수라 배움의 크기가 달랐다.

2년 차부터는 온라인 상담기법과 모의 면접 컨설팅 활동을 추가하며 실질적인 문제 해결 방안을 모색했다. 또한 연수 참여 교사들의 진로지도 이야기를 듣는 데 집중했다. 특히 교과 간 융합을 시도하며 다양한 교과목 교사들이 참여해 학생들의 진로를 함께 고민했다. 음악, 중국어, 한문, 미술, 사회, 기술가정 등 주요 과목 이외의 과목 교사들도 참여하면서 활동 내용이 풍성해졌다. 각 교과에서 진로와 연계된 활동을 소개하는 시간을 만들었다. 다른 과목 교육과정을 함께 체험하면서 학생들의 진로 지도를 위해 고민하는 시간이었다. 칼림바 연수, 한시 채색 부채 만들기, 버블 밀크티 만들기, 가죽 필통 제작, 양말목 소품 만들기 등 독창적인 체험활동들은 교사들 간의 협력을 더욱 강화했다. 또한 학생들의 진학지도에 새로운 시각을 제공했다.

전·학·공에서 가장 큰 수혜자는 바로 나 자신이었다. 일반적으로 진로교사는 담임교사나 다른 교사들보다 더 많은 진학 정보를 가지고 최신 정보를 공유해야 한다는 책임감이 있다. 하지만 당시의 나는 진로교사로서 2년 차에 불과한 저경력 교사였다. 따라서 누군가를 가르치기보다는 함께 배우며 진로상담 역량을 키워가는 과정이 더욱 절실했다.

신규 및 저경력 교사라고 해서 학생 지도 및 진로진학상담 역량마저 신규라고 생각하면 오산이다. 이미 학생 지도 역량은 충분히 갖춰져 있다. 교사 경력 외에도 다양한 경험이 선생님들의 노하우였다. 일반고에서 처음 근무해 보는 내게는 이보다 더 좋은 학습 모임은 없었다.

전·학·공에서 내가 가장 많이 배운 것은 함께하는 배움의 힘이었다.

참여 교사들은 저마다의 경험과 지식을 나누었고, 이를 통해 진로지도와 상담 역량이 자연스럽게 성장했다. 이 과정에서 가장 큰 변화는 진로교사로서의 자신감이었다. 저경력 진로교사라는 이유로 스스로 부족함을 느꼈던 내가 이제는 동료 교사들과 함께 성장하며 진로교육에 대한 전문성을 키워갈 수 있었다.

전·학·공은 선배 교사와 후배 교사의 경계를 넘어서 서로 배우고 가르치는 상호 학습의 장이 되었다. 전·학·공 안에 머물기만 해도 자연스럽게 배움이 일어났고 모든 경험은 서로에게 큰 자산이 되었다. 선생님들이 나눈 경험과 노하우 중 쓸모없는 것은 단 하나도 없었다. 그야말로 교사들의 학습공동체는 성장의 자원이 되었고, 그 과정은 학생들에게 더 나은 지도를 제공할 수 있는 밑거름이 되었다. 전·학·공은 단순히 교사들의 학습 공동체에 그치지 않았다. 교사들의 성장은 학생들에게도 긍정적인 영향을 미쳤다. 학생들이 자신의 가능성을 발견하고 스스로의 길을 찾아가는 과정을 지켜보는 것은 큰 보람이었다.

만약 내가 저경력 교사라는 이유로 '나는 자격이 없다, 나는 할 수 없다.'는 생각에 빠져 있었다면 이 귀한 기회를 놓쳤을 것이다. 자격지심에 빠져 부족함을 숨기며 시간을 흘려보냈다면 지금과 같은 성장도 없었다. 지금도 나는 학교 밖에서 학습공동체를 운영하며 새로운 배움과 도전을 이어가고 있다. 전·학·공은 나에게 단순한 프로그램을 배우는 곳이 아닌 교사로서의 성장을 가능하게 한 중요한 기반이었다.

우리는 혼자가 아니다. 서로 연결된 배움의 선순환 속에서 교사들은 학생들에게 더 나은 교육을 제공하기 위해 끊임없이 도전하고 있다. 그리고 그 열정은 나를 포함한 모든 교사에게 지속적인 에너지를 불어넣고 있다. 배움은 멈추지 않는다. 전ㆍ학ㆍ공은 그 배움의 중심에서 교사와 학생 모두가 함께 성장하는 여정을 이어가게 했다.

# 31

# 우리 코칭 공부할래요?

## 함께 생각하며 나아가기

1. 최근에 기회가 찾아 온 적이 있다면 어떤 기회였나요?
2. 이 기회가 어떤 의미를 주었나요?
3. 이 기회를 놓치면 무엇을 잃게 될까요?
4. 그 기회의 문을 누구와 함께 통과하고 싶나요?
5. 이 기회가 나의 성장이나 변화를 위해 왜 중요한가요?

"제 마음속의 갇혀 있던 둑이 툭 하고 무너지는 느낌이에요."

코칭을 받으며 한 말이다. 그날 눈물과 콧물로 범벅이 되었고 마치 잊고 있던 나 자신을 거울 앞에 세운 것 같았다. 그날의 경험을 평생 잊지 못할 것이다. 어릴 적 기억 속 상처에 갇혀 있던 나는 코칭을 통해 그 관계를 정리했고 새롭게 자아상을 정립하는 날을 맞았다. "지금 어떤 모습을 원하는가?"라는 코칭 질문은 나를 있는 그대로 바라보게 했다. 그 질문을 통해 비로소 나 자신에게 귀 기울이기 시작했다.

그 경험은 나를 새롭게 바라볼 수 있는 전환점이었다. 코칭을 받았던 그날 이후 코칭의 힘에 매료되었다. 코칭을 받을수록 내적 힘이 생겨남을 느꼈다. 그 힘은 나에게 긍정의 에너지를 심어 주었다. 코칭이 가져다준 변화를 나 혼자 간직하고 싶지 않았다. 아무도 내게 묻지 않아도 코칭의 필요성과 가치를 이야기하며 스스로 코칭 홍보 대사가 되었다.

코칭은 우연히 교육청 연수를 통해 처음 접했다. 마치 신세계가 열리는 듯한 순간이었다. 기존의 연수와 달랐다. 코칭은 외부에서 무언가를 주입받은 것이 아니라 내면의 나와 직면하고 스스로 답을 찾게 했다. 마치 거울을 보는 듯했다. 코칭 질문은 일상에서 치이고 방향을 잃었던 내가 무엇을 원하는지 스스로 깨닫도록 도와주었다.

코칭 연수에서의 경험은 강렬한 인상을 남겼다. 토요일 하루 종일 이어진 코칭 연수임에도 전혀 피곤하지 않았다. 오히려 생기를 얻었다. "이게 바로 내가 찾던 거야."라는 마음이 생길정도로 만족했다. 코칭을 더 배우고 싶어졌다. 너무나 만족스러운 경험을 나 혼자 알고 있기에는 아까웠다. 특히 진로상담이 중요한 진로교사뿐만 아니라 모든 교사들에게 코칭이 얼마나 필요한지 절실히 느껴졌기 때문이다.

"저 요즘 코칭 배우고 있잖아요. 코칭 한번 받아보실래요?"
"코칭을 배워보니까 진로상담할 때 정말 필요할 거 같아요. 돈 내고 배워도 아깝지 않아요."

"코칭이 너무 좋아요. 더 깊이 배우고 싶어졌어요."

"이번 방학 때 코칭 자격증에 도전해 볼래요?"

"꼭 한번은 코칭을 배워야 해요."

"제가 지금까지 배운 것 중 가장 잘한 일이 코칭이라고 생각해요."

코칭의 힘을 알리기 위한 열정은 멈추지 않았다. 코칭을 배우고 경험하면서 그 긍정적인 변화와 힘을 다른 사람들에게도 전하고 싶어졌다. 누가 물어보지 않아도 내 입은 저절로 코칭을 배우라고 권하기까지 했다. 심지어 돈이 전혀 아깝지 않다고 힘주어 말하곤 했다. 그래서 주변의 진로교사뿐만 아니라 동료 교사, 가족들에게도 꼭 코칭을 배워야 한다고 주장하며 내 삶의 변화를 간증 삼아 이야기하기를 멈추지 않았다.

코칭의 가치를 나누고 싶다는 열망이 가득할 때 지역교육청의 학습동아리 지원 사업을 알게 되었다. 그러나 학습동아리를 구성하려면 회원 10명이 필요했다. 퇴근 후 두 시간씩 참여하는 학습 모임은 누구에게나 부담스러운 일이다. 회원 모집은 예상대로 쉽지 않았다. 선뜻 나서는 교사가 없었다. "코칭이 무엇인가요?"라는 동료 교사들의 질문은 나의 설득력을 시험하는 도전이었다. 진로상담이 꼭 필요한 담임교사들에게 다가가 조심스럽게 제안했다. "우리 코칭 공부 한번 해보실래요?" 그리고 코칭의 필요성을 설명하기 시작했다.

학교 현장에는 이미 교사들이 다양한 주제로 월 1회 모이는 전문적학습공동체가 진행되고 있었다. 이런 상황에서 또 하나의 학습동아리를 구성하고 모임을 갖는다는 것은 새로운 도전을 의미했다. 내게는 큰 용기가 필요했다. 인맥을 동원하여 코칭 공부에 참여할 멤버를 모집했다. 결국 회원 10명을 모집하면서 학습동아리를 구성하게 되었다.

"기회는 과감한 자를 좋아한다."라는 말처럼 기회가 왔을 때 망설임 없이 "Yes"라고 말하지 않으면 그 기회는 결코 내 것이 될 수 없다. 그리고 기회는 내 곁에 오래 머물러 있지도 않는다. 기회는 바람처럼 흔적도 없이 사라지기 일쑤다. 그래서 학습동아리 지원 사업 기회가 왔을 때 그냥 지나치지 않고 망설임 없이 붙잡았다. 코칭이 꼭 필요하다는 것을 알릴 길이 없어 아쉬웠는데 동료 교사들과 함께 배울 수 있어 너무 좋았다.

'학생 맞춤형 진로, 진학, 직업 교육 진로상담 역량 함양, 코칭기술을 활용한 학습코디네이터 및 상담 전문가 양성'이라는 목적으로 출발했다. 목적은 거창했다. 꼭 학습동아리비를 지원받기 위해서 큰일을 해내는 동아리인 것처럼 과장된 부분도 있었다. 하지만 학습동아리는 내실 있게 운영되었다. 제한된 예산 대부분을 코칭 강사비로 사용하며 본격적으로 활동을 시작했다.

첫날, 강사님은 "여러분의 꿈은 무엇인가요?"라는 질문으로 강의를 열었다. 동료 교사들과 자주 대화했지만 서로의 꿈에 대해 이야기해 본 적은 없었다. 이날만큼은 동료 교사라는 틀을 벗어나 각자의 존재를 온전히 마주하며 꿈을 나눴다. 10명의 선생님들이 자신의 이야기를 털어놓는 모습에 현장은 설렘으로 가득했다. 하지만 모두가 코칭을 좋아한 것은 아니었다. 낯선 코칭 방식과 촘촘한 일정에 불만 섞인 목소리도 있었다. 소심한 나로서는 눈치가 보였지만 끝까지 운영될 수 있도록 최선을 다했다.

학습동아리에서 코칭의 모든 것을 배운 것은 아니었다. 당연히 배울 수도 없다. 하지만 질문의 중요성과 그 질문이 사람을 스스로 생각하게 하고 행동을 촉진하는 힘이 있다는 것을 깨달았다. 질문, 경청, 인정, 피드백 등 진로상담에 필요한 코칭 스킬을 익히는 소중한 배움의 시간이 되었다. 코칭을 통해 배운 질문의 기술은 단순히 학생들에게만 적용되는 것이 아니었다. 함께 학습하는 동료 교사들과의 대화, 가정 내 소통에도 변화를 가져왔다.

코칭의 본질은 사람을 스스로 생각하게 하고 행동을 촉진하는 데 있다. 우리는 짧은 학습 기간에 질문의 힘과 그 효과를 경험했다. 한 동료 교사는 "이 질문을 학생들에게도 써보고 싶다."라며 열의를 보였다. 또 다른 교사는 "학생과의 상담에서 더 깊이 있는 대화를 나누기 위해 코칭을 시도하고 있다."라고 했다.

'코칭 한 번 받아 보실래요?', '우리 코칭 공부할래요?'는 질문은 일상이 되고 있다. 많은 사람들이 코칭을 받았으면 좋겠다. 그리고 코칭을 배우기를 권하고 싶다. 코칭은 내게 강력한 변화를 선물했다. 코칭은 내가 선택한 가장 잘한 일 중 하나다. 앞으로도 코칭을 통해 배움을 나누고 더 많은 사람들에게 코칭의 가치를 전하고 싶다. 코칭은 단순한 도구가 아니다. 그것은 사람을 변화시키고 성장의 길로 이끄는 강력한 라이프스타일이고 삶이다. 나와 자신, 나와 너와의 관계를 연결하는 것이 바로 코칭이다.

학생들에게, 동료 교사들에게, 그리고 나 자신에게 코칭을 통해 더 나은 내일을 선물하고 싶다.

**32**

# 처음부터 경력자는 없다

---

### 함께 생각하며 나아가기

**1.** 당신은 지금 어떤 분야에서 초보자로 시작하고 있나요?

**2.** 처음 시작할 때 망설였던 이유는 무엇인가요?

**3.** 망설였지만 결국 도전하게 된 계기는 무엇일까요?

**4.** 초보자일 때만 느낄 수 있는 배움은 무엇이 있나요?

**5.** 초보자로서 나 자신을 격려하기 위해 가장 필요한 말은 무엇인가요?

---

어느 해 11월 교육청 장학사님께 메시지를 받았다. 신규 진로교사 대상 강의를 해달라는 요청이었다. 그 순간 내 마음은 복잡해졌다. '드디어 나도 강사 섭외 메시지를 받게 됐구나.' 뿌듯함과 설렘이 스쳤지만 곧바로 불안과 부담감이 몰려왔다. '내가 무슨 자격이 있다고? 나보다 잘할 사람이 얼마나 많은데.' 마음속에서는 당장 거절해야 한다는 생각에 지체하지 않고 장학사님께 거절 의사를 전했다. 나보다 더 능력 있는 강사 섭외를 하시도록 빠르게 거절하는 것이 예의라고 생각했다.

그러나 거절 메시지를 보내고 나서부터 마음이 편치 않았다. 한 번뿐일지도 모를 기회를 스스로 놓쳐버린 것은 아닌가 하는 생각이 들었다. '혹시 이 기회가 다시는 오지 않는다면?', '내가 할 수 있다는 가능성을 미리 차단해버린 건 아닐까?' 스스로에게 끊임없이 질문하며 갈등했다. 마음 한 구석에는 강의를 해보고 싶다는 미약한 바람이 자리 잡고 있었다는 것을 부정할 수는 없었다.

내 안의 긍정과 부정적인 마음이 치열하게 싸웠다. 부정적인 마음은 '당연히 안 되지. 강의 자료를 언제 만들며 내가 잘한 게 무엇이 있다고 강의를 해. 너 아니어도 잘할 사람은 많아.'라고 설득했다. 하지만 긍정적인 마음은 '한 번 해봐. 지금까지 진로상담을 진심으로 했잖아. 네가 그냥 해왔던 것들을 나누면 돼. 네가 진로교사 신규일 때 선배님들의 특강이 얼마나 힘이 됐는지 기억하잖아. 이제는 네가 다른 사람에게 힘을 줄 차례야.' 결국 결정을 바꿨다. '내가 두려움에 갇혀 있다면 성장할 기회를 영영 놓치는 건 아닐까?'라는 생각 때문이다. 그렇게 장학사님께 다시 연락을 드려 강의를 수락했다.

강의를 수락한 순간부터 마음은 전쟁터가 되었다. 퇴근 후와 주말을 반납하고 한 달 동안 강의 준비에 매달렸다. 두 시간짜리 강의를 위해 투입한 준비 시간이 수십 시간에 달했다. 지난 4~5년간 진로교사로 쌓아온 진로상담 자료를 하나하나 다시 꺼내 정리하기 시작했다. '어떤 내용이 신규 교사들에게 가장 유익할까?'를 고민했다. 이 시점에서 더 이상 '할 수 있다, 없다.'의 문제가 아니었다. 강의 준비는 진로교사로서 겪었던 경험과 배움을 새롭게 정리하고 구성하는 일이었다. 이제는 무조건 해내야 하는 상황이었다. 아무리 도전을 즐기는 나라고 해도 이번 도전은 부담감이 컸다. 그 부담은 강의가 끝나고 마이크를 내려놓는 순간에야 비로소 사라졌다. 강의를 끝마쳤을 때 느꼈던 안도감은 이루 말할 수 없었다. 준비 과정에서의 모든 불안과 긴장, 그리고 긴 시간의 노력은 강의를 무사히 마무리하며 보람으로 바뀌었다.

강의 준비 기간에도 계속 마음을 다독여야 했다. 특히 신규 교사 시절을 떠올리며 '진로교사로 첫발을 내디뎠을 때 무엇이 가장 필요했을까?'를 자문했다. 그 시절 선배 교사들의 특강이 얼마나 큰 힘이 되었는지 기억했다. 이제는 내가 그 힘을 다른 사람에게 전할 차례라고 다짐하며 강의 준비에 집중했다. 강의 주제는 진로교사의 역할과 진로상담, 진로상담을 위한 준비 과정, 진로상담 활용 도구, 진로상담 운영 사례, 코칭 기법을 적용한 진로상담 사례 5꼭지로 진행되었다.

드디어 강의 날이 다가왔다. 장소에 도착하자 긴장감이 온몸을 감쌌다. 진로교사로서의 첫 경험과 배움을 공유하려 애썼다. 강의를 시작하며 느꼈던 떨림은 점차 사라졌고 준비했던 내용을 하나씩 전달하며 강의를 마쳤다. 강의의 결과가 어땠는지는 솔직히 알 수 없었다. 하지만 부끄럽지 않을 만큼 최선을 다했다. 만약 내 강의를 통해 단 한명이라도 작은 배움이나 깨달음을 얻었다면 그것으로 충분했다. 비록 신규 강사로 서툴렀을지라도 내 진심이 전달되었기를 소망할 뿐이다.

강의를 마친 지 얼마 지나지 않아 두 번째 강의 요청이 들어왔다. 이번에는 더 많은 시간을 투자해야 했다. 놀랍게도 이번에는 강의를 수락하는 데 망설임이 없었다. 첫 강의를 통해 조금 더 용감해진 자신을 발견했다. 이번 강의는 이론과 사례를 결합한 전문성을 더해야 했다. 준비 과정은 더욱 험난했지만 그만큼 더 많이 배우고 성장할 수 있었다.

강의를 준비하며 더욱더 배움의 소중함을 깨달았다. 강의를 듣는 입장일 때는 느끼지 못했던 강사의 노력과 진심이 이제야 보였다. 그들도 수많은 시행착오를 거치며 그 자리에 서 있다는 사실을 깨달았다. 모든 강의는 그 자체로 배움의 자리가 됨을 마음 깊이 새겼다.

이렇게 또 한 번 도전의 역사를 기록에 남겼다. 두 번의 강의 과정은 나에게 영원히 잊지 못할 도전이 되었다. 이 과정에서 배운 것은 솔직함과 진정성이었다. 거창한 미사여구나 화려한 강의 자료가 아니었다. 내가 걸어온 배움과 실패, 도전의 생생한 길을 전달했을 때 강의를 듣는 사람들의 고개가 끄덕여지는 것을 보았다.

초보 강사로서의 첫걸음은 결코 쉽지 않았다. 부족한 점이 드러났을지도 모른다. 하지만 이번 경험은 '끝까지 포기하지 않으면 배움은 반드시 따라 온다.'는 확신을 심어주었다. 또다시 새로운 도전이 온다면 망설임 없이 'Yes.'라고 답할 것이다. 도전은 언제나 나를 성장하게 하고 그 과정에서 얻게 되는 배움은 무엇과도 바꿀 수 없는 값진 자산이기 때문이다.

앞으로도 도전을 계속 이어갈 것이다. '도전하는 삶이야말로 진정한 배움이다.'

## 33

# 그럼에도 불구하고, 30시간의 여정

**함께 생각하며 나아가기**

1. 현재 내가 마주하고 있는 가장 큰 장애물은 무엇인가요?
2. 장애물을 뛰어넘기 위해서 어떤 행동을 하고 있나요?
3. '그럼에도 불구하고' 내가 포기하지 않는 이유는 무엇인가요?
4. 포기하지 않기로 결심했을 때 어떤 감정이 들었나요?
5. '그럼에도 불구하고'를 실현하기 위해 지금 당장 할 수 있는 작은 행동은 무엇인가요?

"코칭 연수 30시간 강의를 맡아주실 수 있을까요?"

메시지를 받는 순간 심장이 두근거렸다. 30시간이라는 긴 강의 시간이라니. 말도 안 되는 제안이자 기회였다. 처음엔 설렘이 컸다. 하지만 곧 불안과 두려움이 밀려왔다. '해낼 수 있을까? 부족한 내가 감히?' 거절 의사를 전하려 했지만 손끝에서 멈췄다. '언제까지 배우기만 할 거야? 부족한대로 시작해 봐?' 강의 준비 기간에 더 많이 배움이 일어나는 사실을 믿으며 솔직한 마음으로 답을 했다. "많이 부족하지만 열심히 준비하겠습니다."

강의를 수락하고 나니 현실적인 부담이 한꺼번에 밀려왔다. 30시간짜리 커리큘럼을 만들고 강의를 준비한다는 것은 결코 쉬운 일이 아니었다. 막막하고 힘들었다. 강의 준비는 퇴근 후와 주말 시간을 모두 빼앗아갔고 외로움은 배가되었다. 하지만 포기할 수 없었다. '내가 왜 이 자리에 서게 되었는지.'를 떠올렸다. 매 순간 나와 싸우며 스스로를 다독여야 했다. 이때 가장 필요한 것이 셀프코칭이었다. 하루하루 스스로에게 질문을 던지며 마음을 정리했다.

- 1일 차 새해는 나에게 어떤 한 해가 되기를 바라는지 이름을 지어보세요. 그 이름의 의미는 무엇인가요?
- 2일 차 한 해를 잘 보내기 위해 성장 마인드셋 5가지를 장착해 본다면 무엇인 가요?
- 3일 차 연수가 시작될 때의 기분을 색깔로 표현한다면 어떤 색깔일까요? 그 색깔의 의미는 무엇인가요?
- 4일 차 교사 대상 코칭 연수를 준비하면서 어떤 강점을 활용하고 있나요?
- 5일 차 지금 마음속에서 일어나고 있는 감정은 무엇이며 그 감정은 어디로 나 아가고 있나요?
- 6일 차 성장과 배움이 있는 연수를 위해 남은 3일간의 실천 계획을 세워본다면?
- 7일 차 지금보다 한 걸음 더 나아간다면 어떤 일이 일어날까요?
- 8일 차 지금 어려운 상황에 대해 80세의 당신에게 지혜를 구해본다면 어떤 답을 할까요?

이 질문들은 내 안의 혼란스런 마음을 정리하게 했다. 두려움 속에서도 방향을 잃지 않게 해주었다. 혼란 속에서도 나아갈 용기를 주었다. 답답하고 힘든 마음을 나 스스로 위로하고 응원하며 매 순간을 견뎌나갔다. 셀프코칭은 강의 준비 과정에서 가장 큰 힘이 되어주었다.

30시간의 긴 연수 강의안을 준비하는 과정은 외롭고 고된 시간이었다. 강의 준비가 진행될수록 혼자 감당해야 하는 무게가 점점 더 크게 느껴졌다. 그럴 때마다 의도적으로 셀프코칭을 통해 내 마음을 알아차리고 스스로를 다독이려 애썼다. 셀프코칭이 모든 문제를 해결하거나 강의 자료를 완벽하게 준비하게 해주는 것은 아니었다. 하지만 분명한 것은 셀프코칭을 통해 내 생각과 마음을 정리하고 다시 한 번 방향을 점검하며 행동을 구체화할 수 있었다는 점이다.

드디어 연수 첫날이 다가왔다. 새벽 4시에 잠을 설친 채 연수 장소로 향했다. 첫날 6시간의 강의는 내게 마라톤과 같았다. 강의실에 들어서는 순간 내가 준비한 것이 모두 부족하게 느껴졌다. 시스템을 점검하고 자료를 확인하며 긴장을 풀려 했지만 불안은 가라앉지 않았다. 6시간 진행되는 연수인 만큼 잘 해내고 싶은 마음이 컸다. 하지만 강의안을 열심히 준비했다고 해서 모든 부담이 사라지는 것은 아니었다. 할 수 있다는 마인드셋을 장착하는 것이 가장 큰 숙제였다.

초보 강사로서 느끼는 두려움과 설렘 속에서 강의실에 섰다. 연수 장소에서 만나는 선생님들이 코칭 연수를 통해 자신만의 성장과 변화를 경험하길 바라는 간절한 마음이 나를 이 자리로 이끌었다는 것을 기억했다. 초보 강사로서의 서툰 점도 많았겠지만 이러한 간절함만큼은 연수를 통해 온전히 전달되길 바랐다.

6시간의 긴 강의를 마친 후 허탈감이 몰려왔다. '내가 너무 부족한 거 아니었을까? 선생님들에게 실망만 안겼다면 어떡하지? 왜 준비한 것을 제대로 녹여내지 못했을까?' 그 순간 셀프코칭을 시작했다. 셀프코칭은 다시 나를 붙잡는 시간이었다. '성장 마인드셋 5가지를 장착해 본다면?'
첫째, 배움의 자리에서 떠나지 않고 시간과 자원을 아끼지 않는다.
둘째, 혼자보다는 학습공동체와 함께 한다.
셋째, 선입견이나 비판, 판단을 배제하고 모든 사람을 존중하고 사랑한다.
넷째, 모든 사람으로부터 인정받으려고 하지 않는다.
다섯째, 불편한 상황에도 뒤로 물러나지 않고 회피하지 않는다.
이 셀프코칭 질문이 아니었다면 부족한 점들만 찾아내며 더 힘들게 했을 것이다. 셀프코칭은 나의 시선을 오늘의 실수와 부족함에서 다시 성장의 자리로 옮겨주는 강력한 도구였다.

둘째 날, 첫날의 아쉬움을 뒤로하고 새로운 시작을 다짐했다. 다시 스스로에게 또 다른 질문을 던졌다. '연수가 시작될 때의 기분을 색깔로 표현해 본다면?', '연수가 시작될 때의 기분을 나타내는 색깔은 무지개색이 떠오른다. 약 3주간 온 힘을 다해 강의를 준비하며, 때로는 어려움도 있었지만 그럼에도 포기하지 않고 코칭을 선생님들과 나눌 수 있어 다양한 감정이 떠올랐다. 열정적으로 강의를 준비한 마음은 빨강, 때로는 포기할까 고민했던 마음은 주황, 강의를 할 수 있는 기회에 감사한 마음은 봄날의 노랑, 선생님들을 기다리는 마음은 초록, 연수가 끝나면 제주 앞바다로 달려갈 마음은 파랑, 이제 시작된 연수를 끝까지 마무리하자는 차분한 마음은 남색, 연수가 끝나 잘했다고 스스로를 응원하는 대견하고 애쓴 마음은 보라색으로 표현된다.' 이 질문에 답을 하면서 첫날의 아쉬움 대신 새로운 마음가짐과 가능성으로 나를 이끌었다. 셀프코칭은 과거의 실수에 집착하는 대신 오늘과 내일을 준비할 힘을 주었다.

- ◆ 연수 준비와 진행 과정에서 끝없이 반복해서 외친 말은 바로 '그럼에도 불구하고'다.
- ◆ 강의 준비가 부족하다고 느껴졌다. 그럼에도 불구하고 다음날 강의를 위해 다시 책상에 앉았다.
- ◆ 내 모습에 실망감이 밀려왔다. 그럼에도 불구하고 새로운 마음으로 다시 시작했다.
- ◆ 내가 제대로 하고 있는지 확신할 수 없었다. 그럼에도 불구하고 선생님들과 함께하려는 진심을 품었다.
- ◆ 초보 강사로서의 미숙함이 드러났다. 그럼에도 불구하고 다음 강의 준비에 최선을 다했다.
- ◆ 다른 강사님은 훨씬 잘하시는 것 같았다. 그럼에도 불구하고 비교 대신 나만의 강점을 찾아냈다.

'그럼에도 불구하고' 셀프코칭은 나를 앞으로 나아가게 하는 강력한 무기였다. 부족하더라도, 두려움이 몰려오더라도 이 말은 나를 다시 일어서게 했다.

5일간의 연수를 마친 뒤 스스로에게 진심으로 칭찬을 아끼지 않았다. 강의가 완벽하지 않았더라도 내 자리에서 최선을 다했다. 연수 마지막 날 한 선생님이 보낸 메시지는 내게 큰 위로가 되었다.

"선생님의 이번 열강에 다시 한 번 코칭의 세계에 두 발 담그고 싶어지네요. 마음을 다해 알려주시려는 진심을 읽었어요. 그동안의 갈고닦은 실력을 가감 없이 보여주셨으니 참 장하십니다. 많은 임상 사례를 알려주시고 해본 경험자답게 마음을 움직여주는 강의에 감탄합니다."

이 메시지는 내가 했던 모든 노력과 준비가 헛되지 않았음을 증명했다. 그리고 내 마음 깊은 곳에 감사를 심어주었다. 부족했지만 도전의 자리에서 더 많이 배웠다. 결과는 한 순간일 뿐이지만 도전하는 과정은 나와 씨름하며 견딤이 필요했다. 그 과정이야말로 꼭 필요한 배움의 자리다.

'그럼에도 불구하고'라는 말은 내가 가진 가장 강력한 또 하나의 무기다. 이 말은 부족함 속에서도 다시 도전할 용기를 준다. 30시간의 긴 여정은 내게 두 가지를 가르쳐줬다. 첫째, 두려움과 설렘은 함께 온다는 것. 둘째, 도전을 멈추지 않으면 결국 성장한다는 것.

앞으로도 또 다른 도전을 기다린다. 그 도전이 아무리 두렵고 막막해도 앞으로 이끄는 힘은 항상 이렇게 말할 것이다. '그럼에도 불구하고, 해낼 수 있다.'

# 학습동아리, 꿈이 이루어지다

**함께 생각하며 나아가기**

1. 마음속에 꿈을 품은 경험을 떠올려보세요.
2. 그 꿈은 어떻게 되었나요?
3. 어느 날 생각지도 않은 상황에서 꿈이 이뤄진다면 어떤 마음이 들까요?
4. 꿈이 이루어졌을 때 누구에게 자랑하고 싶나요?
5. 그 사람에게 어떤 선물을 받고 싶나요?

"꿈을 간직하고 있으면 반드시 실현할 때가 온다."

괴테의 이 말은 내게 늘 깊은 울림을 준다. 그렇다면 꿈은 무엇일까? 사람마다 꿈의 정의는 다를 것이다. 어떤 이에게는 목표, 어떤 이에게는 비전, 또 다른 이에게는 희망일 수도 있다. 꿈이란 언제 또는 어떤 계기로 시작되는 걸까?

처음 꿈이 생겼던 때는 고등학교 시절이었다. 나를 격려하고 챙겨주셨던 선생님처럼 되고 싶다는 마음에서 특성화고등학교 교사라는 꿈을 꿨었다. 하지만 그 이후로는 특별한 꿈이 없었다. 명확한 목표는 없었지만 순간순간 도전하며 최선을 다했던 삶을 살아왔을 뿐이다. 오히려 막연하고 모호한 상태로 살아온 시간이 더 많았다. 진로교사가 된 지금도 마찬가지다. 명확한 목표를 가지고 살고 있는지 묻는다면 자신 있게 대답하기 어렵다. 그래서 꿈이란 단순히 이루어야 할 목표가 아니라 우리 삶 속에서 계속 피어나는 꽃과 같다는 생각이 든다.

진로교사로서 2년 차가 되던 해 한 가지 꿈을 품게 되었다. 진로교사로서 전문성을 키우기 위해 함께 공부할 사람들을 만나고 싶다는 바람이었다. 진로교사로 구성된 학습공동체를 만들어 서로 배우고 성장하고 싶었지만 현실은 녹록치 않았다. 막상 누구와 공부를 시작해야 할지, 또 주변 사람들과 함께 공부하는 방법이 무엇인지조차 몰랐다.

바쁜 일상 속에서 주변 선생님들에게 공부 모임을 제안하는 것조차 쉽지 않았다. 하지만 그 꿈은 내 마음속에서 작게나마 자리 잡고 있었다. 그래서 주변 진로교사들에게 함께 공부하자는 이야기를 몇 번 꺼내 보기도 했다. 늘 함께 공부하고 싶다는 생각이 마음속에 자리 잡고 있었기 때문이다. 선생님들은 각자의 학교 업무로 바쁘고 퇴근 후에도 연수와 개인 업무가 쌓여 있는 경우가 많다. 상황을 너무나 잘 알고 있기에 함께 공부하자는 제안이 쉽지 않은 것은 당연하다.

진로교사 학습공동체를 꿈꿨지만 몇 번의 거절을 겪은 후 스스로를 위로했다. '굳이 함께 공부할 필요가 있을까? 혼자서도 할 수 있잖아.' 하지만 혼자 하는 공부는 금세 흐트러졌다. 혼자만의 답답함을 안고 지내야 했다. 그렇다고 소그룹 학습 모임을 포기하지는 않았다. 선생님들의 반응이 미지근했지만 함께 공부하고 싶다는 기대감은 마음속에서 쉽게 사라지지 않았다. 한동안 내 꿈은 삶의 배경으로 물러나 있다가 때때로 전경으로 떠오르며 나를 다시 붙잡았다. 하지만 가슴속에 품었던 꿈은 쉽게 이루어지지 않았다.

진로교사 학습공동체를 만들고 싶었던 소망이 시들어 갈 무렵 의도치 않게 기회가 찾아왔다. 교육지원청에서 학교 간 교사 학습동아리를 공식적으로 지원해 주는 기회였다. 내가 간절히 바라던 소망을 이루게 될지도 모른다는 기대감에 가득 찼다. 순간 가슴이 뛰었다. '옳다구나! 드디어 기회가 내게 찾아왔구나.' 마치 공문이 나를 찾아 걸어온 것처럼 반가웠다. 그러나 막상 공문을 읽고 나니 불편함이 밀려왔다.

뜻하지 않은 복병이 있었다. 그 복병은 다른 누구도 아닌 바로 나 자신이었다. '친한 진로교사 있어?', '진로교사 학습동아리 운영해 본 적 있어?' 결국 공문을 닫아버리고 주저했다. 내 마음속에서 일어나는 회의적인 목소리가 발목을 잡았다. 선뜻 나서기 어려운 성격이기에 순간적으로 주저했다.

망설이던 내게 같은 지역에서 근무하던 한 진로교사에게서 구원의 메시지가 도착했다. "미래 교육 교사 학습동아리 지원 공문 보셨어요? 우리 같이 코칭 공부하면 어떨까요? 그런데 제가 코칭에 대해 잘 몰라서 계획서 작성은 못 할 것 같고요. 선생님께서 계획서만 작성해 주시면 나머지는 제가 많이 도울게요." 그 말 한마디가 나를 움직이게 했다.

그 선생님의 메시지는 마치 마음의 쐐기를 박는 한 마디처럼 다가왔다. '그래, 이렇게 같이 하려고 하는 선생님이 있잖아. 계획서만 작성하면 된다니 큰 부담도 아닐 것 같아. 예산도 교육청에서 지원해 준다니 얼마나 좋아. 함께할 선생님도 함께 모집하면 되겠지.'

어디서 이런 용기가 또 솟아났을까. 부랴부랴 서류를 작성했고 공문을 발송했다. 마침 코칭 공부를 계속하고 있었던 덕분에 계획서 작성도 큰 어려움 없이 끝낼 수 있었다. 며칠 뒤 에듀코칭 진로교사 학습동아리가 선정되었다는 소식을 들었다. 드디어 나의 꿈이 이루어진 셈이다. 아니 이제는 우리의 꿈이 이루어진 것이다. 그렇게 1년 동안 에듀코칭 진로교사 학습동아리가 시작되었고 그 시작은 또 다른 시작점이 되었다.

첫 모임은 내가 근무하는 학교의 진로활동실에서 열렸다. 책걸상을 모둠으로 배치하고 간단한 간식을 준비했다. 설레는 마음으로 진로교사들을 맞이할 준비를 했다. 첫 만남을 준비하는 내내 콧노래가 절로 나올 정도로 기대감이 컸다. 첫 모임에서는 서로의 경험과 고민을 나누는 것만으로도 큰 위로와 공감이 되었다. 그렇게 고등학교에 근무하는 진로교사 2명, 중학교에 근무하는 진로교사 4명의 선생님들과 낯선 동행이 시작되었다.

진로교사 학습동아리 첫 모임은 2시간 동안 진행될 예정이었다. 하지만 다양한 재능을 가지고 있는 진로교사들 덕분에 3시간이 훌쩍 지나버렸다.

역시 선생님들이 모이면 학교 업무, 수업, 진로상담과 관련된 이야기로 시간 가는 줄 모른다. 선생님들은 각자 할 말이 너무도 많았다. 그 많은 이야기들을 그동안 어떻게 마음속에 담고만 있었을까. 서로가 자신의 고민과 애환, 어려움, 해결해야 할 문제들을 털어놓고 들어주는 것만으로도 큰 위로와 힐링이 되었다.

진로교사 학습동아리의 시작은 거창하지 않았다. 선생님들은 한 달에 한 번 모이는 학습동아리에서 열심히 배우려는 자세로 임했다. 물론 이 부분은 내 영향이 컸을 것이다. 워낙 재미와는 담을 쌓은 성격이라 모이면 무조건 공부만 하는 분위기를 만들었던 탓이다. 지금 돌이켜보면 함께했던 선생님들께 미안한 마음이 든다. 모임 후 저녁을 함께 먹거나 가벼운 수다를 나누는 시간을 가졌다면 더 좋았을 텐데 철저히 학습 중심으로만 운영했던 아쉬움이 남는다. 학습동아리 활동은 밴드 개설, 코칭 관련 독서, 셀프코칭, 일대일 코칭 실습, 외부 강사 특강 등으로 구성하여 진행되었다.

1년을 마무리하며 마지막 학습동아리 평가회에서 나눴던 배운 점, 느낀 점, 실천할 점을 공유해 본다.

"코칭의 필요성을 깨닫게 되었고, 진로교사에게 필요한 역량에 대해 깊이 생각해 보게 되었다. 코칭 기법을 배우고 실제 학생에게 적용해 본 과정을 통해 코칭의 힘을 직접 체감한 것이 신기했다."

"새로운 코치님의 수업을 듣는 것이 좋았고, 코칭, 진로수업, 진로상담에 바로 활용할 수 있는 것을 배워 좋았다. 현재 셀프코칭 중인데 28일 차이며, 매일 하고 있다."

"진로선생님들의 열정, 진정성, 성장하는 과정에 함께 할 수 있어 좋았고, 코칭의 틀을 깨고 삶 속에서 실천하고 싶은 마음이 들었다."

"코칭을 부담스럽게 생각하지 말고, 학생들이 스스로 자신을 되돌아보고 목표를 실천할 수 있게 돕는 역할을 해야겠다고 느꼈다. 학생들이 답을 스스로 찾을 수 있도록 돕는 관점의 전환이 이루어졌다."

선생님들의 후기로 가슴이 뜨거워졌다. "꿈을 간직하고 있으면 반드시 실현할 때가 온다."라는 말을 다시 떠올리게 된다. 진로교사 학습동아리를 만들겠다는 작은 꿈은 또 다른 배움의 시작점이 되었다. 혼자 품었던 꿈이 다른 사람들과 연결되었고 함께 공부하며 성장할 수 있었다.

마음속에 꿈을 품은 사람과 그렇지 않은 사람의 차이는 어쩌면 한 가지일지도 모른다. 그 꿈을 얼마나 오래 간직하며 키우느냐는 것이지 않을까. 나 역시 진로교사 학습동아리를 통해 함께 공부하고 싶다는 꿈을 3년 이상 품어 왔다. 그 꿈은 쉽게 피어나지 못했지만 언젠가는 이루어질 것이라는 기대감이 늘 마음 한구석을 채우고 있었다. 그래서인지 틈만 나면 사람들에게 "함께 공부해요."라는 말을 자연스럽게 건넬 수 있었기 때문에 가능했다는 생각이 든다.

꿈은 우리의 삶을 풍요롭게 한다. 비록 그것이 처음엔 작고 막연해 보여도 진심으로 간직하면 반드시 실현될 때가 온다. 앞으로도 선생님들과 함께 나아갈 것이다. 꿈이 있는 한 우리는 언제나 연결되어 있고 함께 성장해 나갈 수 있다는 믿음이 있다.

꿈은 그렇게 한 사람에서 또 다른 사람으로 이어진다. 꿈이 있다면 그 길은 언제나 계속 될 것이다. 늘 그랬듯이 목적지가 분명하지 않아도, 형체가 뚜렷하지 않아도 가슴 뛰는 일을 위해 묵묵히 길을 걸어갈 것이다. 나는 계속 꿈을 꾸고 있는 중이다.

# 35

# 저경력 진로교사와의 한 해 살이

> ### 함께 생각하며 나아가기
>
> 1. 새로운 시작을 위해 필요한 첫 번째 작은 행동은 무엇인가요?
> 2. 첫 번째 행동은 언제 시작하고 싶나요?
> 3. 새로운 시작을 통해 얻고 싶은 내면의 변화는 무엇인가요?
> 4. 새로운 시작은 나의 삶에 어떤 가치를 더하게 될까요?
> 5. 새로운 시작이 끝났을 때 어떤 모습으로 성장해 있을까요?

"진정성을 가지고 접근하면 누구도 오해하지 않을 거예요. 신규 선생님들에게 코칭은 정말 필요한 부분인데 선생님이 그런 기회를 주신다면 오히려 고마워하실 거예요."

한 동료 선생님의 이 한마디는 내게 큰 용기를 주었다. 올해 우리 지역에는 신규 진로교사 11명이 발령되었다는 소식을 들었을 때 나는 잠시 멈춰 섰다. 진로교사로 첫발을 내딛는 신규 선생님들에게 든든한 지원자로 함께 걸어가고 싶은 마음이 있었다.

진로교사 신규 시절 낯선 환경과 학생들의 질문에 답할 준비가 부족하다는 두려움이 떠올랐었다. 어디에도 물어볼 곳이 없던 그때 누군가 내 옆에서 방향을 제시해 줄 단 한 사람이 간절히 필요했다. 혼란스러운 순간에 내결정이 맞는지 명확하게 답을 할 수 없었다. '이게 맞는 방향일까?'라는 의구심에 스스로를 자책했던 순간도 많았다. 그때의 내가 간절히 바랐던 건나와 같은 고민을 공유하며 함께 응원해 줄 단 한 사람의 존재였다. 마음편하게 물어보고 의지할 수 있는 사람이 필요했던 것이다. 그런 경험이 있었기에 이제는 내가 다른 사람의 길을 함께 걸어주는 사람이 되고 싶었다.

'진로교사로 첫발을 내딛는 순간 가장 간절히 바랐던 것은 무엇일까? 신규 진로교사들과 무엇을 함께 할 수 있을까? 내가 배운 코칭 경험과 지식을 어떻게 나눌 수 있을까?' 이런 고민은 자연스럽게 저경력 진로교사를지원하는 학습동아리를 기획하는 계기가 되었다. 진로교사로서 가장 어려웠던 진로상담 영역에서 코칭을 기반으로 학습한다면 큰 도움이 될 것이라고 믿었다. 진로교사들에게 필요한 것은 단순한 정보 전달이 아닌 코칭 기반 진로상담의 기본 철학과 도구를 실질적으로 활용할 수 있는 능력이라고 생각했다. '코칭을 배워 진로상담에 적용할 수 있다면 얼마나 좋을까?' 그렇게 작지만 의미 있는 시작을 꿈꾸며 리스타트 코칭 학습동아리라는 씨앗을 심게 되었다.

처음에는 망설임도 있었다. 과연 선생님들이 이런 모임에 참여할까? 정말 도움이 될까? 의구심보다 몸이 먼저 움직이기 시작했다. 홍보 활동지를 작성하고 신규 진로교사들에게 용기를 내어 제안한 결과 예상보다 많은 7명의 선생님이 참여 의사를 밝혀 주었다. 단 3명만 참여해도 성공이라고 생각했기에 그 숫자는 기대 이상이었다. 신규 진로교사뿐만 아니라 2~3년차 진로교사도 함께 참여해서 더 든든했다.

처음에는 학습동아리 이름도 없이 큰 그림만 그렸었다. 월 1회 모임, 코칭 관련 독서, 코칭 스킬 학습 및 실습, 코칭 기반 진로상담 사례 나눔 등 다양한 프로그램을 계획하며 기대와 설렘으로 가득 찼다.

저경력 진로교사와 함께하는 학습동아리 모임을 준비하면서 먼저 사전 설문 조사를 통해 선생님들이 무엇을 필요로 하는지 확인했다. 이를 바탕으로 오리엔테이션에서는 설문 결과를 공유하고 선생님들과 나누는 시간을 가지며 모임의 방향성을 함께 고민했다. 리스타트 코칭 학습동아리가 단순히 정해진 커리큘럼을 따르는 모임이 아니라 선생님들과 함께 만들어가는 열린 공간이 되기를 바랐다. 오리엔테이션의 첫 만남은 어색함과 설렘이 교차하는 순간이었다. 서로 낯선 얼굴들이지만 진로교사라는 공통된 역할 속에서 서로 배우고 성장할 수 있으리라는 기대가 공존했다.

리스타트코칭 학습동아리 첫 번째 모임의 주제는 'Why? 코칭'이었다. 4월에 진행된 첫 모임에서는 선생님들이 3월 한 달 동안 얼마나 치열하고 바쁘게 보냈을지 쉽게 예상할 수 있었다. 하지만 모임의 시작에서 단순히 "3월 한 달 어떻게 보내셨어요?"라는 질문을 던지는 대신 "3월 한 달 동안 진로교사로서 가장 멋졌던 모습은 무엇인가요? 그때 발휘된 자신의 강점은 무엇인가요?"라는 두 가지 질문을 제시했다.

이 질문은 선생님들이 스스로의 경험 속에서 긍정적인 순간과 강점을 발견하도록 돕기 위해 고심 끝에 준비한 것이었다. 선생님들은 처음엔 낯설어했지만 점차 자신의 이야기를 꺼내기 시작했다. 만약 3월의 좌충우돌했던 이야기를 먼저 꺼내는 질문을 했다면 그동안의 고충과 힘든 순간들이 주된 대화 주제가 되었을 가능성이 높았다. 그러나 긍정적인 질문을 통해 선생님들 스스로 자신의 강점에 집중할 수 있도록 했다. 물론 이야기 속에는 힘들었던 순간들도 함께 녹아 있었다. 선생님들은 그럼에도 불구하고 자신의 가장 멋진 모습을 되돌아보며 긍정적인 에너지를 끌어올리는 모습을 보여주었다. 이 과정은 단순한 질문 이상의 의미를 가졌다. 선생님들이 스스로의 경험 속에서 배움과 성장을 찾아내는 첫걸음이 되었기 때문이다.

학습동아리에 참여하는 선생님들은 대부분 코칭을 생소해했다. 첫 번째 모임에서는 선생님들의 이야기를 들었다. 진로상담에서 어떤 점들이 어려운지 이야기하며 코칭의 필요성을 스스로 느끼길 바랐다. 코칭에 대한 정의, 코칭이 왜 필요한지, 그리고 이를 자신의 삶과 진로상담에 어떻게 적용할 수 있을지에 대해 이야기를 나누는 방향으로 설정했다. 첫 만남은 비대면으로 진행되었지만 놀랍게도 한 명도 빠짐없이 선생님 전원이 참여해 주었다.

첫 모임을 위해 다양한 코칭 관련 책들을 참고해 나눔에 필요한 자료를 발췌했다. 강력한 인상을 남기겠다는 욕심보다는 '코칭이란 이런 거구나. 배워볼 만하다. 나도 해보고 싶다.'라는 긍정적인 생각을 선생님들에게 심어주고 싶었다. 실제로 이런 마음이 잘 전달되었기를 바란다. 선생님들과 함께할 수 있다는 것만으로도 큰 의미가 있었다.

2회 차부터는 현장에서 직접 만나는 모임으로 진행되었다. 역시 연수는 현장에서 직접 만나고 소통할 때 느껴지는 생동감이 다르다는 것을 다시 한 번 깨달았다. 코칭 스킬, 라포 형성 방법, 카드 활용법 등 실질적인 내용을 다루며 학습은 더 깊어졌다. 단순한 코칭 스킬 학습을 넘어 진로교사로서의 고민과 경험을 함께 나누는 시간이 되었다.

특히 코칭에 깊은 관심을 가지고 이미 여러 책을 탐독하고 계신 한 선생님의 참여는 큰 힘이 되었다. 그 선생님 덕분에 모임이 더 풍성해졌고 다른 선생님들에게도 자극이 되었다. 선생님들 각자의 이야기가 더해지며 학습동아리는 점점 더 깊이 있는 배움의 장으로 발전해 나갔다.

6월부터는 새벽 독서모임을 시작했다. 부담스러울 수 있는 시간대였지만 선생님들의 열정은 그 모든 우려를 무색하게 했다. 한 선생님은 여행지에서 스마트폰을 들고 참여했고, 또 다른 선생님은 학교 워크숍 중에도 시간을 쪼개 함께했다. 열정적으로 참여하는 선생님들의 모습은 새벽이라는 시간조차 잊게 할 만큼 감동적이었다. 새벽이라는 시간에도 불구하고 학습동아리는 활기를 잃지 않았다. 새벽 독서모임은 지역 진로진학상담교사연구회에서 지원받은 도서를 활용해 3회기로 종료할 계획이었지만 선생님들의 적극적인 요청 덕분에 모임은 계속 이어졌고 어느덧 새해를 넘기고 있다.

학습동아리에서 가장 특별했던 순간 중 하나는 남상은 교수님과의 만남이었다. 새벽 독서모임에서 함께 읽은 『커리어 코치도 커리어 고민을 합니다』책의 저자를 직접 초청해 대화를 나누는 작가와의 만남이 이루어진 것이다. 남상은 교수님은 '미라클 코치'로 청년들을 위한 코칭에 헌신하고 계신 분이다. 교수님과의 만남은 단순한 저자와 독자의 대화를 넘어 선생님들이 각자의 고민을 진솔하게 나누는 시간으로 확장되었다. "단 한 사람의 코치, 좋은 어른이 되고 싶어요." 교수님의 겸손한 한 마디는 참석한 모든 선생님에게 깊은 울림과 위로를 주었다. 함께 성장하고 있다는 연결감이 자리 잡았고 이 특별한 순간은 잊지 못할 것이다.

물론 학습동아리를 운영하는 일이 매번 순탄했던 것은 아니다. 모임 날짜 정하기, 공문 발송 부탁하기, 자료 준비 등은 예상보다 많은 에너지를 필요로 했다. 어떤 날은 준비한 자료가 충분하지 않다는 불안감에 고민이 깊어지기도 했다. 때로는 선생님들의 반응에 예민해지기도 했다. 혹시 준비한 프로그램이 너무 어렵지 않은지 신경이 쓰였다. 선생님들의 바쁜 시간을 낭비하지 않도록 최선을 다했지만 불편하다고 느낄까 봐 노심초사했다. 하지만 이런 고민들은 결국 지나가는 구름과 같았다. 선생님들의 적극적인 참여와 열정이 나를 언제나 다시 일으켜 세웠다. 선생님들에게 무엇을 전달할 것인가는 더 이상 고민이 되지 않았다. 내가 가르치는 것이 아니라 스스로가 배우고 자신의 방식으로 적용한다는 것을 알게 되었기 때문이다.

저경력 진로교사 학습동아리를 통해 배운 가장 큰 교훈은 '함께하는 힘'이었다. 혼자였다면 결코 이룰 수 없었을 일들이 선생님들과 함께였기에 가능했다. '서로 배우고 함께 성장하는' 문구를 마음에 품은대로 살고 있어 감사하다. 저경력 진로교사와의 한 해 살이는 특별했다. 가르치기보다 더 많이 서로 배우고 채워지는 시간이 되었다.

선생님들은 코칭 기법을 배우며 진로상담에 적용하기 위해 애쓰고 있으며 나 또한 여전히 배워가고 있는 중이다. 지금 우리는 코칭이라는 첫걸음을 떼었다. 낯선 선생님들과 함께한 지 벌써 8개월이 되었다. 여전히 내 안에서는 낯섦이 느껴질 때도 있지만 그 낯섦 속에서 서로의 다양성을 배우는 즐거움이 크다. 무엇보다 내가 반드시 이끌어야 한다는 부담감에서 벗어난 점이 좋다. 내년에는 다른 선생님이 리더가 되어 더 좋은 학습공동체를 만들어 갈 것이라는 기대감도 품고 있다.

지역 진로진학상담교사연구회 회장님으로부터 내년에도 저경력 진로교사를 지원하는 학습동아리를 계속 맡아 달라는 요청을 받았다. 내년에는 인원수가 조금 더 늘 것 같고 학습동아리 지원금도 늘어난다는 소식도 전해 주셨다.

새로운 도전은 결코 쉽지 않다. 예상치 못한 벽 앞에 좌절하기도 하고 때로는 포기하고 싶은 순간도 있다. 왜 도전하고 있는지 조차 이유를 모른 채 무조건 하고 보는 성격 탓에 지칠 때도 있다. 그런데 새롭게 시작하다 보면 어느새 더 나은 모습으로 변화하고 있다는 것을 느낀다. 시작 자체가 새로운 가능성의 문을 열었기 때문에 내가 알 수 없는 다채로운 경험을 하게 된다.

이제 나는 또 다른 꿈을 꾸고 있다. 진로교사 학습동아리를 넘어 더 많은 교사들과 함께 배우고 성장할 수 있는 장을 만들고 싶다. 꿈이 있는 한 그 길은 언제나 계속될 것이다.

## 36

# 열정의 전염, 나비 효과

함께 생각하며 나아가기

1. 가장 만나고 싶은 사람은 누구인가요?
2. 그 사람을 만나고 싶은 이유는 무엇인가요?
3. 그 사람을 만났을 때 하고 싶은 첫 번째 질문은?
4. 인터뷰를 통해서 느껴지는 당신의 감정은 무엇인가요?
5. 당신은 사람들에게 어떻게 기억되길 원하나요?

"작은 나비의 날갯짓이 지구 반대편에서 태풍을 일으킬 수 있다." 기상 학자 로렌츠가 제시한 나비효과다. 초기 조건의 사소한 변화가 전체에 막 대한 영향을 미칠 수 있다는 의미다. 진로교사가 가지고 있는 작은 열정과 나눔이 동료 교사와 학생들에게 영향을 미치고 변화를 일으키고 있는지를 떠올려 보면 이 말이 절로 떠오른다. 진로교사로서 나의 작은 날갯짓은 너 무나 미미할 수 있다. 하지만 그 미미한 열정과 노력이 선생님들과 학생들 에게 영향을 미치고 그 여운이 또 다른 변화를 일으키는 나비효과를 수없이 경험했다.

　진로교사로 발령받은 초창기에 지역 진로진학상담교사 협의회에서 많은 도움을 받았다. 협의회는 단순한 모임 그 이상이었다. 진로교사에게 없어서는 안 될 배움의 장이다. 협의회에서는 진로 관련 다양한 연수와 논의가 이뤄지지만 무엇보다 진로교사 한 명 한 명이 공유하는 진로수업, 진로 프로그램 등의 경험과 노하우가 큰 자산이 된다. 특히 선배 교사들이 공유하는 수업 자료와 경험은 그야말로 보물 창고 같았다. 이 모임은 진로교사 1기부터 최근 선발된 교사까지 다양한 경험을 가진 교사들이 한자리에 모여 서로 배우고 나눌 수 있는 '교사들의 친정'과 같은 곳이다.

　진로교사 신규 시절 이 협의회에서 만난 옆 학교의 진로 선생님은 특히 나에게 많은 영감을 주었다. 선배 교사가 소개한 학습전략향상프로그램, 스터디 콘서트, 창업·창직 아이디어 경진대회는 내가 곧바로 따라 하고 싶은 프로그램이었다. 선생님께 운영 계획서를 요청해 공유받고 이해가 되지 않는 부분은 전화로 몇 번이고 질문하며 배움을 이어갔다. 때로는 너무 자주 질문해서 미안한 마음이 들 정도였다. 학생들에게 꼭 필요한 프로그램이라고 생각했기에 쉽게 포기할 수 없었다. 이 과정을 통해 단순히 정보를 받는 데 그치지 않았다. 받은 자료를 학교에 맞게 재구성하고 실행하는 법을 배웠다.

　학습전략향상프로그램은 학생들에게 올바른 학습 태도와 습관을 형성하고 자기주도적인 학습 능력을 향상시키는 것이었다. 많은 학생들이 학습에 대한 관심은 있지만 스스로 학습하는 데 어려움을 겪고 있었다. 이 프로그램은 학습 동기 유발과 시간 관리를 통해 학생들의 꿈과 진로를 자연스럽게 연결해 주고자 했다. 또한, 전문적인 학습 진단을 통해 학생들이 자신의 학습 습관을 점검하고 학업에 보다 집중할 수 있도록 도왔다.

프로그램 운영 첫해에는 고등학교 1학년 학생들만을 대상으로 진행했다. 프로그램 내용은 자기이해, 단기 목표 설정, 시간 관리, 플래너 작성, 집중력, 효과적인 노트 기록, 효과적인 책 읽기, 기억력 향상 등의 주제로 구성되었다. 학생들에게 프로그램 신청서를 받았는데 여기에는 지원 동기, 자신의 학습 습관과 태도, 학업 향상을 위해 노력하고 있는 점 등을 기록하게 했다. 학생들이 신청서를 작성하며 자신의 학습 태도와 문제점을 진지하게 돌아보는 모습이 인상적이었다.

무슨 일이든 동전의 양면이 존재하는 것처럼 프로그램 진행에 어려움도 있었다. 방과 후 늦은 시간까지 진행되는 프로그램을 임장하느라 밤늦게까지 야근을 해야 했던 날들이 많았다. 이런 상황은 프로그램을 시작하기 전부터 예상했지만 막상 장기적으로 운영해 보니 후회가 들 때도 솔직히 있었다. 그러나 학생들의 열정적인 참여와 변화하는 모습을 보며 이러한 어려움도 묵묵히 감내해야 했다.

스터디 콘서트와 창업·창직 아이디어 경진대회를 운영할 때도 마찬가지였다. 학생들이 진로를 탐색하고 미래 사회를 대비한 문제해결 능력을 기를 수 있는 경험을 제공해야 한다는 필요성을 느끼자 프로그램 기획과 실행을 망설이지 않았다. 어떻게 하면 학생들에게 더 다양하고 새로운 경험을 제공할 수 있을지 고민하며 프로그램을 설계했다. 학생들이 한 번도 경험해 보지 않은 활동을 체험하고 그 과정에서 자신만의 배움을 발견하기를 바랐다.

옆 학교 선생님이 타 지역으로 전근을 가기 전에 선생님의 집에 직접 방문해 각종 자료 전체를 공유받았던 기억이 난다. 선생님이 가지고 있는 자료들이 너무 궁금했던 터라 파일을 받아 들고 나서 마치 곳간이 가득 채워진 듯한 충만함을 느꼈었다. 무엇이든 할 수 있을 것 같았고 다음 해에는 이 자료들을 바탕으로 더욱 풍성하고 효과적인 진로 프로그램을 운영할 수 있다는 자신감도 생겼다.

그 선생님이 아낌없이 나눠준 자료 덕분에 학교 현장에 적합한 프로그램을 안정적으로 운영할 수 있었다. 그리고 나도 내 자료를 누군가에게 아낌없이 나누어 주게 되었다. 이처럼 배움과 나눔은 멈추지 않고 이어지는 것이라는 사실을 다시금 깨닫는다. 내가 받았던 도움과 지원은 학생들에게로 그리고 또 다른 교사들에게로 선순환되고 있다. 이런 과정이 진로교사의 진정한 가치와 역할이 아닐까 싶다.

동기 교사 중에서도 특히 열정적이었던 한 선생님은 나에게 또 다른 배움의 기회를 열어주었다. 동기 선생님은 어떤 질문을 해도 척척 답을 해줬다. 같은 시기에 진로교사로 시작했는데도 그 선생님의 지식과 경험은 나와는 차원이 달라 보였다. 어느 날 선생님이 학교 간 연합 프로그램을 기획해서 내게 제안했다. 학생들에게 다양한 특강과 팀별 토론의 기회를 제공하며 서로의 아이디어를 교류하는 장이 될 거라고 했다. 동기 선생님의 열정과 능력은 이미 익히 알고 있었기에 제안을 기쁘게 받아들였고 학생들을 프로그램에 참여시켰다.

세 개의 학교가 연합으로 참여한 프로그램은 특강과 팀별 토론이 이루어지는 시간이었다. 특강 이후 학생들이 각 팀별로 모여 미래 직업과 관련된 다양한 아이디어를 토론하며 교류하는 시간이 포함되어 있었다. 학생들은 타 학교 학생들과 소통하고 협업하는 특별한 경험으로 연결되었다. 또한 변화하는 시대에 맞춘 미래 직업 세계에 대해 깊이 이해할 수 있는 기회를 갖게 되었다.

두 번에 걸쳐 진행된 프로그램을 운영할 때 잊을 수 없는 에피소드가 하나 있다. 이 프로그램은 세 개 학교가 연합하여 비대면으로 진행되었고 학생들은 주로 방과 후 가정에서 참여했다. 그런데 프로그램 참여 학생 중 한 명이 비가 오는 날임에도 불구하고 학교로 찾아왔다. 학생은 집 인터넷 상태가 불안정하다며 학교 교실에서 참여하고 싶다고 한 것이다. 학생의 열정이 정말 기특했다. 더 놀라운 건 그 학생은 자신의 노트북이 젖을까 봐 노트북 가방을 몇 겹의 검정 비닐로 꽁꽁 싸매고 온 모습이었다. 그 광경을 보고 학생의 순수함과 프로그램에 대한 열정이 너무나 생생하게 다가왔다. 아직도 그 학생의 진지했던 모습이 선명하게 떠오른다.

돌아보면 선후배 교사, 동기 교사들로부터 받았던 도움과 나눔이 없었다면 진로교사로서의 성장은 불가능했을 것이다. 필요한 것이 있다면 누구에게든 전화를 걸어 물어보고 직접 찾아가 인터뷰를 요청하거나 도움을 청했다. 이런 열정과 노력들이 쌓여 나만의 노하우와 자료로 축적되었다. 그렇기에 후배 진로교사들에게도 나의 경험과 자료를 아낌없이 나눌 수 있게 된 것이다. 내가 받은 도움만큼 아니 그 이상으로 다시 나누는 것은 당연한 일이다. 진로교사로서의 삶은 서로의 열정과 나눔 속에서 더욱 풍요로워지고 있다.

진로교사로서 내가 해온 일들은 거창하지 않다. 그저 작은 열정과 노력을 더했을 뿐이다. 하지만 그 작은 날갯짓이 또 다른 누군가의 배움과 열정을 일으키고 있다는 사실이 내게는 큰 감동으로 다가온다. 나눔의 힘은 곧 선순환의 시작이다. 앞으로도 내가 가진 것을 아낌없이 나누며 또 다른 나비효과를 만들어가고 싶다.

진로교사의 작은 날갯짓이 동료와 학생들의 삶에 새로운 바람을 일으키고 그 여운이 더 큰 변화를 만들어갈 것임을 믿는다. 작은 날갯짓이 결국 태풍을 일으키듯 나눔과 열정은 끊임없이 이어질 것이다.

# 37

# 무작정 따라 하기, 재능 기부

## 함께 생각하며 나아가기

1. 무작정 따라 하고 싶은 사람은 누구인가요?
2. 그 사람의 어떤 모습이 끌리나요?
3. 그 사람의 어떤 행동을 따라 하고 싶나요?
4. 그 사람은 당신에게 어떤 의미인가요?
5. 그 사람과 당신의 공통점은 무엇인가요?

"진로직업 공유학교 지원단 교사가 되어 함께 활동하면 좋겠습니다."

메시지를 읽는 순간 외면하고 싶은 마음과 호기심이 동시에 밀려왔다. 학교 메신저로 도착한 진로업무 담당 장학사님의 메시지를 받고 바쁜 업무를 이유로 단호히 거절했다. 하지만 마음 한구석은 계속 찜찜했다. '진로직업 공유학교 지원단'이라는 이름 때문이었다. 학교의 다른 업무를 하면서도 진로교사가 하지 않는다면 누가 진로직업 공유학교 지원단 역할을 맡게 될까라는 질문이 머릿속을 떠나지 않았다.

결국 고민 끝에 장학사님께 다시 메시지를 보내 참여 의사를 밝혔다. 그 결심은 예상치 못한 특별한 만남과 성장의 시작이 되었다. 첫 협의회에서 뜻밖의 만남이 기다리고 있었다. 내가 진로교사로서 첫발을 내디뎠을 무렵 지역 진로진학상담교사연구회에서 특강을 진행했던 선배 진로교사였다. 그 당시 선배 진로교사로서 열정적이고 전문적인 모습을 보여주었고 내가 닮고 싶은 롤모델이다.

이렇게 특별한 만남이 이루어진 협의회에서 선배 진로교사의 준비성과 열정에 또 한 번 감탄할 수밖에 없었다. 아무 준비 없이 참여한 나와 대조적으로 선배 진로교사는 이미 진로직업 공유학교 운영 계획서를 작성해 왔다. 그리고 그 계획의 이름은 '나만의 꿈지도, 살구씨'였다.

선배 진로교사는 살구씨의 의미를 차분히 설명해 주었다. '살리고 구하는 씨앗'이라는 뜻으로 전공 및 직업 체험을 통해 학생들이 자신이 누구인지, 어떤 환경에서 나다움을 느끼며 행복할 수 있는지를 깨닫도록 돕는 프로그램이라고 했다. 이를 통해 학생들의 개성과 끼를 살리고 지역과 세상을 구하는 인재로 성장할 수 있는 씨앗을 키우는 프로젝트가 진행될 예정이라고 했다.

선배 진로교사에게 진로직업 공유학교 지원단에 참여하게 된 동기를 듣게 되었다. 진로교사로서의 역량을 지역사회를 위해 기여하고자 참여했으며 계획서를 미리 작성했다는 것이다. 선배 진로교사의 이야기를 듣는 내내 그 열정에 매료되지 않을 수 없었다. 진로교육에 대한 확신과 열의로 가득 찬 모습은 깊은 감동을 주었다. 그 순간 나도 모르게 결심이 움트기

시작했다. '나도 내가 갖춘 전문성을 지역사회를 위해 기여하고 싶다.'

지금까지 진로교사로서 개인적인 역량을 강화하고 전문성을 높이기 위해 쉼 없이 달려왔다. 그렇게 살아가는 것조차 벅차고 힘겨웠다. 시간은 늘 부족했고 아무리 열심히 해도 끝없이 부족함을 느꼈다. 그런데 선배 진로교사는 자신이 쌓아 온 배움과 경험을 지역사회를 위해 기여하고 싶다고 했다. 그분의 진정성 있는 이야기가 내 마음속에 들어왔다.

우리는 때로, 아니 어쩌면 자주 개인의 성장과 발전에만 몰두하며 배우고 더 나은 삶을 지향한다. 나 역시 그랬다. '어떻게 하면 진로교사로서 더 잘해낼 수 있을까?'에만 집중하며 끊임없이 배우고 노력했다. 하지만 선배 진로교사와의 만남은 내가 왜 배우는지 그리고 그 배움을 어떻게 선순환 시켜야 하는지를 고민하게 해 주었다.

배움은 단지 나를 위한 것이 아니었다. 나의 배움이 타인에게 영향을 미치고 더 나아가 사회를 변화시키는 씨앗이 될 수 있다는 사실을 알게 되었다. 선배 진로교사처럼 내 배움을 주변과 나누고 그 영향력을 확장시켜 나가는 것이야말로 진정한 성장임을 느끼게 되었다.

이 깨달음은 내게 더 나은 진로교사가 되고자 했던 기존의 방향을 넘어 진로교사로서 배움을 통해 공동체에 기여하는 방법을 고민하게 만들었다. 선배교사의 모습에서 배움에 대한 새로운 가능성과 목적을 발견했다. 이를 계기로 배움을 선순환시키는 사람이 되고 싶다는 다짐이 지금 내 마음속에 깊게 자리 잡고 있다. 나 혼자만의 성장이 아니라 내가 속한 공동체와 사회의 변화를 만들어내는 것으로 확장될 때 배움의 진정한 가치가 드러난다는 것을 알게 되었다.

협의회 이후 진로직업 체험 활동지를 제작하기로 했다. 협의회에서 무언가 의미 있는 기여를 하고 싶다는 마음으로 활동지를 만들겠다고 자처했지만 막상 시작하려니 막막했다. 샘플 자료도 없고 협의회에서 나눈 아이디어들 외에는 구체적인 틀이 없었기 때문이다. 활동지 제작의 기초 과정을 처음부터 끝까지 혼자 구상해야 했다. 그야말로 맨땅에 헤딩이었지만 시작이 반이라는 말처럼 차근차근 활동지를 작성해 갔다. 그리고 든든한 선배 진로교사의 의견을 받으며 완성되었다.

활동지는 초등학교부터 고등학교까지 다양한 연령대의 학생들이 사용할 예정이었다. 그래서 활동지가 너무 유치하거나 반대로 난이도가 지나치게 높아도 안 되었다. 적정한 수준을 정확히 설정하기는 어려웠지만 생동감이 넘치고 재미있는 활동지를 만드는 것을 목표로 삼았다. 학생들이 꿈을 생각하고 자신의 진로를 탐구하는 과정을 부담 없이 즐길 수 있기를 바랐다. 활동지를 만들기 시작했을 때는 낯설고 부담스러웠지만 점차 과정 자체가 즐거워졌다. 창의적인 아이디어를 떠올리고 그것을 구체적인 형태로 옮겨가는 작업은 스스로도 성장하는 기회가 되었다.

마치 준비된 사람처럼 지금까지 다양한 프로그램에서 배웠던 경험들을 활동지에 충분히 녹여내려고 애썼다. 특히 활동지에는 코칭을 기반으로 한 내용이 자연스럽게 담겼다. 역시 살아 있는 경험은 녹슬지 않는 법이다.

활동지는 중학생 네 명에게 피드백을 받은 뒤 한층 더 완성도를 높일 수 있었다. 학생들의 의견을 반영하니 활동지는 더욱 실질적이고 학생들에게 흥미를 줄 수 있는 형태로 발전했다. 이후 몇 차례의 협의회를 거쳐 학생들에게 꼭 맞는 내용과 디자인으로 재탄생하게 되었다. 처음에는 단순히 스프링 노트 형태의 워크북을 상상했지만 최종 결과물은 학생들의 조각난 꿈이 하나의 지도로 연결되는 목걸이형 워크북으로 거듭났다. 이 과정은 진로진학 지원단 네 명의 선생님들과 함께 만들어 낸 집단 지성의 힘이었다.

이 여정에서 가장 크게 느낀 것은 '사람과의 만남이 주는 배움'이었다. 만남은 나를 변화시키는 가장 강력한 힘이다. 선배 진로교사와의 만남은 배움을 통한 기여하는 삶을 살 수 있는 동기가 되었다. 또한 협력 과정에서 만난 동료들은 다양한 관점과 창의적인 아이디어를 공유하며 나의 시야를 확장시켰다.

우리가 어떤 일을 해내는 데 있어 능력만 중요한 것은 아니다. 가장 중요한 것은 바로 사람이다. 좋은 가치관을 갖고 있는 사람과 함께 할 때 나 또한 긍정적인 에너지를 발휘하게 된다.

우리는 익숙함 속에 쉽게 멈춰 서 있다. 하지만 낯선 만남과 새로운 도전은 한계를 넘어설 기회를 준다. 처음에는 어색하고 불편하다. 그 불편함을 감내하면 우리는 아주 작은 변화를 감지하게 될 것이다. 만약 익숙한 것만을 고집했다면 선배 진로교사를 만날 수도, 진로직업 체험 활동지를 완성할 수도 없었을 것이다.

결국 모든 변화와 성장은 '사람과의 만남'에서 시작된다. 함께할 때 그 길은 더 멀리, 더 빠르게 이어진다. 진로직업 공유학교 지원단 활동을 통해 배움의 진정한 목적을 깨달았고 그 배움을 확장하며 공동체와 나눌 방법을 배웠다. 새로운 만남은 한정된 경험과 지식을 확장시켜 주었다. 또한 다양한 관점과 색다른 생각을 접할 기회를 주었다.

질문 톡톡

# 실전 사례로 알아보는 교사 학습동아리

**Q1.** 교사 학습동아리 운영 내용을 알려주세요.

**A1.** 실제로 운영했던 교사 학습동아리 운영 사례입니다. 예시로 참고해 주세요.

| 구분 | 진로진학 전문적학습공동체 | 에듀-코칭 학습동아리 | 리스타트 코칭 학습동아리 |
|---|---|---|---|
| 운영 목적 | ◆ 대입 입시 및 전형 분석과 고교학점제로 인한 대입 정책 변화에 대한 연구, 학교생활기록부 기재요령 및 변화하는 대입에 대한 분석, 면접 전형 연구 | ◆ 코칭기법을 활용한 학생 맞춤 진로, 직업, 상담 역량 함양<br>◆ 유연한 미래형 교육과정 학습동아리 연구<br>◆ 질문이 있는 에듀-코칭을 통한 진로상담 | ◆ 신규 및 저경력 진로교사의 교직 적응 지원<br>◆ 자신의 강점 발견을 통한 무한한 가능성 연결<br>◆ 코칭을 통한 정서적 재충전으로 교직 효능감 제고 |
| 운영 로드맵 | ◆ 3월 전·학·공 주제 선정 및 홍보, 구성, 운영 계획 수립<br>◆ 4월~11월 전·학·공 운영, 평가회<br>◆ 12월 학교 자체 전·학·공 운영 결과 공유 | ◆ 4월 학습동아리 신청서 제출 및 선정<br>◆ 5~10월 학습동아리 운영<br>◆ 11월 학습동아리 자체 평가회<br>◆ 교육청 학습동아리 운영 결과 공유 | ◆ 3월 자율적인 교사 학습동아리 운영 계획, 홍보, 모집 및 설문 조사<br>◆ 4월~11월 오리엔테이션, 코칭 역량 강화<br>◆ 12월 동아리 자체 평가회 |
| 참여 인원 | ◆ 5명~10명(학교 내) | ◆ 6명(학교 밖) | ◆ 9명(학교 밖) |
| 주요 활동 내용 | ◆ 대입제도 외부 특강<br>◆ 학교생활기록부 분석<br>◆ 대입전형 분석<br>◆ 대입제도의 이해<br>◆ 대학별 모집 요강 분석 | ◆ 학습동아리 밴드 개설<br>◆ 코칭 이론 및 실습<br>◆ 코칭 외부 강사 특강 2회(커리어 코칭 큐브, '챗GPT' 시대의 효과적인 학습방법) | ◆ 오리엔테이션 운영<br>◆ 월 1회 대면 학습<br>◆ 새벽 독서모임<br>◆ 전문코치와의 만남<br>◆ 진로 및 학습코칭 외부 강의 2회 운영 |

| | | | |
|---|---|---|---|
| | ◆ 교수–학습–평가–기록 일체화<br>◆ 모의 면접 및 지도방안 연구<br>◆ 교육과정 운영 나눔 | ◆ 일대일 상호 코칭 실습<br>◆ 독서 토론<br>◆ 코칭 Day 운영<br>◆ 1일 1셀프코칭 | ◆ 코칭 관련 도구 실습 |
| 관련<br>참고<br>도서 | ◆ 『수박 먹고 대학 간다』<br>◆ 『학생부종합전형 사례집』<br>◆ 『모의면접전형 사례집』 | ◆ 『코칭 바이블』<br>◆ 『성과 향상을 위한 코칭 리더십』 | ◆ 『사례로 익히는 실전 코칭』<br>◆ 『청소년 · 부모 · 교사 실전 코칭』<br>◆ 『커리어 코치도 커리어 고민을 합니다』<br>◆ 『이너게임』 |

## Q2. 나만의 교사 학습동아리를 기획해 보세요.

| 구분 | (　　　　　) 학습동아리 |
|---|---|
| 운영 목적 | |
| 운영 로드맵 | |
| 참여 인원 | |
| 주요 활동<br>내용 | |
| 참고 도서 | |

# 5부

# 뛰어넘는 삶,
# 코칭으로 길을 열다

# 38

# 꿈이 없어요

**함께 생각하며 나아가기**

1. 꿈이 없다는 상황에 대해 구체적으로 이야기해 주세요.
2. 꿈이란 어떤 의미인가요?
3. 꿈을 갖게 된다면 가장 먼저 달라지는 점은 무엇일까요?
4. 꿈을 갖고 있는 사람 중 떠오르는 사람이 있을까요? 그 사람의 모습은 어떻게 보이나요?
5. 그 사람은 어떻게 해서 꿈을 갖게 되었을까요?

"꿈이 없어요."

이 한마디는 많은 진로교사들에게 익숙한 고민일 것이다. 하지만 그 속에는 단순한 고민 이상으로 다양한 감정과 메시지가 담겨 있다. 처음 진로 상담을 시작했을 때 이 말이 주는 무게를 알지 못한 채 학생에게 '꿈'을 찾아주기 위해 답을 쏟아냈다. 질문을 던지고 정보를 제공하며 문제를 해결하려 애썼지만 상담이 끝나면 '내가 제대로 도왔을까?'라는 의구심은 떠나지 않았다.

"저는 꿈이 없어요."라고 말하는 학생에게 무엇을 할 수 있을까? 진로교
사 신규 시절 학생과의 첫 진로상담을 떠올리면 아쉬움이 많다. 학생과 간
단한 인사를 나눈 후 학생의 진로 고민보다 내가 답을 해주는 것에 더 집중
했었다. 코칭을 배우기 전 실제로 진로상담했던 사례를 잠시 떠올려 본다.

### 💡 신규 교사 시절의 진로상담

한 고등학생이 진로상담실을 찾아왔다. 진로에 대한 고민을 털어놓으
면서도 수줍은 듯 눈을 깜빡거리는 모습이 참 순수해 보였다. 진로상담실
을 찾은 용기를 칭찬하며 학생의 진로에 대한 고민을 차분히 물었다. 학생
은 "진로도 결정하지 못했고, 꿈도 없어요."라며 조심스레 답했다. 그 순간
부터 학생의 진로 고민에 대한 해답을 주기 위해서 다각도로 질문을 던지
기 시작했다.

"지금까지 꿈꾸거나 관심이 있었던 분야가 있었니?"
"최근에 경험하거나 책, TV, 유튜브 등을 통해 흥미를 느낀 분야가 있
니?"
"최근에 진로심리검사를 해본 적이 있어?"
"가장 흥미가 있거나 좋아하는 과목은 뭐야?"

나의 질문에 학생은 초등학교 때 간호사를 꿈꿨지만 이후로는 딱히 꿈
이 없었다고 한다. 최근에 경험한 것도 특별한 것이 없었고, 진로심리검사

는 진로수업 시간에 한 번 해본 적이 있다고 했다. 그리고 좋아하는 과목은 수학이지만 특별히 잘하지 않는다고 한다.

학생과의 대화는 막히기 시작했고 시작의 실마리를 찾지 못했다. 학생의 입에서 어떤 대답이라도 나와야 다음 질문으로 연결하거나 정보를 제공할 수 있을 텐데 아무런 단서가 없는 상황이었다. 질문의 방향을 바꿔봤지만 학생의 답변은 단조로웠다. 점점 조급해졌다. 학생이 무언가 답을 찾도록 돕고 싶은데 뜻대로 안 됐다.

학생의 대답은 점점 짧아졌고 우리의 대화는 막혀버렸다. 학생은 고개를 숙였고 나도 머릿속이 복잡해졌지만 표정만큼은 침착하게 유지하려 애썼다. 마치 계획이 있는 것처럼 학생을 안심시켰다.

"선생님이랑 진로심리검사, 직업탐색, 학과탐색 등을 통해 어떤 분야에 관심이 있는지 함께 살펴보면 어떨까?"라며 대화를 이어간 후 진로상담을 마쳤다. 상담이 끝난 후 문득 학생이 이 진로상담을 통해 자신에 대해 무엇을 깨달았을지 고민하게 되었다. 내가 던진 질문들로 인해 학생이 초등학교 이후로 꿈도 없고, 흥미도 없고, 잘하는 것도 없는 문제가 있는 학생으로 스스로를 인식하게 됐을 수도 있다. 학생은 더 큰 혼란에 빠지진 않았을까? 내 질문들이 학생을 더 위축되게 만든 것은 아닐까?

왜 답을 주고 싶었을까?
그 답이 학생에게 정말 도움이 되었을까?

진로교사 신규 시절에는 내가 문제를 빠르게 해결해 주는 것이 학생에게 도움이 된다고 생각했다. 학생에게 집중하기보다는 학생이 가지고 온 문제를 해결해 주고 싶은 교사였다. 진로교사는 정보제공자, 컨설턴트, 문제해결자가 되어야 한다고 믿었다. '꿈이 없다고? 그렇다면 내가 꿈을 찾아줘야지.'라는 마음이 컸다. 이 학생에게 적합한 진로심리검사를 고민했다. 학생의 성적과 연결 가능한 학과와 직업 정보를 떠올리며 어떤 정보가 가장 적합할지를 치열하게 생각해서 답을 주고 싶었다.

그러나 이러한 접근이 학생에게 실제로 도움이 되었을지 의문이다. 내가 문제를 해결하려는 조급한 태도로 학생의 마음을 열 기회를 놓치진 않았을까. 학생 스스로 무엇을 원하는지 깨닫도록 돕기보다 나의 기준으로 문제를 정의하고 해결하려 했다. 그때 당시에는 몰랐다. 질문은 답을 찾는 도구가 아니라 마음을 여는 열쇠라는 것을. 진로교사의 역할은 단순히 답을 주는 것이 아니었다. 학생이 스스로 자신의 내면과 가능성을 발견할 수 있도록 함께 걸어주는 것임을 다시금 배운다.

학생에게 정확한 해답을 빨리 주고 싶었다. 학생이 정말 원하는 것이 무엇인지 내가 결정해 주려고 착각했다. "이건 해봤어? 저건 해봤어? 이렇게 해봐, 저렇게 해봐, 어떻게든 될 거야." 학생에게 딱 맞는 해답이라는 것이 과연 존재하는지 모르겠다. 모든 사람에게 통하는 정답, 유일한 정답을 내가 줄 수 있을 거라는 착각에 빠져 있었다.

진로상담을 하면서 종종 나의 경험, 판단, 편견, 그리고 오해로 얼룩져 있었던 것은 아닌지 되돌아보게 된다. 나의 경험을 추천하기 바빴다. 다른 사람의 사례를 말해 주고, 내가 알고 있는 정보를 제공했다. 사회적 기준과 교사로서의 지식을 앞세웠다. 하지만 그 모든 노력 속에서도 학생에게 맞춤형 정보를 제공하지 못했다. 결국 나도 문제를 해결하지 못하고 학생도 여전히 혼란스러워하는 상황에서 허우적거리기 일쑤였다.

## 💡 학생의 고민, 학생의 속마음

진로상담에서 학생에게 던졌던 질문은 학생의 해답을 찾아주기 위한 도구로 사용했다. 학생의 문제점을 발견하게 해주고, 정답을 말해주는 것이 가장 잘한 진로상담이라고 생각했다. 하지만 코칭을 배운 후 질문의 진정한 목적을 다시 생각하게 만들었다. 질문은 학생의 내면을 탐구하고 스스로 답을 찾도록 돕는 열쇠라는 것을 아는 데 많은 시간이 걸리지 않았다. 내가 직접 코칭을 받아보니 달랐다. 질문이 얼마나 큰 힘을 갖고 있는지 말이다. 학생에게 질문을 하는 이유는 단순히 진로 정보를 제공하거나 해결책을 제시하는 것이 아니라 학생 스스로 자신의 이야기를 만들어가도록 이끄는 것이다.

한 번은 코칭 연수에서 "저는 꿈이 없어요."라고 말하는 학생에게 어떤 질문을 던질지 선생님들과 이야기를 나눈 적이 있다. 선생님들이 써낸 질문들은 다양했다.

"꼭 꿈이 있어야 하니?"
"그래? 그럼 네가 무엇을 할 때 재미있어?"
"너는 무엇을 하고 있을 때 가장 행복하니?"

"지금 꿈이 없구나. 전에는 어땠어? 과거에는 어떤 꿈이 있었어?"

"걱정하지 마! 진로미결정인 친구들이 많아. 지금부터 같이 찾아보자."

"꿈을 찾기 위해서 어떤 노력을 해 보았니?"

"고민하고 있는 자체가 생각하고 있는 것이라 좋아. 좋아하는 것이 무엇일까?"

"너는 다른 사람에게 칭찬받을 때가 좋아, 재미있는 일을 할 때가 좋아?"

"좋아하는 것이 무엇일까?"

"꿈이 무엇이라고 생각하니?"

"좋아하는 과목은 있니?"

"괜찮아. 꿈이 없을 수 있어. 이제부터 생각해 보자."

"요즘 관심사는 무엇이니?"

"괜찮아. 이제 네가 관심을 갖게 된 거니까. 함께 찾아가 보자."

"눈에 들어오는 직업은 무엇이 있어? 요즘 관심 있게 보고 있는 영상이나 TV는 뭐야?"


이 질문들을 보면 다른 선생님들도 학생의 문제를 해결해 주기 위해 애쓰는 모습이 보인다. 하지만 우리가 해야 할 질문은 정보를 캐내기 위한 질문만을 해서는 안 될 것이다. 질문을 통해 학생 스스로 자신을 들여다볼 시간이 필요하다. 또한 질문으로 자신의 새로운 가능성을 발견할 수 있도록 도와야 한다.


"저는 꿈이 없어요."라는 말 앞에서 종종 학생의 내면보다 학생이 던진 문제에 더 큰 관심을 가질 때가 있다. 나 역시 그랬다. 학생이 진로상담실을 찾아오면 무의식적으로 학생을 스스로는 아무것도 할 수 없는 무력한 존재로 인식했다. 내가 그 학생을 이끌어주는 구조자 역할을 해야 한다고 믿었다.

그런데 "저는 꿈이 없어요."라는 그 말 뒤에 숨겨진 학생의 진심은 무엇일까. 이 말 뒤에는 어떤 감정과 생각, 상황, 진짜 원하는 것이 드러나지 않은 상태이다. 과연 학생이 말한 꿈이 없다는 것은 어떤 뜻일까. 학생의 진짜 속마음이 궁금하다.

- ◆ 혹시 꿈이 맞는지 확신하지 못해서 진로를 결정하지 못하고 있는 걸까?
- ◆ 아니면 하고 싶은 일이 너무 많아 딱 하나를 고르지 못한 것일까?
- ◆ 혹은 꿈은 있지만, 자신의 능력이 부족하다고 느껴 도전할 엄두를 내지 못하는 걸까?
- ◆ 또는 가정형편이나 환경적 제약으로 인해 도전 자체를 포기한 상태일까?
- ◆ 아니면 이제 막 꿈에 대해 탐색을 시작하려는 마음인 걸까?
- ◆ 자동차를 사는 것일까? 세계여행이나 다이어트일까? 서울에 있는 대학에 진학하는 것일까?

학생이 말한 '꿈이 없어요.'는 표면적인 사실만을 드러낼 수 있다. 학생이 말하는 '꿈'이란 무엇을 의미하는지 조차 맥락 없이 추측하기 어렵다. 그 말 뒤에 숨겨진 진짜 이야기를 듣고 함께 탐구하는 것이 진로상담의 본질일 것이다.

## 💡 진로상담이 달라졌다

코칭을 배우고 난 후 진로상담이 완전히 달라졌다. 진로상담의 방향과 관점이 학생 중심으로 변했다. 학생이 "꿈이 없어요."라고 말했을 때 진로와 꿈에 대해 고민하고 진로상담실에 온 것 자체가 정말 용기 있는 행동이라고 지지해 줬다. 스스로에 대해 고민하고 있다는 점에서 이미 중요한 첫걸음을 내디딘 점을 인정하고 응원했다. 그리고 다음과 같이 질문했다.

"지금 네가 고민하고 있는 부분에 대해 조금 더 이야기해 줄 수 있을까?"
"어떤 상황에서 꿈에 대한 고민이 더 커지는 것 같아?"

학생의 고민이나 문제 해결에만 초점을 맞추지 않았다. 학생의 이야기에 적극적으로 경청하면서 학생의 이야기에 집중하기 시작했다. 학생이 스스로 대답하면서 자신이 진짜 고민하고 있는 것이 무엇인지 제대로 알아차릴 수 있도록 함께 하기로 의도적으로 노력했다. 학생을 믿고 기다려 주는 말 한마디는 대화를 시작하는 든든한 신뢰감을 형성하게 했다. 그리고 열린 질문으로 학생이 스스로 자신의 생각을 탐구할 수 있도록 도왔다.

## 💡 학생이 스스로 답을 찾는 힘

학생은 고등학생이 되었음에도 진로를 정하지 못하고 꿈도 없어 불안하다고 한다. 그리고 다른 친구들은 꿈이 있어서 무엇인가 하고 있는 모습이 부럽다고 했다. 이 학생은 진로를 정하지 못했고 꿈도 없어 불안하지만 무엇인가 해내고 싶어 하는 마음이 느껴졌다. "지금 꿈이 없다는 생각에 불안감을 느끼고 있구나. 그리고 다른 친구들처럼 진로를 정해서 무엇인가 하고 싶은 마음도 있는 것 같아."라고 학생의 마음을 읽어주었다.

학생이 생각하는 '꿈', '진로'란 무엇일까? 학생이 스스로 답을 찾을 수 있도록 질문을 던져 보는 건 어떨까. 학생이 생각하는 꿈과 진로의 형태에 호기심을 가져보자. 어떤 이야기를 펼쳐낼지 학생의 대답을 기다려 주자.

"네가 생각하는 꿈은 어떤 모습이야?"
"너에게 진로란 어떤 의미야?"
"꿈이 생긴다면 가장 먼저 어떤 점이 달라질까?"

이러한 질문을 통해 학생은 단순히 "꿈이 없어요."라는 막연한 상태를 넘어 자신이 원하는 삶과 가능성에 대해 스스로 고민하기 시작한다. 학생은 자신이 생각하는 '꿈'의 구체적인 모습을 그려보는 시간을 가지게 될 것이다. 꿈이 생긴다면 어떤 변화가 있을지 상상하면서 말이다. 자신이 꿈을 이루기 위해 어떤 모습으로 변하고 싶고 그 과정에서 무엇을 배우고 싶은지 탐구하기 시작할 것이다.

학생은 스스로가 단지 꿈이 없는 상태에 머물러 있지 않고 변화와 성장을 준비할 수 있는 가능성을 가진 존재임을 깨닫게 된다. 그 깨달음은 현재의 부족함에서 비롯된 좌절감을 넘어서 미래의 자신이 어떠한 모습으로 변화할 수 있을지에 대한 희망으로 이어진다. 이러한 과정을 통해 학생은 자신 안에 숨어 있는 잠재력을 발견하며 변화와 성장의 가능성을 알아차리게 된다.

학생이 꿈에 대해 이야기할 때 변화하는 목소리와 표정이 바뀌는 순간은 진로상담에서 의미 있는 장면이다. 이 순간을 놓치지 않고 다시 질문했다.

"꿈을 이야기할 때 목소리가 달라지는 게 느껴졌는데 어떤 감정이 들었어?"
"그 감정을 색깔로 표현해 볼 수 있을까?"
"꿈이 생긴 모습을 동물로 비유해 본다면?"

학생의 상상력을 계속 확장시켜 나갔다. 학생 스스로 자신의 감정을 인식하고 명명하는 기회를 주고 싶었다. 추상적인 감정을 비유를 통해 구체화할 수 있도록 했다. 학생은 자신이 느끼는 감정과 상태를 시각적으로 표현하며 이를 통해 자신의 변화를 더욱 선명하게 인식하기 시작했다.

이러한 질문은 학생에게 단순히 꿈을 찾는 것을 넘어 자신의 가능성과 잠재력을 발견하고 그것을 긍정적으로 받아들이는 길을 열어준다. 학생은 스스로가 변화와 성장을 이끌어 갈 수 있는 힘을 가진 존재임을 깨닫게 될 것이다. 더 나아가 자신감을 회복하고 앞으로의 여정을 설계할 동기를 얻게 될 것이다.

## 💡 주제 초점 맞추기

모든 선택과 책임은 학생에게 있다. 이것은 학생을 스스로 해답을 찾을 수 있는 주체로 존중하는 데 그 의의가 있다. 이 믿음을 가지고 학생에게 오늘 진로상담이 끝났을 때 기대하는 결과에 대해 물었다.

"오늘 이 상담을 통해 너는 어떤 것을 얻고 싶니?"
"오늘 나누고 싶은 진로고민을 한 문장으로 이야기해 볼래?"

이 질문은 학생 스스로 진로상담의 목적을 명확히 하도록 돕는다. 학생이 자신의 고민을 정리하며 생각을 구조화할 수 있게 된다. 학생 스스로 진로상담 주제를 정의한 후 상담이 끝났을 때 자신이 기대하는 점에 대한 실마리를 발견할 것이다. 꿈을 정하지 못했다는 불안에서 벗어나 자신의 모습을 다른 관점에서 보기 시작할 것이다.

한 번의 진로상담으로 학생의 모든 고민이 해결되거나 인식이 완전히 변화하기는 어렵다. 진로상담 이후에도 학생은 여전히 진로 고민 속에 머물 가능성이 높다. 이는 당연히 겪게 되는 과정이다. 진로상담 한 번으로 모든 답을 찾을 수 있을까. 오히려 학생이 스스로 더 깊이 자신에 대해 고민하고 반복적으로 자신의 모습을 떠올리는 힘을 키우게 될 것이다. 진로 교사로서 가장 바라는 것은 학생이 자신의 내면을 제대로 바라볼 수 있는 힘을 기르는 것이다. 학생이 자신의 가치를 발견하고, 진정으로 원하는 것을 찾아가게 되기를 진심으로 소망한다.

앞으로도 진로상담에서 정보를 제공하고 컨설턴트로서의 역할을 충실히 수행할 것이다. 하지만 그것이 전부는 아니다. 진로상담에서 가장 중요한 것은 역할이 아니라 진로상담의 중심에 있는 학생이다. 진로상담의 주인공은 언제나 학생이다. 이 사실을 잊지 않을 것이다. 또한 진로상담의 목표는 그 학생의 내면과 가능성에 온전히 초점을 맞추는 데 있다. 진로상담은 단번에 모든 답을 줄 수 없다. 하지만 학생이 스스로 답을 찾을 수 있는 힘을 기르는 여정을 함께할 수는 있다.

　진로상담은 학생의 가능성과 잠재력을 발견하고 그 가능성을 믿도록 돕는 과정이라고 믿는다. 진로는 정해진 답을 찾아가는 것이 아니라 스스로 만들어가는 이야기다. 내가 할 수 있는 일은 그 이야기를 함께 써 내려가는 동반자가 되는 것이다. 학생이 나를 만난 후 자신만의 이야기를 만들어가는 첫걸음을 내딛길 진심으로 소망한다.

# 39

# 부모님은 공무원, 나는 댄서가 되고 싶어요

**함께 생각하며 나아가기**

1. 현재 고민하고 있는 모습을 동물이나 사물로 표현해 보세요. 그 의미는?
2. 원하는 모습을 동물이나 사물로 표현해 보세요. 그 의미는?
3. 원하는 모습이 되기 위해서 가장 먼저 시도하고 싶은 것은?
4. 원하는 모습이 되었을 때 누구에게 가장 먼저 자랑하고 싶나요?
5. 자랑하는 말을 실제로 지금 해 보세요.

'진로상담실 문을 두드리기 전 학생은 어떤 마음이었을까? 무엇이 학생을 이 자리로 이끌었을까?'

어느 날 여학생 두 명이 진로상담실에 찾아왔다. 쭈뼛쭈뼛 서로 눈치를 보며 "둘이 같이 상담 받아도 되나요?"라고 묻는 모습에서 그들이 용기를 내어 찾아왔다는 것이 느껴졌다. 이 아이들이 얼마나 고민 끝에 상담실 문을 두드렸는지 충분히 느낄 수 있었다. 어떻게 찾아온 귀한 학생들인데 그냥 돌려보낼 수는 없었다. 당연히 진로상담이 가능하다고 답하며 자리를 마련했다.

진로상담은 보통 일대일로 진행될 때 더 깊이 있는 대화가 가능하다. 하지만 학생들은 친구와 함께 있을 때 더 편안함을 느끼는 경우가 많다. 그래서 학생들은 보통 친구와 함께 찾아오곤 한다. 환영의 인사를 한 후 두 명이 함께 찾아온 용기를 높이 평가해줬다. 첫 상담에서는 두 학생의 이야기를 함께 들으며 공감대를 형성하는 시간을 가졌다. 이후 각각의 학생이 자신만의 이야기를 편하게 나눌 수 있도록 다음 진로상담은 일대일로 진행하기로 약속했다. 그 중 한 명인 C학생은 댄서가 되고 싶다는 꿈을 가지고 있었다. 하지만 부모님의 반대와 스스로에 대한 불확실함 때문에 그 꿈을 솔직히 말하지 못하고 있었다.

## 💡 댄서라는 꿈

2회기 진로상담에서 지난 한 주 동안 어떤 생각을 했는지 물었다. 학생은 꿈에 대해 고민하게 되었다며 조심스럽게 자신이 댄서가 되고 싶다는 생각을 하고 있다고 말했다. 너무 기특한 변화였다. 그 말을 들으며 진심으로 학생의 변화를 칭찬하고 격려했다. 꿈이 없다고 했던 학생이 자신을 돌아보며 스스로의 진정한 바람을 깨달았다는 점은 큰 진전이었다.

하지만 그 뒤에 숨겨진 고민도 함께 드러났다. C학생은 자신이 하고 싶은 것이 댄서라는 것을 알게 되었지만 말하지 못했다고 했다. 왜 지난주에는 꿈이 없다고 말했는지 물어보니 부모님과의 생각 차이 때문이었다고 한다. 부모님은 학생에게 공무원이 되어 안정적인 삶을 살길 바라서 자꾸 공부를 하라고 하신다고 했다. 그리고 자신은 춤을 좋아하지만 아직 실력이 부족하다고 느꼈던 C학생은 스스로를 평가절하하며 자신의 꿈을 쉽게 표현하지 못했다고 털어놓았다. C학생은 부모님이 자신에게 기대하는 안정적인 미래와 자신의 꿈 사이에서 갈등을 겪고 있었다.

학생의 이야기를 들으며 스스로 꿈에 대해 생각해 본 것을 지지해 줬다. "지난주 진로상담 후 꿈에 대해 계속 생각했구나. 네가 춤을 좋아한다는 걸 깨달은 것만으로도 멋진 일이야."라고 말하며 학생이 자신의 꿈에 대한 생각을 시작한 것이 진로 탐색의 시작임을 깨닫도록 응원했다.

## 💡 꿈을 향한 첫걸음

먼저 학생이 부모님과 의견 차이로 마음속의 꿈을 표현하지 못했던 것을 함께 공감해 줬다. 현재 상태에 대해 구체적인 이야기를 들은 후 "꿈을 이루었을 때 자신의 가장 멋진 모습을 떠올려 보자."라고 말했더니 학생은 잠시 생각하다가 대답했다. C학생은 댄서 관련 TV 프로그램을 언급하며 그곳에 나오는 댄서들처럼 되고 싶다고 말했다. 대화를 통해 학생은 자신의 꿈을 구체적으로 상상해보게 되었다.

그 순간 학생이 댄서가 되고 싶어 하는 마음과 꿈을 품은 설렘을 느낄수 있었다. 학생의 눈빛과 표정은 진심으로 그 세계를 동경하고 있음을 보여주었다. "춤을 잘 추는 댄서가 되고 싶구나. 정말 멋진 꿈을 마음속에 품고 있었네. 그 댄서들을 보면서 어떤 점이 가장 닮고 싶었어?"라고 물으며 학생의 열정을 더 끌어내는 질문으로 이어갔다. 학생은 자신의 꿈에 대해 스스로 더 구체화하며 다양한 이야기를 하기 시작했다.

"그 댄서들은 어떻게 해서 그렇게 멋진 춤을 추고 있는 걸까?"라고 물었더니 학생은 고민 없이 답했다. "연습을 하고 또 하고 해서 그렇게 된 거예요. 저도 그렇게 연습하면 그 댄서들처럼 멋진 댄서가 될 수 있을 거 같아요." 그러면서 자신의 현재 상황도 솔직히 털어놓았다. "그런데 저는 지금 춤 연습을 20분밖에 안 하고 나머지는 계속 핸드폰만 보고 있어요."

학생이 자신의 현재 상태와 원하는 상태를 스스로 비교하며 인식하는 모습을 놓치지 않았다. 진로상담에서 중요한 부분이 바로 여기에 있다. 학생이 가져온 고민과 목표를 명확히 하고 현재의 모습을 있는 그대로 바라볼 수 있도록 돕는 것이다. 마치 거울 속에 비친 자신의 모습을 왜곡 없이 직시할 수 있게 도왔다.

"지금 너의 현재 상태와 전문 댄서들처럼 되고 싶은 모습 사이에 어떤 차이가 있을까?"라는 질문을 던지며 학생 스스로 무엇을 해야 할지 깨닫도록 했다. 학생은 춤 연습 시간을 늘리고 핸드폰 사용 시간을 줄여야겠다고 말했다. 이 과정에서 C학생은 자신의 현재 상태와 원하는 목표 사이의 간격을 스스로 깨닫고 변화의 첫걸음을 내딛을 준비를 하게 되었다. 질문을 통해 C학생은 자신의 노력과 변화 가능성을 스스로 발견하고 행동으로 옮길 의지를 가져보게 된 것이다.

## 💡 출발선에서의 고민

3회기 코칭에서 학생과의 만남은 꿈지도에서 시작되었다. "여기가 너의 꿈이 이루어진 도착 지점이라면 지금 어디쯤에 서 있는 것 같아?" 학생은 잠시 고민하더니 출발선을 손가락으로 가리켰다. 그곳이 자신의 현재 상태라고 했다. 꿈지도를 활용해서 자신의 현재 위치와 도달하고 싶은 목표를 시각적으로 표현했다. 출발선의 의미가 C학생에게는 어떤 의미냐는 질문에 학생은 한참 동안 생각한 후 답했다. "출발하고 싶은데 꿈이 없어서 출발을 못 하고 있어요. 그리고 어떻게 출발해야 할지도 잘 모르겠어요."

C학생의 가장 큰 고민은 부모님의 기대와 자신의 꿈 사이에서 느끼는 갈등이었다. 부모님이 원하는 안정된 미래를 버리고 스스로 실력이 부족하다고 느끼는 댄서라는 불확실한 길을 걷는 것이 옳은지 확신이 없었다. 댄서가 되고 싶은 마음은 있지만 꿈이라 말하기조차 망설이고 있었다. 그래서 꿈이 있다고 말할 수도 없고, 꿈이 없다고 할 수 없는 상태인 것이다.

이 갈등 속에서 학생은 꿈을 향한 첫 발걸음을 내딛지 못하고 있었다. 학생에게 필요한 것은 단지 목표를 설정하는 것이 아니었다. 지금의 감정과 상황을 인정하고 출발선을 넘어 한 발짝 내딛을 용기를 얻는 과정이었다. 대화를 통해 C학생은 자신이 진정으로 원하는 것이 무엇인지 서서히 알게 되었다. 학생이 자신의 이야기를 마음 밖으로 끄집어 낼 수 있도록 더 기다려줬다. 학생이 용기를 낼 수 있도록 진심으로 응원했다. 말과 표정뿐만 아니라 온 마음을 다해 응원했다.

C학생에게 출발선은 아무것도 시작되지 않은 곳이 아니라 출발선에 서 있기 때문에 꿈을 향해 첫발을 내딛을 수 있다고 응원해 줬다. 그리고 출발선에서 무엇을 하고 싶은지 질문하여 C학생이 한 발짝 내딛는 용기를 가지게 도왔다. 이것은 C학생의 새로운 출발의 신호가 될 수 있었다. 물론 C학생이 진로를 명확하게 결정한 것은 아니다. 이것은 당연하다. 천천히 자신을 알아가는 것 이것이 바로 진로상담의 시작점이다.

## ⑨ 다른 사람의 눈으로 자신을 바라보기

출발하지 못하고 있는 모습이 어떻게 보이는지 물었을 때 C학생은 자신이 안쓰러워 보인다고 답했다. 그리고 이미 꿈을 향해 달리고 있는 친구가 부럽다고 했다. 이때 이미 출발해서 열심히 달리고 있는 친구에 주목할 필요가 있다. C학생은 그 친구를 통해 무언가를 느끼고 있었다. 친구에게 부러워하는 마음을 내비치고 있었다.

그 친구를 보면서 어떤 생각이 들었는지 질문했다. C학생은 "그 친구가 어떻게 해서 꿈을 찾게 되었는지 궁금하고 부럽기도 해요. 저는 아직 시작도 못했는데 그 친구는 벌써 목표를 정하고 준비하고 있는 모습이 정말 대단해 보여요. 그리고 어떻게 그렇게 열심히 달릴 수 있는지도 신기해요." 라고 답했다. C학생은 '이미 출발해서 열심히 달리고 있는 친구'를 보고 있었다. 이 친구를 바라보며 C학생은 어떤 생각을 하고 있는지 다른 사람의 눈으로 바라보게 했다.

자신의 모습을 다른 사람으로 공간이동을 하게 했다. C학생은 친구의 행동을 자신의 상황에 대입해 보게 하는 것이다. 이때 C학생은 꿈을 찾기 위한 첫걸음을 상상하게 된다. 이 과정에서 학생은 친구의 이야기를 통해 자신에게도 꿈을 찾기 위한 작은 시도와 도전이 가능하다는 것을 깨닫게 될 것이다. 중요한 것은 학생이 부러워만 하는 상태에서 벗어나 자신이 할 수 있는 첫걸음을 상상하고 실천으로 이어지도록 도왔다.

질문은 학생이 스스로를 바라보는 거울과 같다. 그 친구에게 어떤 질문을 해보고 싶냐는 질문에 C학생은 망설임 없이 "어떻게 해서 꿈을 찾게 됐어? 어떤 과정을 거쳤어?"라고 묻고 싶다고 했다. C학생은 자신을 친구의 눈으로 바라보며 자신이 진정 원하는 것이 무엇인지 알아갔다. 그 친구는 무엇이라고 대답을 해 줄 것 같은지 물어보자 잠시 생각한 뒤 "여러 가지를 시도하면서 찾은 것 같다고 말할 것 같아요. 그리고 그 과정에서 자신이 좋아하는 걸 발견했을 것 같아요."라고 답했다. 친구의 모습을 통해 자신의 가능성을 탐구하는 C학생의 모습은 진로상담이 단순한 문제 해결을 넘어 학생 자신을 있는 그대로 바라볼 수 있음을 보여줬다.

## 💡 꿈을 실현하기 위한 작은 도전

"친구의 어떤 모습을 닮고 싶어?"

"친구의 대답을 자신에게 적용해 본다면 무엇을 가장 먼저 시도해 보고 싶어?"

"매일 20분씩 춤을 연습한다면 어떤 기분일까?"

"한 달 후에 너는 이 지점에 서 있다고 상상해 보자. 어떤 점이 달라졌을까?"

"3개월 후에 다시 이 지점에 서 있다고 상상해보자. 어떤 점이 변화되었을까?"

"1년 후에 다시 이 지점에 서 있다고 상상해보자. 어떤 모습을 하고 있을까?"

이런 추가 질문을 통해 자신의 가능성을 열어가는 데 도움을 줄 수 있다. 학생은 현재 자신의 꿈조차 명확히 말하지 못하고 부모님께 말씀드리지 못한 채 혼자 고민하는 상황이다. 학생이 진정으로 원하는 모습과 상태를 상상하도록 도와주는 것이 중요하다.

"네가 정말 원하는 모습은 어떤 모습일까? 그 모습을 상상해보자. 그 상태에서 너는 무엇을 하고 있을까?"라고 하나씩 질문하며 학생이 미래의 모습을 구체적으로 그려볼 수 있게 했다. 이어서 그 모습을 이루기 위해 어떤 일들을 시도해볼 수 있을지를 물어보며 학생이 자신의 가능성을 탐구하게 했다. 또한 학생이 자신의 강점을 발견하도록 도울 수 있는 질문을 던지는 것도 효과적이었다.

"과거에 네가 자랑스럽게 느꼈던 순간이 있었니? 그때 어떤 강점을 발휘했다고 생각해?"

"그때 발휘했던 강점을 지금 이 상황에서 어떻게 활용할 수 있을까?"

"네가 이전에 열정적으로 했던 일이나 활동이 있다면 무엇이었을까?"

"그 열정을 통해 배운 점은 무엇이 있을까?"

학생이 과거 경험에서 자신감을 얻었던 순간을 떠올리도록 했다. 그 강점을 현재의 상황에 적용해 볼 수 있도록 추가 질문으로 이어졌다. 마지막으로 학생이 원하는 상태에 한걸음씩 다가갈 수 있는 작은 도전과 시도를 계획하도록 도왔다.

## 💡 꿈을 향한 도전과 실천

4회기 마지막 진로상담에서는 미래 자신의 모습을 상상하며 목표를 구체화하는 시간을 가졌다. '1년 후 모습은 어떨 것 같아?'라는 질문에 C학생은 수줍게 웃으며 잘 모르겠다고 했다. 한참 후 수줍어하면서 계속 춤 연습을 하고 있을 거 같다고 한다. 춤 연습 시간을 늘려야겠다고 했다. 이 변화는 학생이 꿈을 향한 첫걸음이었다. C학생은 자신의 꿈을 단순히 바람으로 두지 않고 아직 잘 모르지만 지금 현재 최선을 다할 수 있는 구체적인 계획을 세울 수 있었다. 진로상담 후 C학생은 가끔 복도에서 춤추는 모습으로 만났다. 댄스 동아리에서 열정적으로 춤추는 모습만으로도 감동이었다.

C학생과 진로상담이 끝날 때마다 '의지 다지기'에 집중했다.
"네가 한걸음 더 나아가기 위해 오늘 무엇을 시도해 볼 수 있을까?"
"한 가지만 더 생각해 본다면?"
"모든 것이 가능하다면 지금 무엇을 하고 싶어?"
"지금까지 말한 것 중 지금 당장 시도해 보고 싶은 것은?"

이런 질문들은 학생이 현재 느끼는 불안과 부족함 속에서도 아주 작지만 시작할 수 있는 용기와 동기를 불어넣어 줬다. 학생이 도전과 시도에 대한 구체적인 계획을 세우도록 힘을 줄 수 있다. 이 과정에서 학생은 자신이 무엇을 가장 먼저 하고 싶은지 하나하나 찾아갔다. 가장 중요한 것은 학생의 이야기를 들어주는 것이다. 작은 도전이라도 응원하며 지속적인 믿음을 보여주는 것이다. 더 나아가 학생의 가능성과 잠재력에 대한 믿음을 온 마음을 다해 응원해주는 것이 필요했다.

사람들은 흔히 자신이 원하는 목표나 상태보다는 현재의 부족한 모습이나 한계에 먼저 눈을 돌리게 된다. C학생 또한 마찬가지다. 현재 자신의 부족함을 인식하는 순간 원하는 모습이나 목표는 점점 멀어지며, 결국 도전을 포기하게 될 위험이 크다. 이러한 상황에서는 학생이 자신의 미래와 가능성에 집중하도록 도와주는 것이 중요하다.

학생이 구체적인 시도를 말했을 때 한 번 더 실천하려는 마음을 먹을 수 있도록 질문했다.
"그럼 그 첫 번째 시도는 언제부터 할 수 있을까?"
"첫 번째 시도를 끝냈을 때 어떤 기분이 들 거 같아?"
이 질문들을 통해 학생은 단순히 생각하는 데서 그치지 않고 행동으로 옮길 준비를 하게 된다.

C학생은 자신의 가능성을 깨닫고 부모님의 기대와 자신의 꿈 사이에서 균형을 찾아가는 과정을 시작했다. 진로교사로서 C학생이 자신의 길을 스스로 만들어가는 모습을 지켜보며 그 과정에 동행할 수 있다는 것에 큰 보람을 느꼈다.

꿈을 찾아가는 길은 쉽지 않다. 하지만 한 번의 질문, 한 번의 대화가 학생의 생각과 삶에 깊은 영향을 미칠 수도 있다. 그리고 그 길을 함께 걸어가는 주는 것만으로도 학생에게 큰 힘이 되지 않을까. C학생과의 진로상담은 나에게도 다시금 진로교사로서 역할의 소중함을 일깨워준 순간이었다.

# 수업 시간에 자꾸 딴생각을 해요

> ## 함께 생각하며 나아가기
>
> 1. 수업 시간에 딴생각을 하게 되는 상황이나 순간에 대해 구체적으로 말해 보세요.
> 2. 수업 시간에 딴생각을 하지 않고 집중할 수 있다면 어떤 변화가 생길까요?
> 3. 지금까지 집중이 잘되었던 과목이나 수업이 있다면 그때는 어떤 점이 달랐을까요?
> 4. 수업 시간에 딴생각을 줄이기 위해 지금 당장 시도해 볼 수 있는 작은 변화는 무엇일까요?
> 5. 수업 시간에 집중하는 나의 모습을 상상해 본다면 그 모습은 어떤 표정일까?

"수업 시간에 자꾸 딴생각을 해요."

진로상담에서 흔히 듣는 말이다. 하지만 자주 접하는 주제라고 해서 진로상담이 쉬운 것은 아니다. 학습 환경은 오랜 습관과 패턴으로 형성되어 있어 이를 바꾸는 일은 매우 어려운 과제다. 단 한 번의 코칭 기반 진로상담으로 학생이 좋은 학습 습관을 만들도록 돕는다는 것은 쉽지 않다.

학습 습관이라는 하나의 진로상담 주제 안에서도 학생이 초점을 맞추는 지점은 저마다 다르다. 어떤 학생은 집중하지 못하는 자신의 모습에 좌절감을 느낄 수도 있다. 또 다른 학생은 학습에 흥미를 느끼지 못하는 근본적인 이유를 고민하고 있을 수도 있다. 때문에 학생이 드러내는 표면적인 진로상담 주제에만 머물지 않아야 한다. 그 이면에 숨겨진 가치관, 정체성, 감정 등을 탐색하는 과정이 필요하다.

특히 학생이 부정적인 감정을 크게 느끼고 있을 경우 진로상담 과정에서 이러한 감정을 표출하도록 돕는 것이 좋은 방법이다. 그 뒤에 숨겨진 진짜 욕구를 찾게 하는 것도 중요하다. 학생은 자신의 이야기를 자유롭게 쏟아내며 스스로 감정을 정리하고 그 감정의 본질적인 이유와 욕구를 알아차리게 된다. 진로상담의 목표는 단순히 문제를 해결하는 데 있지 않다. 학생이 자신의 내면과 연결되고 앞으로 나아갈 방향을 스스로 발견하도록 돕는 것이다.

학생이라면 누구나 수업 시간에 집중하며 학습에 몰입하고 싶은 마음이 있을 것이다. 성적의 높고 낮음을 떠나 대부분의 학생은 나름의 다짐과 의욕을 가지고 수업에 참여하고 싶어 한다. 하지만 마음먹은 대로 잘 되지 않는 학생도 많다. 1교시 수업이 시작될 때는 "오늘부터는 꼭 수업 시간에 집중해야지."라고 다짐하지만 시간이 지날수록 집중력이 흐트러지는 경험을 하는 경우가 많다. 이러한 다짐이 한두 번 실패로 이어지면 학생 스스로 "나는 안 되는 사람이야."라는 부정적인 프레임을 씌우게 되기도 한다. 더 나아가 "나는 공부랑 적성이 맞지 않아.", "나는 공부를 잘 못하는 아이야." 또는 "나는 처음부터 공부를 못했어."라고 자신을 폄하하며 학습에 대한 의욕을 상실하기도 한다.

이번에 소개할 사례의 주인공도 비슷한 고민을 가진 학생이었다. 이 학생은 "수업 시간에 자꾸 딴생각이 들어 교과 선생님의 수업 내용을 놓치는 일이 많아요. 그러다 보니 성적도 낮아지고 공부에 흥미를 잃게 됐어요."라며 찾아왔다. 고등학교의 중요한 시기임에도 불구하고 자신의 의지와 달리 수업에 집중하지 못하는 상황을 변화시키고 싶다고 했다.

학생의 문제는 단순히 수업 중 산만한 태도나 집중력 부족으로 설명될 수 없었다. 반복적인 좌절 경험은 학생에게 부정적인 자아 인식을 심어주었다. 이는 학습 동기를 점점 약화시키는 결과로 이어졌다. 진로상담의 목표는 긍정적인 자아 인식을 회복하며 구체적인 행동 계획을 세워 학습 습관을 개선할 수 있도록 돕는 것이었다.

학생의 이야기를 경청하며 진로상담이 시작되었다. 이 과정에서 학생이 느끼는 감정, 자신을 바라보는 시각, 그리고 학습 환경에서의 어려움을 깊이 이해하려고 노력했다. 학생은 변화하고자 하는 의지가 강했다. 진로상담 후 실행 계획을 세우고 일주일 동안 한 번이라도 이를 시도하려는 모습을 보여줬다. 이전에 학습코칭을 진행했던 경험 덕분에 학생과의 기본적인 라포와 신뢰는 충분히 형성되어 있었다. 하지만 이 관계에서는 진로상담이 단순히 고민을 털어놓는 습관적인 행위로 끝나지 않도록 주의가 필요했다. 학생이 실행 계획만 세우고 이를 실천하지 않은 채 상담을 반복적으로 받으며 스스로를 반성만 하는 상황은 피해야 했다.

### 💡 문제의 본질을 찾아서

먼저 '수업 시간에 딴생각을 한다.'는 학생이 가져온 표면적인 주제였다. 이 주제를 가지고 상담을 진행할 수도 있다. 하지만 보다 깊이 있는 탐구를 위해 학생에게 구체적으로 상황을 설명할 기회를 주는 것이 중요했다. 학생이 자신의 경험을 이야기하는 과정에서 스스로 문제의 본질을 깨닫게 될 수 있기 때문이다.

"수업 시간에 딴생각을 한다는 것이 구체적으로 어떤 상황인지 이야기 해 줄 수 있겠니?"라는 질문을 통해 학생에게 자신이 겪는 상황을 자세히 풀어내도록 요청했다. 이 질문은 학생이 단순히 진로교사에게 도움을 요청하는 수동적인 입장에서 벗어나게 한다. 또 자신의 상황을 돌아보고 능동적으로 문제를 분석할 수 있는 기회를 제공한다.

이 질문을 통해 학생이 이야기를 시작하면 학생의 언어와 감정에 주의를 기울이며 경청했다. 학생은 수업 시간에 딴생각을 하며 수업을 놓쳤던 자신의 모습을 떠올렸다. 이때 자신의 문제를 객관적으로 바라보는 기회를 갖게 된다. 자신의 상황을 설명하면서 학생은 스스로 어떤 감정을 느끼고 자신의 행동을 어떻게 인식하고 있는지 표현해 내는 과정을 거친다.

"선생님 저는 한국사 시간에 자꾸 딴생각을 해요. 집중해야지 다짐해도 자꾸 딴생각으로 빠지게 되고 친구들과 장난을 치기도 해요. 그러다 보면 진도는 이미 저 멀리 나가 있어서 수업을 따라갈 수 없게 되니까 포기하게 되기도 해요. 그런데 또 한국사 점수를 포기하고 싶지는 않아요. 한국사 공부를 잘하고 싶어요."라고 대답하며 자신의 상황을 구체적으로 설명했다. 이로 인해 학생은 자신의 '수업 중 딴생각'이 특정 과목과 상황에서 반복된다는 사실을 스스로 깨닫고 문제의 본질을 파악하기 시작했다.

학생의 이야기를 충분히 듣고 공감한 후 이어진 질문은 학생이 스스로 문제 해결의 의지를 깨닫도록 하는 데 초점을 맞췄다.
"어떤 계기로 진로상담을 받으러 오게 되었어?"
"한국사 수업 시간에 자꾸 딴생각을 하게 된다고 했는데, 최근 수업 시간의 태도는 어땠어?"

이 질문들은 학생이 스스로 진로상담을 받으러 오게 된 이유를 생각하게 한다. 자신을 비로소 관찰하게 된다. 학생은 진로상담을 받기로 한 자신의 결정을 돌아보며 "내가 이런 상태구나."라고 알게 된다. 이는 학생이 자신의 행동을 다시 바라보고 '새로운 나'를 만나게 된다. 이 과정을 통해 학생은 자신을 진지하게 바라보게 됐다. 동시에 학생에게 응원과 지지를 아낌없이 제공하며 학생이 스스로를 더 긍정적으로 인식할 수 있도록 도왔다.

### 💡 원하는 상태를 시각화하기

그 후 "한국사 수업 시간에 집중하는 모습은 어떤 모습일까?"라고 질문하며 학생이 원하는 상태를 상상하도록 했다. 학생에게 자신이 원하는 상태나 모습을 구체적으로 떠올리고 이를 그림이나 단어로 표현하게 하면 더 효과적이다. 이미지나 상상 기법 등으로 학생이 자신의 목표를 시각화할 수 있도록 질문하면 막연했던 고민을 구체적인 목표로 전환하는 데 도움을 주었다.

처음에는 막연하게 "수업 시간에 자꾸 딴생각을 해요."라는 고민으로 시작했지만 진로상담이 진행되면서 학생은 자신의 원하는 상태를 깨달아 가기 시작했다. 결과적으로 학생의 진로상담 주제는 '한국사 수업에 집중하는 방법 찾기'로 구체화되었다.

이 변화는 단순한 주제 변경 이상의 의미를 가졌다. 학생이 처음 찾아와 꺼낸 주제는 단순한 고민일 가능성이 높았다. "수업 시간에 자꾸 딴생각을 해요."라는 문제는 학생이 느끼는 외적인 증상에 불과했을지도 모른다. 그러나 진로상담을 통해 학생은 자신이 진짜로 원하는 것이 무엇인지 발견했다.

물론 모든 경우에 학생의 진로상담 주제가 변경되는 것은 아니다. 하지만 중요한 점은 진로상담 과정을 통해 학생이 자신이 원하는 것을 이해하는 데 있다. 이를 해결하기 위해 스스로 목표를 설정할 수 있도록 돕는다. 학생이 진짜 원하는 것을 발견하고 이를 해결하기 위한 구체적인 주제를 설정할 수 있다는 사실만으로도 진로상담은 큰 의미를 가진다.

## 💡 강점에서 답을 찾다

"수업 시간에 딴생각하지 않고 집중하는 과목이 있어?"

"수학 시간에는 딴생각을 안 하고 집중하게 되는 것 같아요. 수학은 제가 좋아하는 과목인데요. 선생님이 수업 시간에 풀어보라고 주는 문제 풀이가 재미있어요. 다양한 문제를 풀어보면서 다른 친구들도 도와줄 수 있고요. 또 수학은 학원도 다니고 있어서 예습, 복습을 미리 하니 수업에 더 집중하게 되는 것 같아요."

"수학 시간에 집중하는 너의 강점은 무엇이라고 생각해?"

"수학 시간에 집중하는 저의 강점은 예습과 복습을 철저히 하는 준비성인 것 같아요. 미리 준비해 놓으니 선생님의 수업 내용이 쉽게 이해되고, 딴생각도 나지 않는 것 같아요."

학생은 수학 시간에 집중할 수 있었던 이유를 스스로 분석했다. 그 이유가 철저한 예습과 복습이라는 준비성에 있다는 점을 깨달았다. 이는 자신의 강점을 명확히 인식한 중요한 순간이었다. 학생은 한국사 수업에서는 예습과 복습을 하지 않으며 수업 시간에도 집중하지 못했던 자신의 행동 패턴을 돌아보게 되었다. 이는 단순히 한국사를 어려워하거나 흥미가 없다는 문제를 넘어 과목에 접근하는 태도와 준비 과정의 차이에서 비롯된 것임을 깨닫는 계기가 되었다.

## 💡 구체적으로 행동 실천하기

"수학 시간에 집중하는 저의 강점은 복습과 예습을 철저히 한 준비성인 거 같아요."라는 학생의 말에 집중했다. 학생은 자신이 잘하고 있는 과목에서의 긍정적인 행동 패턴을 다른 과목에도 적용할 수 있다는 가능성을 발견한 것이다. 또, "역사 수업도 수학처럼 예습과 복습을 하면 공백이 메워질 거 같아요. 이제 어떻게 해야 할지 조금 알게 됐어요."라며 스스로 해결 방안을 찾아냈다. 교사가 답을 제시하지 않아도 됐다. 학생이 자신의 강점을 기반으로 문제를 해결할 수 있는 방법을 스스로 생각해 내는 과정에 함께 하고 있어 기뻤다.

학생이 깨달음을 통해 행동 변화를 모색하게 된 이 경험은 단순히 한국사 과목에서의 성취뿐만 아니라 앞으로의 학습 태도 전반에 긍정적인 영향을 미칠 것이다. 학생이 이미 가지고 있는 자원과 강점을 활용하여 문제를 해결할 수 있도록 돕는 역할을 해야 한다는 것을 다시 한 번 느끼게 되었다.

일주일 후 학생을 다시 만났다. 학생은 한국사 수업 시간에 집중하기 위해 도전했던 계획들을 실행에 옮긴 이야기를 들려주었다. 여전히 한국사 수업에 완전히 집중하는 것이 쉽지는 않았지만 수업이 끝난 후 바로 책을 덮지 않고 훑어보려는 노력을 했다고 한다. 또 모르는 부분은 질문하려고 시도했고 예습은 아직 힘들어서 하지 못했다고 했다. 물론 학생이 완벽하게 실행 계획을 실천한 것은 아니다. 하지만 도전 의지가 있었다는 점에서 학생의 실행력과 가능성을 엿볼 수 있었다.

학생은 학습코칭을 지속적으로 받으면서 문제를 해결하려는 다양한 관점을 발견했다. '한국사 수업 시간에 딴생각하지 않는 방법 찾기'를 실천하기 위해 학생은 스스로 실행 가능한 방안을 탐색하며 지금까지의 도전 경험을 활용해 방법을 찾아갔다.

보통 학생들은 실행 목표를 세울 때 자신의 과거 경험 속에서 방법을 찾는 경우가 많다. 이 과정에서 학생이 자신의 한계를 뛰어넘을 수 있도록 다음 세 가지 질문을 추가로 활용해 보면 좋다.

"지금까지 한 번도 도전해 보지 않은 방법 중에서 새롭게 도전해 보고 싶은 것은?"
"모든 것이 가능하다면 또 다른 방법은 무엇이 있을까?"
"집중을 잘하고 있는 친구에게 물어본다면 뭐라고 답을 해줄 거 같아?"

## 💡 스스로 답을 찾게 하다

'수업 시간에 자꾸 딴생각을 해요.'라는 진로상담 주제를 가져온 학생의 문제를 해결할 사람은 결국 학생 본인이다. 진로교사가 학생에게 딴생각을 하지 않는 다양한 방법을 알려주는 것은 단기적으로는 도움이 될 수 있다. 하지만 진정한 해결책은 학생이 스스로 자신의 문제를 이해하고 자신의 경험과 강점을 바탕으로 해결 방안을 찾아가는 과정에서 나온다.

학생 안에 이미 존재하는 가능성과 해답에 대한 믿음을 기반으로 학생을 지원해야 한다. 가장 중요한 것은 학생에게 스스로 문제를 해결할 힘과 능력이 있음을 믿게 만드는 것이다. 학생이 자신을 문제를 해결할 수 있는 사람으로 인식할 때 더 큰 자신감과 동기를 가지게 된다. 교사가 제공하는 정답이 아닌 학생 스스로 찾은 해답은 더 큰 의미를 가지며 지속 가능한 변화를 만들어 낸다.

진로상담에서 교사가 할 일은 결국 학생의 내면의 힘을 일깨우고 그 과정을 지지하고 응원하는 것이다. 나이가 어린 학생이라도 그 안에는 문제를 해결할 수 있는 해답과 가능성이 이미 존재하고 있음을 믿자. 이 학생이 한국사 과목을 넘어 삶의 다양한 영역에서도 스스로 자신만의 답을 찾아가길 바란다. 그리고 그 과정에서 학생이 느끼는 작은 성취감이 더 큰 가능성으로 이어지길 진심으로 응원한다.

**41**

# 핸드폰 사용을 절제하고 싶어요

**함께 생각하며 나아가기**

1. 핸드폰 사용을 절제하고 싶다고 느끼게 된 이유는 무엇인가요?

2. 핸드폰 사용 습관을 바꾼다면 가장 먼저 이루고 싶은 목표는 무엇인가요?

3. 이전에 핸드폰 사용을 줄이거나 절제하려고 했던 경험이 있다면 그때 어떤 방법이 효과적이었나요?

4. 핸드폰 사용 시간을 줄이기 위해 오늘부터 실천할 수 있는 가장 작은 변화는 무엇일까요?

5. 핸드폰 사용을 절제하고 스스로 만족스러운 삶을 살고 있는 모습을 상상해 본다면?

'핸드폰 사용 문제는 학생들의 학습과 삶에 얼마나 큰 영향을 미칠까?'

이 질문은 많은 진로교사와 학부모들이 공감할 것이다. 핸드폰은 단순한 기기를 넘어 학생들에게 가장 큰 유혹이자 때로는 자신을 제어할 수 없게 만드는 주요 요인으로 작용하고 있다.

학생들이 진로상담실에 찾아와 털어놓는 고민 중 하나는 바로 핸드폰 사용에 대한 것이다. 학생들은 학습에 방해가 되는 1순위로 핸드폰을 꼽는다. 학습에 집중하고 싶어도 핸드폰 사용을 조절하지 못해 자신감을 잃고 부모와의 갈등은 깊어져 결국 악순환에 빠지는 경우가 흔하다. 진로상담을 하다 보면 핸드폰 사용을 절제하지 못해 어려움을 겪는 학생들을 자주 만나게 된다. 특히 무분별한 핸드폰 사용은 학생들에게 자기관리를 방해하는 가장 큰 요인으로 작용하고 있다. 반복되는 이런 상황은 학생들의 자신감을 떨어뜨리고 심리적 부담감까지 키우게 만든다. 심지어 일부 학생들은 "저는 핸드폰 중독이에요."라고 스스로 진단하며 무력감에 빠지기도 했다.

　핸드폰은 학생들에게 즉각적인 즐거움과 보상을 제공하는 반면 학습은 인내와 노력을 요구한다. 이 간극 속에서 학생들은 끊임없이 갈등하며 자신의 결심과 실행 사이의 괴리를 경험한다. 학습과 일상생활이 무너지고 있다는 것을 잘 알고 있지만 이런 생활 습관을 바꾸는 일은 결코 쉽지 않다. 어떤 학생은 핸드폰 때문에 학원에 지각하거나 학원 과제를 미루는 일이 반복된다고 하소연한다. 하루 8시간 이상 게임에 빠진 학생부터 SNS에 갇혀 시간을 허비하는 학생까지. 이들의 공통점은 자신의 의지로 이 문제를 극복하기 어렵다는 점이다. 핸드폰 문제는 단순히 학습 방해를 넘어 학생들의 전반적인 생활 습관과 자기관리 능력에 부정적인 영향을 미치고 있다.

　학생들은 하루에도 몇 번씩 다짐한다. "오늘은 그만해야지."라고. 이런 학생들에게 단순히 "핸드폰을 줄여라."는 조언은 효과적이지 않다. 그보다 중요한 것은 학생들이 자신을 이해하고 변화를 위한 작은 성공 경험을 통해 자신감을 회복하도록 돕는 것이다. 하루 8시간씩 게임을 하던 학생이 "내일부터 게임을 완전히 끊겠다."고 실행 목표를 세운다면 현실적으로 실행 가능한 좋은 계획이라며 응원과 지지를 보낼 수 없을 것이다. 이런 상황에서 핸드폰 사용을 줄이고 싶어 하는 진로상담 주제를 어떻게 접근해야 할까?

물론 학생이 심각한 게임 중독, 우울, 현실 도피, 불안정한 심리 상태를 보인다면 상담의 방향은 완전히 달라질 것이다. 이런 경우에는 전문상담교사, 담임교사, 학부모와 함께 문제의 심각성을 다각도로 평가하고, 상담의 우선순위를 설정해야 한다.

그러나 여기서 나누는 사례는 심리 상태가 비교적 안정적이고 단순히 핸드폰 사용으로 학습에 방해를 받고 있다고 호소하는 학생이다. 이런 경우 학생의 문제를 단순히 "끊어라." 또는 "줄여라."와 같은 조언으로 접근하기보다 학생이 스스로 자신의 행동과 패턴을 탐색하며 용기 있는 도전의 시작점을 한 번이라도 실천할 수 있도록 하자. 학생이 느끼는 좌절감에 공감하며 큰 목표 대신 작은 실행 계획부터 시작하도록 해보자. 이를 통해 학생은 "나는 변화할 수 있다."는 믿음을 갖게 되고 변화를 시도할 수 있는 힘을 갖게 될 것이다.

## 💡 두 마음 대화법 시도

스스로를 '핸드폰 중독자'로 칭하며 게임에서 벗어나고 싶다고 말한 학생을 만나게 되었다. 학생은 게임 중독에서 벗어나기 위해 여러 차례 노력했지만 실패를 반복했다고 한다. 반복된 실패 경험으로 자신감을 잃고 부모와의 갈등으로 고립감을 느끼고 있었다. 학업 성적에 부정적인 영향을 미치는 것은 당연했다. 그럼에도 불구하고 학생은 게임 중독에서 벗어나고 싶다는 의지와 함께 공부에 집중하고 싶다는 소망을 가지고 나를 만나러 왔다.

이 학생과의 첫 상담에서 학생이 게임을 하고 있는 상황에 대해서 스스로를 관찰할 수 있는 눈을 갖게 하고 싶었다. 그래서 어떤 게임을 하고 있는지, 게임이 끝나면 어떤 기분이 느껴지는지 질문했다. 또, 게임을 하고 난 후 자신을 바라보는 느낌이 무엇인지 생각하게 했다. 학생은 자신을 매우 부정적으로 바라보고 있었다. 게임을 끊어보려는 의지를 갖게 된 것에 초점을 맞춰 칭찬과 응원을 아끼지 않았다. 게임을 끊으려고 하는 자신을 스스로 칭찬할 수 있는 시간도 갖게 했다. 두 마음 대화법을 활용해서 '게임을 하고 있는 나'와 '게임을 끊으려고 하는 나'를 경험하게 했다. 학생은 두 마음을 느끼면서 게임을 하고 있는 나의 욕구가 굉장히 강함을 알게 되었다고 했다.

그 후 학생의 현재 상태와 원하는 변화를 스스로 생각해 보도록 질문했다. "게임을 하지 않을 때 너의 모습은 어떤 모습일까?", "그 모습은 어떻게 보여?"와 같은 질문은 학생이 자신의 가능성과 목표를 스스로 그려보도록 했다. 다행히 이 학생은 4~5회기에 걸쳐 지속적으로 나를 만나러 왔고 이는 학생의 변화 가능성에 더 가까이 다가갈 수 있었다.

학생과의 상담에서 핵심은 자신을 '게임 중독자'로 규정짓는 프레임에서 벗어나게 돕는 것이다. 학생이 '현재 문제를 겪고 있는 자신'과 '원래 자신의 모습 또는 원하는 모습' 사이의 차이를 인식하게 하는 데 초점을 맞추는 데 집중했다. 이를 통해 학생은 단순히 문제를 해결해야 한다는 압박감에서 벗어나 자신의 정체성을 재발견하고 긍정적인 변화의 가능성을 느낄 수 있게 된다.

'절제가 잘 안 된다, 끊을 수 없다.'는 생각에 갇혀 있는 학생은 자기 자신의 부정적인 면만을 바라보며 쉽게 좌절할 수 있다. 이때 중요한 것은 학생이 자신의 원래 모습을 발견할 수 있도록 도와야 했다. 오랫동안 형성된 '게임 중독자'라는 부정적인 나에서 '사랑스런 나'에 해당하는 원래의 나를 만나는 게 중요했다. 오랫동안 스스로 가둬 둔 자신의 모습을 깨고 나올 수 있도록 함께 했다. 그리고 과거에 경험했던 긍정적인 순간이나 성공 경험을 찾아 아주 작은 도전부터 시작하도록 격려하는 데 집중했다.

학생들은 흔히 '핸드폰 사용을 하지 않겠다.'고 마음먹는 것만으로도 절제를 위한 노력을 하고 있다고 착각하기도 한다. 그러나 이를 넘어 학생 스스로 자신의 모습을 객관적으로, 솔직하게 바라볼 수 있도록 돕는 과정이 필요했다.

## 💡 긍정적인 모습 발견하기

"그럼에도 불구하고 현재 상황에서 긍정적인 부분은 무엇이 있을까?"

"아직 포기하지 않은 것은 무엇이 있을까?"

"네가 생각하는 너의 강점은 무엇이라고 생각해?"

"핸드폰 게임을 중단하기 위한 가장 큰 도전은 무엇이었니?"

"그 도전을 통해 어떤 변화가 있었어?"

"지금까지 핸드폰 게임을 하지 않기 위해서 도전했던 경험에서 배운 것은 무엇일까?"

이러한 질문은 학생이 스스로를 '게임 중독자'라는 부정적인 프레임에서 벗어나게 돕는다. 또한 자신의 현재 모습과 내면의 가능성을 새롭게 바라보게 만드는 데 효과적이다. 학생은 자신의 행동을 비판적으로만 바라보던 시각에서 벗어나 작은 긍정적인 변화나 강점을 발견하게 될 것이다. 결과적으로 이러한 질문과 활동을 통해 학생은 다음과 같은 변화를 경험할 수 있다. 부정적인 프레임에서 벗어나 자신의 가능성을 인식할 수 있다. 현재 상태와 미래 상태를 구체적으로 구분하며 변화를 위한 동기를 갖게 될 것이다. 또한 작은 목표를 설정하고 실천을 통해 자신감을 회복하게 될 것이다.

핸드폰 사용 문제는 단순히 절제와 의지만으로 해결하기 어렵다. 학생이 자신의 행동을 이해하고 긍정적인 변화를 선택하도록 돕는 과정이 중요하다. 이는 학생 스스로가 자신의 삶의 주인공임을 느끼고 자신만의 방법으로 문제를 해결할 수 있도록 이끄는 역할을 할 것이다.

학생이 자신의 현재 상태를 명확히 인식하게 하자. 아주 작은 시도와 성공 경험을 통해 자신감을 회복하는 것이 우선이다. 자신이 원하는 모습을 비유나 은유로 표현해 보게 하자. 학생 자신이 원하는 모습을 이미지화 하고 변화된 자신을 바라보게 하자.

학생이 상담을 받으러 찾아왔을 때만 해도 막연했을 것이다. 자신에게 큰 문제가 있다고 여겼을 것이다. 또 자신의 변화 가능성에 초점을 맞추지 않았을 것이다. 학생이 표현한 비유의 모습에 대해 그 의미를 물어보고 자신의 변화된 모습을 마음에 심게 된다. 물론 비유를 어려워하는 학생도 있다. 이럴 때는 진로상담실에서 찾아볼 수 있는 물건들에 비유해 볼 수도 있고 자신이 좋아하는 게임 속 캐릭터 등으로 비유해 보는 것도 좋다.

"게임을 하고 있는 자신을 어떤 사물에 비유해서 표현해 볼까?"
"현재 자신의 모습을 동물에 비유해 본다면?"
"원하는 모습을 이미지로 표현해 본다면?"
"게임을 끊고 자신이 원하는 모습을 이미지에서 골라본다면?"

### 💡 내 마음을 숫자로 표현해요

이외에도 현재 상태나 원하는 상태, 변화되고 싶은 열정의 상태를 숫자로 표현하게 하는 것은 학생들에게 효과적인 방법이다. 예를 들어, 학생이 막연히 "끊고 싶다.", "변화하고 싶다.", "다시 도전 하고 싶다."와 같은 말을 했을 때 그 말을 다시 숫자로 표현하게 해보자.

"게임을 끊고 싶은 현재 상태는 몇 점에 해당될까? 게임을 끊고 싶은 매우 간절한 마음은 10점, 전혀 끊고 싶지 않은 마음은 0점이야."

"6점이라고 했는데, 그 6점은 어떤 모습이야?"

이 질문은 학생으로 하여금 자신의 상태를 숫자로 표현하게 함으로써 현재 상태를 더 명확하게 인식하도록 돕는다. 학생이 점수를 말하면 그 점수가 어떤 상태를 의미하는지 추가로 질문한다. 이러한 과정에서 자신의 현재 모습에 대해 깊이 생각하게 될 것이다.

또한 게임을 끊으려고 하는 도전에 대한 기대감을 숫자로 표현해 보게 했다. "게임을 끊으려고 하는 열정의 온도를 0점에서 10점까지의 숫자로 표현해 본다면 몇 점에 해당할까?" 이러한 질문은 학생이 자신의 의지와 열정을 다시 한 번 확인하고 일상에서 실천할 동기를 다잡게 하는 데 도움이 될 것이다.

### 💡 시간, 공간, 사람을 통한 관점 전환하기

학생에게 관점 전환을 돕는 질문과 도구도 효과적이었다. 학생이 자신의 문제를 다른 시각에서 바라보도록 하는 것이다. 스스로를 '게임 중독'이라고 생각하는 학생에게 코칭 기반 진로상담의 핵심은 '관점 전환'이다. 학생이 자신의 현재 상태를 다양한 시간, 공간, 사람(또는 사물)의 관점에서 새롭게 바라볼 수 있도록 돕는 것이다. 이를 통해 학생은 자신의 문제를 다른 각도에서 인식하고 해결의 실마리를 찾을 수 있다.

시간의 관점은 학생의 모습을 과거, 현재, 미래의 시간 속에서 이동해

보는 것이다. "일주일 후 어떤 모습을 하고 있을까?", "도전을 성공한 일주일 후의 내가 지금의 나에게 어떤 말을 해줄까?" 실패할 확률이 높은 학생에게 너무 먼 미래의 모습을 상상하기보다 단 한 번만이라도, 일주일만이라도 도전하는 모습을 상상하게 했다. 그 모습 속에서 '한번 해 볼까?'라는 마음을 먹는 것만이라도 성공이라고 생각했다.

공간의 관점은 학생이 자신의 현재 상태를 새로운 시각에서 바라보게 하는 것이다. "100미터 상공에서 내려다본다면 게임 하고 있는 모습이 어떻게 보여?", "한 발자국 떨어져서 자신을 바라본다면 무엇이 보일까?" 이 질문은 학생이 자신의 상황을 객관화하고 스스로를 관찰할 수 있게 한다.

사람(또는 사물)의 관점은 자신의 상태를 비유하거나 타인의 입장에서 문제를 바라보게 하는 것이다. "현재 모습을 동물에 비유한다면 어떤 동물일까?", "이 문제를 해결하는 데 도움을 받고 싶은 사람이 있다면 누구일까?", "그 사람이 어떤 말을 해줄까?", "친구에게 도움을 요청한다면 친구는 어떤 답을 들려줄까?", "지금 가장 듣고 싶은 말이 뭐야?" 다른 사람의 입장에서 자신이 듣고 싶은 말을 듣게 하는 것이다. 학생이 자신의 문제를 다른 시각에서 생각하며 새로운 아이디어를 떠올리게 했다.

도구 활용도 관점 전환을 돕는 유용한 방법이다. 다양한 카드, 이미지, 또는 스토리텔링 도구를 통해 자신을 표현하면 새로운 시각과 아이디어를 더 쉽게 떠올릴 수 있다. 단순히 눈에 보이는 문제에만 머무르지 않게 했다. 다양한 관점에서 자신을 바라보고 가능성을 발견하도록 돕고 싶었다.

코칭을 마무리할 때는 학생이 자신이 고민했던 주제와 관련하여 무엇을 깨닫게 되었는지 질문했다. 무엇을 알게 되었는지 스스로 정리할 수 있도록 도왔다.

"오늘 진로상담을 통해 새롭게 알게 된 것이 있다면 한 가지만 말해 볼래?"

"오늘 진로상담에서 깨닫게 된 점이 있다면?"

"자신에게 하고 싶은 격려의 말을 한마디 해본다면?

학생이 자신의 현재 상태를 이해하고 변화를 선택하는 과정은 단순히 핸드폰 사용 문제를 넘어선다. 자신을 다시 새롭게 바라볼 수 있어야 한다. 자신이 어떤 사람인지 깨닫도록 함께하고 싶었다. '게임 중독자'라는 프레임을 스스로 벗어 던질 수 있도록 긴긴 기다림이 필요할 것이다. 계속 실패하고 넘어질지 모른다. 하지만 결국 자신이 원하는 모습으로 나아갈 수 있다는 것을 학생도 나도 믿어야 했다. 학생이 자신의 삶의 주인공임을 느끼고 변화의 가능성을 스스로 발견하도록 함께 걸어가는 것, 내가 한 일은 이것뿐이다.

핸드폰 문제로 어려움을 겪는 학생들에게 필요한 것은 단순한 조언이나 지시가 아니다. 학생이 스스로 '나는 할 수 있다.'는 믿음을 갖고 작은 도전을 시작할 때 변화는 비로소 시작된다. 학생들은 스스로 변화할 힘을 가지고 있다. 그저 그 힘을 발견하고 꺼내는 데 조금의 시간이 필요할 뿐이다.

# 최근에 하고 싶은 일이 생겼어요

**함께 생각하며 나아가기**

**1.** 하고 싶은 일이 생겼을 때 느꼈던 첫 감정은 무엇인가요?

**2.** 이 일을 시작하기 위해 가장 먼저 해야 할 것은 무엇인가요?

**3.** 이 일을 하는 데 필요한 자원이나 기술은 무엇인가요?

**4.** 이 일을 통해 발전시키고 싶은 부분은 무엇인가요?

**5.** 이 일을 하면서 가장 기대되는 순간은 무엇인가요?

진로상담실 문을 두드린 건 친구 B였다. 친구 B가 교무실로 찾아왔다. B는 친구 A가 진로상담을 받아야 한다며 대신 신청하려는 의도였다. 진로 상담은 본인이 신청해야 한다고 설명하며 A가 직접 신청할 수 있도록 전달하라고 했다. 사실 친구의 진로상담을 대신 신청하려는 학생은 처음이라 당황스러웠지만 의연하게 대처했다. 속으로는 A가 실제로 상담을 신청할 거라고는 기대하지 않았다. 그런데 그날 A는 진로상담 신청서를 제출했고 상담 날짜까지 예약했다. 고등학생들도 진로상담실을 방문하는 것이 쉽지 않은데, A의 용기가 대단해 보였다.

## 💡 고민이 너무 많아요

상담 당일 A는 긴장한 표정으로 상담실에 들어섰다. A는 나와 눈도 마주치지도 못한 채 자신이 고민하고 있는 여러 문제를 나열하기 시작했다. "진로에 대한 고민이 많아요. 제가 누구인지 모르겠고, 제가 좋아하는 게 뭔지도 잘 모르겠어요. 친구 관계도 어렵고, 우울한 마음도 들어요." A의 목소리엔 조심성과 불안함이 묻어났다. 조용히 미소 지으며 말했다.

"여기까지 찾아오느라 정말 용기를 냈구나. 혼자 고민이 많았겠지만 네가 용기를 내서 우리가 이렇게 만날 수 있게 됐네. 용기 내줘서 고마워. 고민이 많아서 정말 힘들었겠다. 5가지나 되는 고민 중에서 우리 함께 하나씩 차근차근 풀어가 보자. 오늘 가장 먼저 이야기하고 싶은 고민은 무엇일까? 편안하게 이야기해 줄 수 있겠니?" A는 내 말을 듣고 잠시 망설이더니 자신이 생각하고 있는 진로와 고민들을 하나씩 꺼내기 시작했다.

A의 마음을 읽고 그가 용기를 내어 이 자리에 온 것을 진심으로 지지해 주고 싶었다. 얼마나 많은 고민을 혼자서 품고 힘들었겠는가. 누구에게도 말하지 못했던 답답한 마음을 안고 진로상담실을 찾아온 A에게 이곳이 안전한 공간이라는 것을 알려주고 싶었다. "네가 고민을 해결할 수 있도록 함께 응원할게. 여기서 편안하게 이야기해도 괜찮아." A가 자신의 이야기를 조금 더 마음 놓고 털어놓을 수 있도록 배려하고 그의 용기를 인정하며 지지를 아끼지 않았다. A가 상담을 통해 자신의 고민을 하나씩 해결해 나

가기를 진심으로 바랐다.

## 💡 코치의 성급한 판단

A는 진로에 대해 이야기하고 싶다고 말하며 자신의 고민을 털어놓기 시작했다. "최근에 하고 싶은 일이 생겼는데 제가 잘할 수 있을까요? 그리고 부모님께서 반대하시면 어떻게 해야 할까요?"라고 말하며 머뭇거리는 모습이 보였다.

우선 하고 싶은 일이 생겼다는 것에 진심으로 축하해 줬다. 하고 싶은 일이 생겼다는 것이 얼마나 소중한 일인지 응원을 아끼지 않았다. "최근에 하고 싶은 일에 대해 좀 더 구체적으로 이야기해 줄 수 있을까?"라고 물었더니 A는 잠시 망설인 후 자신의 이야기를 털어놓기 시작했다. A는 최근에 자신의 생각을 그림으로 그리고 표현하는 것에 관심이 생겼다고 말했다. 그림으로 표현하는 것이 흥미롭다며 그림을 잘 그리고 싶다고 했다. 그런데 친구들로부터 평균 정도라는 평을 듣고 실력이 부족하다고 느낀다고 했다. A는 노력하고 있지만 결과가 나아지지 않는다고 속상해했다.

A의 이야기를 들으며 이미 자신만의 길을 찾으려고 노력하고 있다는 점이 대단하다고 느꼈다. 하지만 그 순간 너무 성급하게 다음 질문을 던지고 말았다. "노력을 하고 있다고 했는데 어떤 노력을 하고 있어?" 이것은 나의 첫 번째 실수였다.

물론 이 질문 자체가 잘못된 것은 아니었다. 하지만 너무 섣부른 질문으로 A의 내면 깊숙한 이야기를 더 듣지 못한 점이 아쉽다. 이때 조금 더 시간을 가지고 A의 마음을 알아주는 질문을 던졌더라면 어땠을까.

"너의 생각을 그림으로 표현한다고 했는데 어떤 계기가 있었을까?"
"너의 생각을 그림으로 표현하고 나면 기분이 어때?"
"그 기분을 색깔로 표현해 본다면?"
"그 색깔은 어떤 의미야?"
"노력하면서도 가장 뿌듯했던 순간은 언제였어?"
"최근에 그림으로 표현했던 것은 무엇이었어?"
"너의 생각을 그림으로 표현하게 되면 어떤 점이 좋아?"
"그림을 그리고 있는 너를 다시 떠올려보니 너의 모습이 어떻게 보여?"
"지금까지 그린 그림 중 가장 뿌듯했던 작품은 어떤 거였어?"

이런 질문을 통해 A의 내면 깊숙한 이야기를 더 들어줬다면 그의 감정과 생각을 더 잘 이해할 수 있었을 것이다. A의 이야기를 더 깊이 들었다면 그의 고민뿐만 아니라 감정까지도 더 잘 이해할 수 있었을 것이다. A가 자신의 경험과 감정을 더 자세히 탐구하도록 돕지 못했다. 이러한 과정을 충분히 진행하지 못한 점이 아쉬웠다.

A는 매일 그림 두 개씩 그리고 있다고 했다. 유튜브를 보거나 그림을 잘 그리는 사람을 따라 하며 배우고 있었다. A가 매일 그림 두 개를 그리고 있다는 열정을 들었을 때 진심으로 칭찬했다. 이는 분명 대단한 노력이며 이를 인정하는 것은 중요했다. "매일 두 개씩 그림을 그리며 노력하고 있는 점은 누구나 쉽게 할 수 없는 멋진 도전이야."고 말함으로써 학생의 꾸준

한 열정을 인정하고 그의 지속적인 노력의 가치를 높이 살 수 있도록 했다.

## 💡 코치의 두 번째 실수

그러나 두 번째 실수를 하고 말았다. 다음 단계의 질문에서 급히 10년 후의 모습을 상상하게 하는 질문을 던지며 성급한 마음을 내비치고 말았다.

"앞으로 10년 동안 계속 그림을 그린다면 어떤 사람이 되어 있을까?"

이 질문은 학생이 자신의 가능성을 상상하도록 하는 좋은 질문이지만 그림을 막 시작한 학생에게는 너무 멀리 내다보게 한 것이었다. 학생이 자신의 강점과 가능성을 충분히 생각해 보게 한 후 질문해도 늦지 않았다. A는 아마도 지금 자신의 실력과 상태를 고려했을 때 10년 후를 상상하기 어려웠을 것이다. 코칭에서 배운 질문을 무조건 적용하려고 한 나머지 학생이 현재 자신의 위치에서 천천히 한 단계씩 생각해 볼 기회를 놓쳤다.

A와의 상담에서 아래와 같이 단계적인 상상 질문을 활용해 미래를 구체화도록 도왔어야 했다.

"지금처럼 매일 그림을 그리는 노력을 이어간다면, 한 달 후엔 어떤 변화가 있게 될까?"

"만약 그림 2개씩 매일 그리게 된다면 3개월 후에 어떤 부분이 달라져 있을까?"

"그림을 1년 동안 계속 연습한다면 어떤 실력을 갖추게 될까?"

"그림 관련 전공을 공부하고 계속 전문성을 갖추게 된다면 3년 후에는 무엇을 하고 있을까?"

"10년 후에는 어떤 사람처럼 되어 있을까?"

이 질문들은 학생이 자신의 현재 상태에서 시작하여 점진적으로 미래를 상상해 볼 수 있도록 자연스럽게 단계별로 연결되어 있다. 각 질문은 학생이 가까운 미래부터 먼 미래까지 자신의 성취와 가능성을 구체적으로 그려볼 수 있게 돕는다. 이를 통해 학생은 자신의 노력이 어떤 변화를 가져올지 스스로 예측하며 동기를 부여받을 수 있다. 단계적 질문을 활용하면 학생은 자신의 성장 가능성을 긍정적으로 바라보게 되고 점진적으로 자신감을 갖게 될 것이다. 중요한 점은 학생이 각 질문에 대해 충분히 생각하고 자신의 속도에 맞춰 답을 찾을 수 있도록 기다려 주는 것이다.

계단식 질문을 통해 학생이 자신의 모습을 상상하게 해 보자. 상상은 자신의 변화된 모습과 노력하는 과정을 구체적으로 인식하게 만든다. 10년 후 자신이 되고 싶은 모습으로 변화되어 있다면 어떤 표정을 짓고 있을지 구체적으로 그려보게 한다.

"너의 그림이 아트홀에서 전시된다면 기분이 어떨까?"
"전시회에 찾아온 사람들은 어떤 말을 할까?"
"부모님께서는 무슨 말씀을 하실 거 같아?"
"자신의 그림을 부모님께 설명해 본다면?"

이처럼 미래의 모습을 구체적으로 표현하게 함으로써 학생의 에너지를 높였다. 자신이 상상하는 미래의 모습처럼 될 수 있다는 가능성을 바라보도록 했다. 상상 속에서 구체적인 모습을 통해 학생이 자신의 잠재능력을 인식하게 돕고 싶었다. 그 잠재능력을 끌어낼 수 있는 열쇠가 자기 자신에게 있다는 사실을 깨닫게 되길 진심으로 바랐다.

A는 처음에는 상상하기를 어려워했지만 점차 자신의 미래를 구체적으로 그리며 미소를 띠기 시작했다. "제 그림 전시회가 열린다면 부모님께서 엄청 축하해 주실 거 같아요."라고 말했다. 다시 현재 자신의 모습에서 무엇을 해야 할지 질문을 이어갔다. "전시장에서 아티스트로 당당히 서 있는 A가 지금 현재의 A에게 무슨 말을 해 줄 거 같아?" A는 이 질문에 대답하며 자신이 지금 당장 해야 할 일과 앞으로 해보고 싶은 것들에 대해 소망을 품게 되었다. 10년 후 자신의 모습을 이루기 위해 발휘하고 싶은 강점이나 장점을 스스로 찾아보게 했다. A는 "노력한 거밖에 없어요."라고 대답하며 자신의 강점이 바로 '노력'임을 발견하게 되었다. 이는 단순한 발견이 아니었다. 진로상담 초반에 A가 말했던 "조금씩 노력하고 있어요."라는 말과 연결 지어 진심으로 응원해 줬다.

## 💡 현재 상태를 넘어서

A와의 진로상담은 단순히 고민을 들어주는 것에서 그치지 않았다. A가 현재 자신의 모습인 마이너스 상태에서 한 걸음 나아가는 데 집중하도록 했다. 미래로 나아가지도 못하고 출발선에도 서지 못한 상태에서 현재 실력을 충분히 발휘하지 못하고 있다는 생각의 틀에 갇혀 있지 않아야 했다. 이러한 상황에서 A의 강점인 '노력'에 집중할 수 있도록 격려했다. "매일 그림 2개씩 그리는 건 아무나 할 수 있는 일이 아니야. 지금까지 해온 노력을 계속한다면 지금보다 훨씬 멋진 미래의 모습으로 성장할 수 있을 거야." 학생이 자신의 강점과 노력을 긍정적으로 인식할 수 있도록 돕고 앞으로 나아갈 수 있는 자신감을 심어 주자.

A는 자신의 강점인 노력을 발견하고 그림에 대한 열정을 조금씩 구체화하며 한 걸음씩 나아갈 준비를 시작했다. 당장 큰 변화를 이루지 못하더라도 매일 꾸준히 그림 2개를 그리는 작은 습관이 A를 미래로 나아가게 할 것이다. 물론 또 다른 꿈을 꿀 수도 있다. 진로교사로서 A에게 전하고 싶은 말은 지금의 작은 도전들이 모여 결국 큰 변화를 이룰 것이라는 믿음이다.

A에게 했던 두 번의 실수는 코칭 기반 진로상담 과정에서는 깨닫지 못했다. 진로상담을 마친 후 복기 과정을 통해 아쉬움이 있었던 코칭이었음을 알게 되었다. 물론 이 실수를 통해 진로상담에 코칭을 적용할 때 더 조심스럽게 접근하게 되었다. 첫 번째 진로상담에서 실수를 깨닫고 두 번째 진로상담부터는 성급한 질문을 하지 않기 위해 노력했다.

가급적 실수를 하고 싶지 않다. 아니 절대로 실수를 하고 싶지 않은 것이 진심이다. 하지만 어떻게 실수를 하지 않을 수 있겠는가. 실수는 때로 아픔이 되지만, 실수를 인정하는 것부터 다시 시작했다. 포기만 하지 않으면 된다. A와의 진로상담은 끝났지만 A의 도전은 더 구체화될 것이라 믿는다. A의 미래가 밝게 빛나기를, 그리고 그의 노력이 많은 이들에게 영감을 주기를 진심으로 응원한다.

**43**

# 어떤 고등학교를 선택해야 할까요?

"부모님이 추천하는 고등학교로 가야 할까요, 아니면 제가 가고 싶은 고등학교로 가야 할까요?"

이 질문은 단순한 진학 문제가 아니다. 학생들이 자신의 진로 방향성과 정체성을 고민하며 던지는 중요한 물음이다. 고등학교 선택이라는 과제는 학생의 학업, 적성, 가족과의 관계 등 여러 요소가 얽힌 복잡한 문제로 다가온다. 그렇다면 학생들은 이 고민 속에서 무엇을 찾고자 할까? 진로교사로서 우리는 어떤 질문을 던지고, 어떻게 그들의 여정을 도와야 할까?

고등학교 선택은 학생들에게 '내가 누구인가?', '어떤 삶을 살고 싶은가?'를 묻는 과정이다. 한 학생이 "부모님이 추천하는 고등학교와 내가 가고 싶은 고등학교 중에서 무엇을 선택해야 할지 모르겠어요."라고 상담을 요청했을 때 겉으로는 학교 선택의 갈등처럼 보인다. 하지만 그 이면에는 부모와의 관계, 성적, 자기결정권, 그리고 미래에 대한 불안감이 숨어 있다. 이런 복잡한 상황에서 표면적인 문제만 해결하려 하면 학생의 진짜 고민을 놓칠 수 있다. 진로교사를 찾아온 학생들 역시 고등학교 선택과 관련한 다음과 같은 고민을 자주 털어놓는다.

"부모님이 추천하시는 고등학교로 진학해야 할까요, 아니면 제가 가고 싶은 고등학교로 가야 할까요?"
"어느 고등학교로 가야 할지 결정을 못하겠어요."
"일반고를 가야 할지 특성화고를 선택해야 할지 모르겠어요."

## 💡 진짜 목소리에 귀 기울이기

비슷해 보이는 진로상담 주제라 하더라도 학생마다 처한 상황과 경험은 다르다. 진로상담에서 가장 중요한 점은 표면적으로 드러난 학생의 이야기에만 초점을 맞춰서는 안 된다. 그 이면에 숨겨진 진짜 고민과 학생이 진정으로 원하는 것이 무엇인지 알아차리는 것이다. 학생의 마음 깊숙이 자리한 진짜 목소리에 귀 기울이는 자세가 필요하다.

예를 들어, 학생이 "부모님이 추천하는 고등학교에 진학해야 하는지, 제가 가고 싶은 고등학교로 가야 하는지 고민이에요."라고 이야기한다면 어떤 질문을 해야 할까?

"부모님이 추천한 고등학교를 선택했을 때 어떤 감정을 느끼게 될까?"
"네가 원하는 고등학교로 간다면 어떤 변화가 생길 것 같아?"
"부모님께서는 왜 그 고등학교를 추천하셨을까?"
"네가 원하는 고등학교를 선택한 이유는 무엇일까?"

이처럼 구체적이고 열린 질문은 학생의 이야기를 더 깊이 탐색도록 돕는다. 단순히 학교를 선택하는 문제를 넘어 자신이 진정으로 원하는 것이 무엇인지, 어떤 가치를 추구하는지를 깨닫게 해주는 과정이다. 학생의 내면에 숨겨진 진짜 고민과 바람을 끄집어내기 위해서는 질문의 방향을 문제 중심에서 사람 중심으로 할 필요가 있다. 학생 스스로 자신의 고민을 명확히 하고 선택의 주체가 자신임을 깨닫게 하는 것이다.

여전히 실수하는 부분이 있다. "부모님이 추천하는 고등학교에 진학해야 하는지, 제가 가고 싶은 고등학교에 가야 하는지 고민이에요."라고 말했을 때 명확한 해답을 줘야 한다는 책임감이 발동한다. 학생에게 필요한 정보를 제공하고 성적에 맞는 고등학교를 분석해주고 싶다. 부모님과 학생의 의견 차이를 좁히는 데 집중하려고 한다. 그러나 진로상담은 단순히 정보를 제공하는 것을 넘어 자신의 마음과 선택에 대한 확신을 얻는 과정이 되어야 한다. 학생 스스로 자신의 고민을 깊이 들여다보고 본인이 원하는 선택을 명확히 깨닫도록 돕는 것이다. 학생이 자신만의 길을 찾아가는 데 필요한 질문과 탐색의 과정을 제공해야 한다.

"부모님이 추천하는 고등학교와 네가 원하는 고등학교 중 하나를 선택한다면 어떤 점이 가장 중요한 기준이 될까?"와 같은 질문은 학생이 자신만의 기준을 세우도록 돕는다. "부모님과 너의 의견이 달라서 고민이구나. 어떤 부분에서 의견 차이가 있는지 구체적으로 이야기해 볼래?"라는 질문을 통해 학생의 고민을 공감하고 학생이 스스로 자신의 문제를 말하며 정리할 시간을 제공하는 것은 매우 중요하다. 이 과정을 통해 학생은 자신이 겪는 상황을 더욱 명확히 이해할 수 있다.

"부모님이 추천하는 고등학교로 가야 할까요, 아니면 제가 가고 싶은 고등학교로 가야 할까요?"라는 학생의 진로상담을 GROW 모델의 Goal에 해당하는 목표설정 부분에 맞춰서 이야기를 나눴다.

## 💡 학생이 말하는 키워드 활용 질문

먼저 상담을 받으러 온 용기를 칭찬하며 응원과 지지하는 것으로 학생의 긴장감을 덜어줬다. 이러한 진심 어린 말 한마디는 학생에게 안정감을 준다. 또한 자신이 지지받고 있다는 느낌을 주어 마음을 열게 한다.

그다음으로 학생이 오늘 해결하고 싶은 부분이 무엇인지 질문해 보는 것이 필요하다. 예를 들어, "오늘 이 시간 동안 선생님과 함께 가장 먼저 해결해 보고 싶은 고민은 무엇일까?"와 같이 학생이 스스로 진로상담의 목표를 설정할 수 있도록 한다. 이러한 과정을 통해 학생은 자신이 원하는 방향으로 대화를 이끌어갈 수 있고 자신의 문제 해결에 능동적으로 참여하게 된다.

"선생님과 진로상담 후 두 가지 고민이 조금이나마 줄어들어 최선의 선택을 하고 싶어요."라고 학생이 원하는 것을 말했다. 학생은 오늘 진로상담 과정에서 자신의 고민이 줄어들고 최선의 선택을 하고 싶다고 한다. 학생이 말한 '최선의 선택'이 무엇을 의미하는지 구체적으로 탐색하기 위해 다음과 같은 질문을 했다.

"네가 생각하는 최선의 선택이란 어떤 모습일까?"
"최선의 선택을 했다고 느낄 때, 너는 어떤 감정을 느끼게 될까?"
"네가 최선의 선택을 했다는 것은 어떻게 알 수 있을까?"
"어떤 것들이 정리되면 최선의 선택이 되었다고 할 수 있을까?"
"최선의 선택을 위해 지금 무엇을 가장 먼저 고민해야 할까?"
"그 선택이 최선이었다고 느낄 때 너는 어떤 모습을 하고 있을 것 같아?"

이 질문들을 통해 학생은 자신이 말한 '최선의 선택'이 단순히 결과를 의미하는 것이 아니라 자신과 주변 환경을 모두 고려한 조화로운 결정을 내리는 과정임을 깨닫게 되었다.

## 💡 명확한 목표로 이끄는 첫걸음

학생은 진로상담 주제를 여러 개 섞어서 말할 수 있다. 학생이 여러 가지 주제를 한꺼번에 가져왔을 때 우선적으로 해결하고 싶은 문제를 명확히 하도록 돕는 것이 중요하다. 예를 들면, 학생이 가져온 진로상담 주제 중에서 오늘 이야기하고 싶은 것은 무엇일까. '부모님과의 갈등일까?', '자신의 선택에 대한 기준을 세우는 것일까?', '성적에 대한 고민일까?' 1시간 동안 진행되는 진로상담 시간에 세 가지 주제를 모두 한꺼번에 다룰 수 있을지는 의문이다. 학생의 세 가지 고민을 모두 해결하면 너무 좋겠지만 시간의 한계 속에서는 불가능한 일일 것이다. 학생의 세 가지 고민 중 오늘 당장 해결하고 싶은 시급하고 중요한 진로상담 목표를 설정할 수 있도록 질문해야 한다.

"오늘 선생님과 이야기하면서 가장 먼저 해결하고 싶은 고민은 무엇일까?"

"오늘 한 가지 고민만 다룬다면 어떤 것이 해결되었을 때 가장 마음이 편해질까?"

"오늘 상담이 끝난 후 너에게 어떤 변화가 생기길 원해?"

학생이 자신의 진로상담 주제를 분명히 인식하는 것은 매우 중요하다. 학생은 진로교사가 명확한 정답을 제시해 주기를 기대할 수도 있다. "이렇게 하는 게 더 좋아." 또는 "선생님이 보기에는 이렇게 하는 게 맞아."라는 말을 듣고 싶어 할 것이다. 하지만 절대로 간과해서는 안 되는 핵심은 바로 학생 스스로가 해답을 가지고 있다는 사실이다. 우리가 줄 수 있는 최고의 도움은 해답이 아니라 그들이 스스로 답을 찾도록 돕는 것이다. 학생의 경험, 강점, 가치를 이끌어내고 이를 통해 문제를 해결할 수 있는 힘을 길러주는 것이 진정한 의미의 진로상담이다. 진로상담이 끝난 뒤에도 학생이 스스로 고민을 해결하며 나아갈 수 있는 힘을 얻도록 돕는 것, 이것이 우리 진로교사에게 주어진 가장 중요한 과제다.

나는 학생의 고등학교 선택 과정에서 동행자가 되고자 했다. 질문을 통해 마음을 열도록 돕고 스스로 답을 찾을 수 있도록 신뢰감을 주기 위해 노력하며 진심으로 응원했다.

"네가 어떤 선택을 하던 선생님은 너의 결정을 믿고 응원할게. 이 고민은 단순히 학교를 선택하는 것이 아니라 네가 또 한 걸음 앞으로 나아가는 과정이 되면 좋겠다. 선생님은 지금 너와 함께 고민하고 힘이 되고 싶어."

# 그룹코칭으로 진로상담하기, SUNNY

아침 일찍 진로상담실 문을 열며 속으로 질문해 본다.

'오늘은 몇 명의 학생들과 이야기를 나눌 수 있을까?'

새로운 학교에서 근무한 첫 해 매일 아침 이런 생각으로 하루를 시작했다. 학생들이 스스로 찾아오지 않는 진로상담실에서 기다리는 것은 마치 텅 빈 강의실에서 강의를 시작하는 것처럼 막막하게 느껴졌다. 그럴 때마다 먼저 학생들에게 다가가야 한다는 걸 깨달았다.

'진로상담을 하지 않으면 불안했다.' 이 문장은 진로교사로서 나의 하루를 단적으로 설명한다. 신설 중학교로 발령받아 적응에 한창이던 때 새로운 업무가 산적해 있어도 진로상담을 할 수 없는 상황은 마음 한구석을 무겁게 만들었다. 아마 진로교사라면 누구나 공감할 것이다. 학생들이 진로상담실을 찾아오지 않는다고 해서 그저 마음 편히 기다리고만 있을 진로교사는 거의 없으리라 생각한다.

## 💡 진로교사로서의 고민과 조급함

신규 진로교사 시절의 나는 다소 조급했다. 학생들이 스스로 상담의 필요성을 느껴 찾아오는 환경을 꿈꿨지만 현실은 달랐다. 그때는 학생들을 직접 불러 진로상담을 해야 하거나 학생들을 대상으로 진로상담 프로그램을 기획해 분기별 집중 상담을 진행하기도 했다. 한마디로 찾아가는 진로상담을 한 것이다. 하지만 내가 진정으로 바랐던 진로상담은 학생들이 직접, 아무 때나 찾아오는 것이었다.

고등학교 발령 첫 해였던 3~4월에 학급별 번호순으로 의무적인 상담을 진행했던 경험을 제외하면 그 이후에는 학생들이 자발적으로 찾아와 진로상담을 받았었다. 심지어 코로나19로 인해 제한이 많았던 시기에도 진로상담은 꾸준히 이루어졌기에 학생들이 찾아오지 않는 고민은 크게 하지 않았었다. 그러나 중학교 학생들은 진로상담의 개념 자체를 생소해했다.

중학생들이 자발적으로 진로상담을 찾아오는 경우가 드물었다. 그렇다고 언제까지 앉아만 있을 수 없었다. 고민 끝에 진로상담 프로그램을 기획해 적극적으로 다가가야만 했다. 직접 학생들에게 진로상담을 권유하기 시작했다. 일회성 진로상담을 넘어 체계적이고 지속적인 프로그램으로 학생들에게 진로와 학습의 의미를 전달하고 싶었다.

"진로상담 한번 해볼래?"
"학습코칭 참여해보지 않을래?"

## 💡 SUNNY의 시작

그렇게 시작된 프로그램이 'SUNNY_SCC(Special, Unique, Natural, Navigation, with You_Strength Career Coaching)'이다. 이 프로그램을 통해 학생들이 강점을 기반으로 자신에게 의미 있는 삶을 설계하도록 돕고자 했다. 진로 탐색 과정을 체계적으로 지원하며, 진로개발역량을 기르는 것을 목표로 했다. 프로그램 운영 방식은 일대일 코칭과 그룹 코칭 등 다양한 형태로 유연하게 진행되었으며 학생들이 희망하는 시간에 맞춰 운영했다.

SUNNY 프로그램은 총 10회기로 운영되었다. OT 및 팀빌딩, 최고의 작품을 소개합니다, 밸런스 휠, 다중지능검사, 가치별자리, 성격유형검사, 홀랜드 검사, 드림튜브 1·2, 인정 액티비티 및 수료 과정으로 구성된 프로그램이었다. 이 프로그램은 내가 자체적으로 개발한 것이 아니라 숭실대 커리어·학습코칭학과 재학 시절 만난 코치님인 GI Lifestyle 국제협회 대표님의 도움 덕분에 운영될 수 있었다. 대표님은 프로그램을 제공하는 데 그치지 않고 매주 미팅을 통해 운영에 꼭 필요한 세부 사항과 프로그램의 핵심 요소를 세심히 알려주었다. 대표님은 자발적으로 SUNNY

프로그램이 학생들에게 도움이 될 수 있도록 지원을 아끼지 않았다.

SUNNY 프로그램에서 가장 중요한 것은 학생들의 챌린지였다. 학생들과의 만남은 고작 30~45분에 불과했다. 하지만 학생들은 다음 코칭에서 만날 때까지 자신의 강점을 발휘하며 도전해야 했다. 이 과정에서 GI Lifestyle 국제협회의 코칭 철학과 라이프스타일의 양방향 역동이 필수적이었다. 이는 코칭을 받는 순간뿐만 아니라 삶의 모든 순간에서 코칭 철학이 발현되도록 하는 것을 의미했다. 코칭 철학의 핵심은 '모든 사람에게는 무한한 가능성이 있고, 각 사람 안에는 해답이 있다.'이다. SUNNY 프로그램을 통해 학생들이 코칭 철학을 몸소 경험하며 자신뿐만 아니라 타인과의 관계와 소통 속에서 라이프스타일 자체가 변화와 성장으로 이어지기를 바랐다. 프로그램이 끝난 후에도 학생들이 스스로 성장하고 주변과 조화롭게 살아가는 삶의 태도를 가지길 기대했다.

### 💡 첫 만남의 중요성

아침 시간을 활용해 프로그램을 진행하기로 결정했을 때 긴장감과 기대감이 뒤섞인 마음으로 1회기를 준비했다. 첫 만남이 성공적이어야 10회기로 이어질 수 있다는 사실을 잘 알기 때문이다. 1회기의 핵심은 라포 형성이었다. GI Lifestyle 협회 대표님이 제공해 준 활동지만으로도 충분히 팀 빌딩이 가능했다. 10회기 동안 서로 즐겁고 기억에 남을 SUNNY 시간이 되기 위해 팀원들끼리 함께 하고 싶은 활동을 쓰게 했다. 첫 번째 활동에서 학생들이 팀원들과 함께 하고 싶은 일로 '간단한 보드게임하기, 프로그램 시작하기 전에 서로 칭찬하기, 서로의 기분 물어보기' 등을 썼다. 두 번째 활동은 자신의 별명을 짓고 결심보드를 작성했다. 한 학생은 '아침 일찍 일어나기, 잘 웃어주기, 이야기 잘 들어주기, 지각하지 않기' 네 가지를 작성했다. 이 외에도 다양한 활동과 SUNNY 과정에 참여하는 동기를 묻는 질문으로 이어갔을 때 학생들이 적극적으로 참여하는 모습이 인상 깊었다.

## 💡 한 걸음 성장의 시작

2회기부터 매주 네 가지 질문으로 시작하는 나눔 시간을 마련했다.
1. 지난 주 실행(강점 적용) 노력에 대해 스스로 주는 점수는?
2. 도전 과제를 실행하면서 어땠나요?(좋았던 점/어려웠던 점/깨달은 점)
3. 지난주보다 한 걸음 더 성장한 내 모습은 무엇인가요?
4. 오늘 과정을 통해 어떤 시간이 되길 기대하나요?

이 질문들은 단순히 결과를 점검하는 것이 아니라 학생들 스스로 과정의 의미를 발견하도록 도왔다. 학생들이 도전과 실행에 대해 돌아보고 평가하며, 자신의 과정을 리뷰했다. 실행 결과만을 중시하는 것이 아니라 그 과정에서 얻은 '한 걸음 더 성장한 모습'을 기억하고 인식하게 하는 데 중점을 두었다. 학생들은 이러한 질문을 통해 자신의 강점을 발견했다. 목표 실행 과정에서 얻은 작은 성취와 배움을 구체적으로 떠올리며 긍정적인 자기 이미지를 형성해 나갔다. '실천의 과정'과 그 안에서의 성장을 체감할 수 있도록 돕는 것이 SUNNY 프로그램의 중요한 목표 중 하나였다.

SUNNY 프로그램에 참여한 학생들은 아침 8시 15분까지 등교하는 시간을 즐거워했다. 비가 오는 날에도 늦지 않으려는 학생들의 모습을 보며 진심이 느껴졌다. 특히 그룹코칭의 장점은 친구들끼리 함께 참여하며 서로 독려하는 모습에서 나타났다. 각 과정에서 학생들이 지난 주 실행 계획에 대해 스스로 피드백하는 시간을 가질 때 친구들의 이야기를 들으며 자연스럽게 배움이 일어났다. 친구들의 좋은 점을 닮아가려는 모습은 감동적이었다.

특히, 가치별자리 활동은 학생들에게 깊은 인상을 남겼다. 자신만의 가치 별자리에 이름을 붙이고 의미를 부여하는 순간 학생들의 진지한 모습에 뭉클함을 느꼈다. 활동을 위해 가장 적합한 야광별을 구매하려고 온·오프라인 마켓으로 발품을 팔며 찾아다녔다. 학교 예산으로는 구매가 어려웠지만 자비를 들여서라도 프로그램을 잘 운영하고 싶었던 마음에서였다. 가치별자리 활동은 학생들이 자신의 내면을 깊이 들여다보게 했다. 별을 배치하고 연결하며 학생들은 자신이 소중히 여기는 가치를 시각적으로 표현할 수 있었다. 이를 통해 자신의 삶에서 무엇이 중요한지 다시금 깨닫는 계기가 되었다.

드림튜브 활동에서 '하고 싶은 말'에 솔직하게 자신을 표현했던 한 학생도 기억에 남는다. "미래와 과거를 신경 쓰지 말고 현재에 집중하자, 한 번쯤은 망쳐도 괜찮다고 말하고 싶어요, 게으름을 없애고 싶어요."

## 💡 핫초코와 손 편지로 마음 전하기

한 학생은 꿈이 없었다고 고백하며 프로그램을 통해 진로 선생님이라는 꿈을 갖게 되었다고 말했다. 그 표정에는 자신의 가능성에 대한 믿음이 담겨 있었다. "선생님처럼 학생들을 상담하는 사람이 되고 싶어요." 그 말을 들은 순간 너무 행복해서 비명을 지르지 않을 수 없었다. 그 학생에게 다시 한 번 말해달라고 요청했고 학생의 동의를 얻어 그 말을 녹음까지 해 두었다. 이 말은 나에게 잊을 수 없는 선물이 되었다.

학생들은 매주 서로를 응원하며 성장했다. 아침 일찍 등교해도 지각하지 않으려는 노력, 친구의 이야기를 경청하며 배우려는 자세, 자신의 강점을 발견하고 실행하려는 의지는 SUNNY 프로그램이 만들어낸 가장 값진 변화였다.

SUNNY 프로그램은 나에게도 큰 의미를 남겼다. 처음에는 진로상담의 일환으로 시작했지만 다양한 학생 그룹과 만나며 예상하지 못한 성장을 경험했다. 학생들과의 만남을 소중히 여기며 코치로서의 다짐을 지키기 위해 노력했다. 학생들보다 일찍 학교에 도착해 상담실을 준비했다. 날씨가 추워지면 핫초코를 미리 준비해 아침을 먹지 못한 학생들에게 따뜻함을 선물했다. 간식과 함께 손 편지를 준비하며 마음을 전하기도 했다.

프로그램이 끝난 후에도 학생들과의 연결을 유지하기 위해 단체 채팅방에서 응원 메시지를 남겼다. 매주 프로그램이 진행되기 전날에는 알림 메시지를 전했다. 학생들이 이 프로그램을 단순히 학습 활동으로 느끼지 않고 자신을 진정으로 소중히 여기는 시간으로 인식하도록 함께했다. 내가 준비한 사소한 정성과 마음이 학생들에게 전해졌음을 느낄 때마다 나 역시 큰 보람과 행복을 느낄 수 있었다.

학생들에게 이 프로그램이 자신을 알아가는 첫걸음이었다면 나에게는 코치로서의 다짐과 성장의 계기가 되었다. 프로그램이 끝난 지금도 여전히 학생들의 응원과 함께했던 시간들이 머릿속에 생생히 남아 있다. SUNNY 프로그램은 나에게도 학생들에게도 잊지 못할 귀한 경험이었다.

학생들은 SUNNY 프로그램이 끝난 후 이렇게 말해 줬다.
"SUNNY 프로그램은 나에게 '안경'과 같다. 왜냐하면 안경을 쓰면 앞이 보이는 것과 같이 SUNNY는 내 앞을 보여주기 때문이다."
"SUNNY는 나에게 '그림'과 같다. 왜냐하면 한 개씩 그림을 그려가듯 SUNNY를 통해서 하나씩 성장하기 때문이다."
"SUNNY는 나에게 '계단'과 같다. 왜냐하면 한 걸음씩 나아가며 성장하고 있는 중이기 때문이다."

SUNNY 프로그램은 끝났지만 그 여운은 여전히 남아 있다. 학생들이 보여준 변화는 내게 더 나은 교사가 되고자 하는 열망을 심어주었다. 내가 준비한 작은 정성과 마음이 학생들에게 닿았을 때의 보람은 앞으로도 진로교사로서 나아갈 힘이 될 것이다. 학생들의 꿈이 시작되는 그곳에 내가 함께하기를 날마다 희망한다.

# 수업 시간에도 진로상담? 다섯 손가락 셀프코칭

**함께 생각하며 나아가기**

1. 진로상담에 대해서 나만의 언어로 정의해 보세요.
2. 진로상담에서 가장 중요한 것은 무엇이라고 생각하나요?
3. 진로상담을 위해 최근에 노력하고 있는 점은 무엇인가요?
4. 내가 가장 원하는 진로상담의 모습은 무엇인가요?
5. 가장 만족했던 진로상담의 모습을 떠올려보세요. 어떤 강점이 발휘되었나요?

"밤에 과일 먹는 습관을 고치고 싶어요."

리얼 코칭 실습에서 내가 선택한 주제였다. 코칭 실습은 고객의 코칭 주제에 맞게 10명이 넘는 선생님들이 순서대로 질문을 이어가는 방식으로 진행되었다. 하지만 고객 역할을 자청하는 사람이 아무도 없었고 어색한 침묵이 흘렀다. 어색한 분위기를 깨고 싶었던 나는 손을 들어 고객 역할을 자청했다. 코칭 주제를 말하자마자 선생님들의 다양한 코칭 질문이 쏟아지기 시작했다.

- ◆ 어떤 과일을 좋아하시나요?
- ◆ 과일 좋아하는 것을 왜 끊으려고 했나요?
- ◆ 과일을 끊기 위해 혹시 6시 식사 후 9시 넘어 물을 마실 생각은 없나요?
- ◆ 과일을 먹으면 좀 안 된다는 부정적인 생각이 많은가요?
- ◆ 먹는 시간이 길어져서 소화할 수 있는 시간이 짧아지기 때문인지, 먹는 양이 많아서인지….
- ◆ 그런 생각의 판단은? 한의사? 의사? 자료 찾아서? 혼자 판단인가요?
- ◆ 늦은 시간의 기준은?
- ◆ 과일 먹는 습관을 고치고 싶고 한 달만이라도 계획을 지켜보고 싶다고 했는데, 이 문제가 얼마나 지속됐다고 생각되나요?
- ◆ 이런 식습관을 고치기 위해서 시도도 했고 고민도 했는데, 그런 계획을 지속하기 위해서 필요한 것은?
- ◆ 어떤 대안이 있을까요?
- ◆ 3∼4년이나 지속된 과일 먹는 습관이 대단하네요. 과일을 안 먹는 습관을 한 달 정도 지켜보면 어떨까요?
- ◆ 한 달 정도 과일을 먹지 않을 행동이나 습관을 만들 수 있다면?
- ◆ 저녁시간이 길어지면 힘든데 저녁시간을 활용하는 방법은?
- ◆ 고치질 못하고 계속 지속된다면?
- ◆ 이런 것이 지속된다면 무엇이 예상되세요? 어떤 모습이 그려지나요?
- ◆ 대체할 수 있는 행동으로 한 달 동안 과일을 먹지 않는 방법은?

이와 같은 질문을 받았을 때 마치 심문을 받는 느낌이었다. 밤 9시 이후에 과일을 먹는 것이 마치 큰 잘못이라도 되는 것처럼 부끄러움이 몰려왔다. 질문에 대답을 하면 할수록 자신감이 사라졌다. 에너지는 점점 떨어졌고 마음도 상하기 시작했다. 그때 내 표정과 목소리 톤이 점점 낮아지는 것을 눈치 챈 강사님께서 실습을 멈추셨다.

"지금 질문을 받고 난 후의 기분은 어떠세요?" 강사님의 질문을 듣는 순간 비로소 내가 느꼈던 불편함을 솔직히 이야기할 수 있었다. 질문들이 문제를 해결하기보다는 나를 평가하거나 잘못을 지적하는 듯한 느낌을 받았다.

## 💡 닫힌 질문 vs 열린 질문

강사님은 "고객이 코칭 이슈를 꺼냈을 때 고객은 그 문제를 해결하고 싶어 합니다. 하지만 질문이 고객의 행동을 잘못된 것으로 지적하거나 코치 자신의 경험이 정답인 것처럼 다가오면 고객은 위축될 수 있습니다. 좋은 코칭 질문은 문제를 해결하기보다 고객이 스스로 답을 찾을 수 있도록 도와주는 것이에요."라고 설명하셨다. 코칭은 문제를 해결하기 위한 협력의 과정이지 고객을 가르치거나 평가하려는 과정이 아님을 다시금 깨달았다.

"왜 끊으려고 했나요?"라는 질문 대신 "밤에 과일 먹는 습관을 고치려고 하는 계기가 있나요?"라는 질문은 어떨까? 이 두 질문의 차이는 명확하다. 전자는 고객의 행동에 대해 이유를 캐묻는 느낌을 줄 수 있다. 하지만 후자는 고객의 동기와 의도를 긍정적으로 탐색하려는 태도를 보여준다. 마찬가지로 "과일을 끊으려고 혹시 6시에 식사하고 9시 넘어서는 물을 마실 생각은 없나요?"보다는 "과일을 끊으려고 어떤 노력들을 해 보셨나요?"라는 질문이 더 효과적이다. 강사님은 이런 질문의 차이와 질문이 고객의 에너지를 어떻게 높이거나 낮출 수 있는지 설명해 주셨다. 다음은 강사님이 다시 나에게 코칭하면서 사용했던 질문들을 떠올려 봤다.

- ◆ 과일을 끊는다는 것은 어떤 의미세요?
- ◆ 과일이 주는 메시지는요?
- ◆ 부정적 습관이라고 했는데 긍정적 의도는 무엇일까요?
- ◆ 긍정적 의도를 대체할 다른 일은 뭘까요?
- ◆ 어떤 자원을 활용해 보겠어요?
- ◆ 1주일간 도전해서 성공한다면 어떤 마음이 들까요?
- ◆ 1달간 성공한다면 어떤 변화가 생길까요?
- ◆ 3개월간 성공한다면 무엇이 달라질까요?
- ◆ 1년간 성공한다면 어떤 모습이 상상되나요?
- ◆ 자기 자신에게 매일 잘하고 있다 어떻게 말하고 싶나요?
- ◆ 아침을 시작하는 캐치프레이즈를 말해보세요.

강사님의 코칭 질문은 나를 편안하게 했다. 질문의 방식이 바뀌자 내 에너지는 다시 살아났다. 코칭의 본질이 무엇인지 질문이 어떻게 사람을 움직이는지 깨닫기 시작했다. "밤에 과일 먹는 습관을 고치고 싶어요."라는 고객의 이슈는 표면적으로 드러난 문제일 뿐이다. 그 이슈 속에 감추어진 진짜 이슈를 발견하도록 도와주는 것이 코칭의 핵심이 아닐까.

## 💡 정답은 고객 안에 있다

우리는 흔히 누군가의 조언, 정보, 경험을 통해 문제를 해결하려 한다. 하지만 이런 방식으로 우리의 삶이 쉽게 바뀌었다면 얼마나 좋았을까. 족집게 과외를 받는다고 해도 학생이 스스로 공부하지 않으면 원하는 성적을 얻을 수 없는 것처럼 코칭도 고객 스스로 노력하지 않는다면 큰 변화를 기대하기 어렵다.

따라서 진로상담이나 코칭에서 가장 중요한 것은 고객 자신이 주인공임을 깨닫게 하는 것이다. 고객이 자신의 문제를 정확히 바라보고 자신의 가능성과 잠재력을 가진 사람임을 인식할 수 있도록 도와주는 것이다. 이것이 코칭의 진정한 가치가 아닐까. 정답은 고객 안에 있다. 코칭은 그 정답을 발견하도록 안내하는 과정일 뿐이다.

그러나 우리는 언제까지나 코칭이나 진로상담에 의존할 수는 없다. 물론 학생이 진로교사를 찾아온다면 두 팔 벌려 환영할 것이다. 쉬는 시간마다 진로상담실을 찾아온다면 더할 나위 없이 좋다. 학생과 가까워질수록 진로교사를 더욱 편안하게 느끼고 자신의 고민을 부끄러워하지 않고 솔직하게 털어놓는 경우가 많기 때문이다.

진로상담은 진로교사인 나 혼자 원한다고 해서 이루어지는 일이 아니다. 학생들이 나를 찾아오지 않는 이상 상담의 문은 열리지 않는다. 그러나 현실은 학생들이 상담실 문을 두드릴 용기를 내지 않는다는 것이다. 그렇다면 기다리는 방식에서 벗어나야 하지 않을까? 학생들이 스스로 질문하고 답을 찾는 과정을 자연스럽게 경험할 수 있게 하는 아이디어가 떠올랐다.

## 💡 다섯 손가락 질문여행

물론 진로수업에서 자기이해 수업을 하고 있다. 진로캠프나 진로체험 등 다양한 진로 프로그램을 통해 학생들이 진로를 탐색하도록 돕는다. 하지만 이런 교육들의 단점은 자신에게 스스로 질문하고 답해보는 시간이 부족하다는 점이다. 이 점을 착안해 '다섯 손가락 질문여행'이라는 오프닝 수업을 준비하게 되었다. 첫 번째 시간에는 A4 용지 위에 자신의 손 모양을 그렸다. 그 후 손가락마다 자신에게 궁금한 점에 대해 질문을 작성하도록 했다.

학생들은 질문에 대한 답변은 익숙하지만 스스로 자신을 위한 질문을 만들어본 경험이 거의 없어 처음에는 낯설어했다. 그래서 예시 질문을 제시하며 부담감을 덜어주었다.

"내 기분이 가장 좋은 때는?"

"나를 가장 잘 표현할 수 있는 동물은?"

"가장 변화되고 싶은 부분은?"

"나에게 주고 싶은 선물은?"

이처럼 편안한 분위기를 조성하고 예시를 통해 방향을 제시하니 학생들은 점차 자신을 위한 질문을 만들어가기 시작했다. 학생들에게 충분한 시간을 주어 스스로 질문할 수 있도록 했다. 흥미로웠던 점은 예시 질문을 넘어 더 다양한 질문을 만들어내기 시작했다는 것이다. 자신에게 의미 있는 질문들을 손가락마다 작성했다. 학생들이 자신에 대한 궁금증을 다음과 같이 질문으로 만들었다.

| | | |
|---|---|---|
| ◆ 내 인생에서 가장 재미있는 일은?<br>◆ 모든 것을 할 수 있는 기계에게 시키고 싶은 일은?<br>◆ 가장 잘하고 자신 있는 일은?<br>◆ 잠들기 전에 하는 생각은?<br>◆ 거울을 보면 어떤 생각이 드나요? | ◆ 어른이 되었을 때 어떤 모습일까?<br>◆ 자신을 보면 무엇이 떠오르나요?<br>◆ 언제 가장 기분이 좋나요?<br>◆ 중학교를 졸업할 때 어떤 모습으로 성장해 있을까요?<br>◆ 가장 힘들고 외로울 때 어떻게 극복할 수 있을까요? | ◆ 가장 행복한 시간은?<br>◆ 나의 꿈은?<br>◆ 요술램프에게 1가지 소원을 말해본다면?<br>◆ 내가 동물이 된다면?<br>◆ 올해 안에 꼭 해보고 싶은 것은? |
| ◆ 무엇을 할 때 가장 행복하나요?<br>◆ 나의 장점은 무엇인가요?<br>◆ 졸업식 때까지 어떤 점이 성장하고 싶은가요?<br>◆ 내 마음의 색깔은 무엇인가요?<br>◆ 1가지 소원은 무엇인가요? | ◆ 무엇을 할 때 즐겁나요?<br>◆ 올해는 어떤 한 해가 되고 싶나요?<br>◆ 나중에 꼭 하고 싶은 것은?<br>◆ 가장 재미있는 일은?<br>◆ 지금 나의 마음상태를 색깔로 표현해 본다면? | ◆ 가고 싶은 고등학교는?<br>◆ 무엇을 할 때 기분이 좋아지는가?<br>◆ 내 마음상태를 색깔로 표현해보면?<br>◆ 벚꽃이 피면 가고 싶거나 하고 싶은 일은?<br>◆ 지금 기적이 일어난다면? |

## 💡 질문이 남긴 것

학생들이 만든 질문은 순수하게 자신을 알아가기 위한 것이었다. 처음 만들어보는 질문이라 쉽지 않았는지 시간이 많이 걸린 학생들도 있었다. 하지만 결과적으로 너무나 값지고 귀한 질문들이 많았다. 자신을 책으로 표현하거나 드라마의 주인공으로 표현한 학생도 있었다. 질문 만들기가 끝난 후 자발적으로 발표하는 시간도 가졌다. 어떤 질문이든 학급 친구들은 모두 힘차게 박수를 치며 응원해줬다. 그리고 5주 동안 진로수업이 시작되기 전에 손가락 질문 중 한 가지에 답을 해보도록 했다.

"지금 기분이 어때?"라는 질문에 한 학생은 "월요일이라 그런지 힘들고 졸리다. 그래도 학교에 와서 친구들이랑 수다를 떨다 보니 재미있어지는 중이다. 내 기분이 어떤지 생각해 보려고 하니까 갑자기 모르겠다. 의식하고 글로 쓰려니 안 써지는 느낌이다."라고 솔직하게 답했다. "올해 안에 하고 싶은 것은?"이라는 질문에 "친구들과 놀러 가기(롯데월드, 콘서트, 영화관 등), 피아노 다시 배우기, 저장한 영화나 드라마 다시 보기, 정해 놓은 목표 이루기(학업, 운동, 독서 등)"라는 답변이 이어졌다.

질문에 답을 작성할 때 학생들이 자신만의 언어로 표현하는 모습이 인상적이었다. 수업 전 매주 다섯 손가락 질문 한 가지에 답변하면서 학생들은 점차 자신을 이해하는 시간을 즐기기 시작했다. 학생들 간의 공유와 발표 시간도 자연스럽게 긍정적인 분위기로 만들어졌다. 질문과 답을 나누는 과정에서 서로의 생각을 존중하고 박수로 격려하는 모습은 학급 분위기를 더욱 따뜻하게 만들었다.

학생들은 5주 동안 셀프코칭을 하며 어떤 변화를 경험했을까. 그 변화는 겉으로 드러나지 않을 수도 있다. 하지만 분명한 것은 이 프로그램을 통해 학생들이 자신에 대해 스스로 생각해 보는 시간을 가졌다는 점이다. 처음 질문을 작성할 때는 단순한 활동으로 느껴졌을지 모르지만 그 질문에 답을 쓰는 과정에서 자신에게 호기심을 갖게 되었다. 자신의 감정과 생각을 탐구하는 시간은 학생들에게 자신을 알아가는 기회가 되었을 것이다. 이 순간만큼은 다른 사람과 비교하지 않고 온전히 자기 자신에게 집중하며 자신의 바람과 감정을 다시 한 번 돌아보게 되었을 것이다.

## 💡 질문이 만든 길

진로교사가 된 이후 늘 학생들에게 어떤 질문을 던질까 고민해 왔다. 이제는 내가 답을 듣고 싶은 질문을 멈추고 싶다. 학생들이 자신을 돌아보고 새로운 길을 상상하며, 한 발 앞으로 나아갈 수 있게 하는 질문을 하고 싶다. 진로교사로서 진정으로 학생들의 꿈에 불씨를 지피는 사람이고 싶다.

코칭을 통해 배운 것은 '답은 학생 안에 있다.'는 믿음이다. 내가 해야 할 일은 학생들이 자신의 내면을 들여다볼 수 있도록 돕는 것이다. 더 나아가 자신이 가고 싶은 길을 스스로 발견하고 만들어갈 수 있도록 질문으로 길을 열어주는 것이다. 코칭 기반 질문은 학생의 내면에서부터 시작된다. 단순한 정보 제공이나 방향 제시가 아닌 학생 스스로가 자신이 삶의 주인공임을 깨닫도록 도와야 한다.

진로상담실에서 나눈 짧은 대화가 학생들의 삶을 바꾸는 변화의 시작이 되길 바란다. 그리고 나 또한 질문의 길 위에서 함께 걷는 동반자가 되기를 희망한다. 진로교사로서 오늘도 나는 학생들과 함께 성장의 길을 걸어간다. 그 길은 나와 학생, 그리고 모든 도전을 이어주는 징검다리가 될 것이라 믿는다.

이 글을 읽는 당신도 자신에게 질문을 던지길 원한다. 그 질문 위에서 답을 찾게 될 것이고 새로운 나를 만날 수 있을 것이다. 완벽하지 않아도 괜찮다. 중요한 것은 '시작'이다. 질문을 통해 스스로를 알아가고 자신의 가능성을 믿으며 한 걸음씩 나아가길 바란다.

당신의 여정이 행복으로 가득 차기를, 그리고 그 길 속에서 당신만의 질문을 발견하기를 진심으로 응원한다.

> 질문 톡톡

# 코칭 이야기

## Q1. 코칭을 자신만의 언어로 소개해주세요.

**A1.** 코칭은 마치 거울과도 같다. 내가 코칭을 받으면서 가장 크게 느낀 것은 스스로에 대한 새로운 발견이었다. 현재 상황을 거울처럼 비춰보는 과정을 통해 이전에는 미처 알지 못했던 '새로운 나'를 만날 수 있었다. 단순히 현재의 문제를 해결하려는 것을 넘어 다른 관점에서 나의 상황을 바라보며 변화가 시작되었다. 코칭은 나 자신에 대한 깊은 이해를 가능하게 했다. 나는 어떤 사람인지, 나에게 어떤 자원이 있는지, 그리고 어떤 강점과 가능성을 가졌는지를 발견할 수 있었다. 무엇보다 내가 정말 원하는 삶이 무엇인지 깨닫게 된 순간 나의 길을 보다 확신 있게 걸어갈 수 있는 힘을 얻게 되었다.

한국코치협회(KCA)에서는 개인과 조직의 잠재력을 극대화하고, 최상의 가치를 실현하도록 도와주는 수평적 파트너십, 국제코치협회(ICF)에서는 불확실하고 복잡한 환경 속에서 특별히 중요한 개인적, 직업적 잠재력 극대화를 위해 고객과 함께하여 사고를 촉진하는 창의적인 과정이라고 정의하고 있다.

## Q2. 코칭 교사 학습동아리에서 함께 읽었던 도서를 추천해 주세요.

| 도서명 | 도서명 |
|---|---|
| 『커리어 코치도 커리어 고민을 합니다』<br>남상은 / REAL LEARNING | 『성과 향상을 위한 코칭 리더십』<br>존 휘트모어 / 김영순 옮김 / 김영사 |
| 『사례로 익히는 실전 코칭』<br>임현희, 최현정 / 북코리아 | 『코칭 바이블』<br>게리 콜린스 / 양형주, 이규창 옮김 / Ivp |
| 『청소년 · 부모 · 교사 실전 코칭』<br>조수연 외 7인 / 동화세상 에듀코 | 『게슈탈트 심리치료』<br>김정규 / 학지사 |
| 『이너게임』<br>티머시 골웨이 / 최명돈 옮김 / 가을여행 | 『현장 실전코칭』<br>안남섭 외 13명 / 동화세상 에듀코 |

**Q3.** 진로상담에서 기본적으로 활용할 수 있는 코칭 모델과 질문을 소개해주세요.

**A3.** GROW 코칭 모델 4단계를 소개합니다.

| | |
|---|---|
| **Goal**<br>(코칭 목표 정하기) | ◆ 최근에 감사했던 일 한 가지 나눠 줄 수 있을까? |
| | ◆ 오늘 어떤 고민을 이야기하고 싶어? 조금 더 구체적으로 얘기해 줄래? |
| | ◆ 그 고민을 이야기하고 싶은 계기가 있다면? |
| | ◆ 오늘 코칭이 끝났을 때 어떤 점이 해결되면 좋겠어? |
| **Reality**<br>(현상 파악하기) | ◆ 현재는 어떤 상태야? |
| | ◆ 기대하거나 혹시 원하는 상태는? |
| | ◆ 그 목표가 중요한 이유는? |
| | ◆ 과거에 비슷한 경험에서 성공했던 적이 있을까? |
| | ◆ 그때 어떤 강점이 발휘되었을까? |
| | ◆ 지금 다시 그 강점을 활용해 본다면 어떻게 해보고 싶어? |
| **Will**<br>(실행 의지 강화하기) | ◆ 구체적으로 어떤 것을 먼저 시도해 보고 싶어? |
| | ◆ 한 가지 더 말해 줄래? |
| | ◆ 지금까지 말한 것 중 가장 먼저 실천해 보고 싶은 것은? |
| | ◆ 언제부터 실천할 거야? |
| **Options**<br>(대안 탐색하기) | ◆ 실천하겠다는 것을 누구에게 알리고 싶어? |
| | ◆ 실천하는 데 장애 요인이 있다면? |
| | ◆ 장애 요인을 극복하는 방법은? |
| | ◆ 오늘 새롭게 알게 된 점은? |
| | ◆ 도전하려고 하는 자신에게 응원을 해 본다면? |

## Q4. 강점을 발견할 수 있는 질문들은 무엇이 있을까요?

**A4.** 강점을 발견할 수 있는 질문 예시입니다. 학생들에게 강점을 설명할 때 재능, 능력, 장점 등을 다양하게 설명하길 추천합니다. 나만의 질문을 만들어 보세요.

| | | | | |
|---|---|---|---|---|
| 자연스럽게 가지고 있는 강점은 무엇인가요? | 꾸준히 노력하고 있는 강점은 무엇인가요? | 자신의 강점 한 가지를 소개해 보세요. | 지금의 당신을 있게 한 강점 한 가지는 무엇인가요? | 누구와 함께 할 때 강점이 잘 발휘되나요? |
| 다른 사람들이 말하는 당신의 강점은 무엇인가요? | 무엇을 할 때 에너지가 가장 많이 올라가나요? | 나의 모습 중 가장 마음에 드는 강점은 무엇인가요? | 당신의 롤모델 모습 중 가장 닮고 싶은 모습 한 가지는 무엇인가요? | 어떤 말(칭찬, 인정, 지지 등)을 들었을 때 기분이 좋나요? |
| 실패했을 때 극복한 경험을 떠올려보세요. 어떤 강점을 활용했나요? | 자신의 강점과 관련해서 가장 듣고 싶은 말은 무엇인가요? | 친구의 강점 중 내 것으로 만들고 싶은 강점은 무엇인가요? | 한 걸음 더 성장하기 위해서 꼭 필요한 강점은 무엇인가요? | 나의 강점으로 다른 사람을 도와준 사례를 나눠주세요. |
| 무엇을 할 때 가장 즐겁나요? 어떤 강점이 주로 발휘되나요? | 현재까지 해 본 일 중에서 특별히 잘했던 일은 무엇인가요? | 학습에서 발휘되고 있는 강점은 무엇인가요? | 요술램프에게 강점 한 개를 요청한다면? 그 이유는 무엇인가요? | 남들이 모르는 나만의 강점은 무엇인가요? |

## Q5. 실제로 운영해 봤던 코칭 프로그램을 소개해주세요.

**A5.** 제가 운영했던 진로코칭과 학습코칭 관련 프로그램을 소개합니다. 학교급, 학생들의 상황에 따라 다르게 운영할 수 있습니다.

| | |
|---|---|
| **진로 by 코칭** | ◆ 운영 시간 : 월 1회 동아리 활동 시간 활용 및 방과 후 시간 활용<br>◆ 프로그램 내용 : 코칭 소개, 진로행동(가치, 비전 찾기), 진로탐색 (want vs like), 진로목표(만다라트 계획표), 진로발견–자성예언 5가지, 탁월한 존재 선언 |
| **진로멘탈코칭** | ◆ 프로그램명 : 성숙한 성장을 꿈꾸는 '꿈키움' 진로코칭<br>◆ 코칭 형태 : 일대일 코칭(비대면 실시간)<br>◆ 프로그램 내용 : 라포 형성, 오리엔테이션 및 진로 코칭 목표 설정, 감정코칭 및 직업흥미검사, 현재 상태 인식하기, 학습습관, 시간 관리 등, 나의 꿈(비전) 지도 작성, 피드백, 실행계획 수립 |
| **진로상담 연계 코칭** | ◆ 코칭 주제 : 수업에 집중하기, 시간 활용법, 시험 대비를 위한 체계적인 준비, 스케줄러 실천하기, 방학계획 세우기, 공부 동기 찾기, 기말고사 준비하기 등 |
| **방과후학교 프로그램** | ◆ 프로그램명 : 나다움 진로학습코칭<br>◆ 프로그램 내용 : 학업 GRIT 테스트, 학업 강점, 약점 찾기, 학업 환경 점검, 학업 목표 설정, 성공 습관 만들기, 시간 관리, 공부의 기본, SMART 목표 다지기, 핵심가치 발견 등 |

# 길 위의 배움, 그리고 도전

진로교사로서의 길을 걷기 시작했을 때 나는 확신이 없었다. 학생들 앞에 설 때마다 내가 정말 이들에게 올바른 방향을 제시할 수 있는 사람인지 스스로 묻곤 했다. 더 잘하고 싶은 마음은 오히려 부담으로 다가왔고, 실수와 부족함에 스스로를 자책하기도 했다. 더 많은 연수를 듣고 더 많은 자료를 모으면 해답이 생길 줄 알았다. 그러나 시간이 지나면서 깨달았다. 진로교사의 역할은 완벽한 답을 주는 것이 아니라 학생들이 스스로 답을 찾아갈 수 있도록 옆에서 함께 걸어주는 동행자라는 것을.

학생들과의 만남은 언제나 새로운 배움과 도전을 가져다주었다. "학생들과 이번엔 무엇을 해볼까?"라는 질문에 가슴이 뛰었고 그들의 반짝이는 눈빛이 내게는 가장 큰 기쁨이었다. 그들의 작은 변화와 한마디 말에 울고 웃었다. 매 순간, 내가 이 길을 선택한 이유를 새삼 깨닫게 했다.

돌이켜보면 내가 걸어 온 길은 수많은 도전과 실패의 연속이었다. 하지만 그 안에는 늘 새로운 시작이 있었다. 학생들에게 도전은 특별하거나 거창한 일이 아니라 "그냥 해보는 것."이라고 말해주고 싶었다. 우리가 함께 만들어낸 작은 시도와 꾸준한 노력이 모여 결국 그들만의 무늬가 만들어질 것임을 믿었다.

이 여정 속에서 동료 교사들은 또 다른 스승이자 친구였다. 그들의 경험과 조언은 내가 걸어가는 길 위에 밝은 등불이 되었고, 흔들릴 때마다 나를 일으켜 세웠다. 진심 어린 한마디가, 소소한 응원이 내게 새로운 가능성을 열어주었다. 나는 그들의 손을 잡고 내가 가야 할 길 위에서 조금씩 성장했다.

이제 나는 이 길 위에서 배운 것을 함께 나누고 싶다. 이 책은 내가 걸어온 길의 기록이자, 누군가의 여정을 위한 작은 길잡이다. 도전의 순간마다 내가 배웠던 것은 하나였다. 완벽하지 않아도 괜찮다는 것. 중요한 것은 첫발을 내딛고, 멈추지 않고 나아가는 것이었다. 도전은 '그냥 시작하는 것'에서 출발해 결국 자신만의 독특한 이야기를 완성해간다.

씨줄과 날줄처럼 도전과 실패가 엮이고, 그 안에서 나만의 이야기가 만들어진다. 내 실패와 도전이 누군가에게 작은 용기를 준다면 그것만으로도 충분히 의미 있는 일이 아닐까.

이 글은 끝이 아니다. 학생, 동료 교사들과 함께 만들어갈 이야기는 여전히 진행 중이다. 걸어온 길 위에 또 다른 질문이 떠오르고, 새로운 답이 찾아올 것이다. 당신도 당신만의 길 위에서 질문을 던지고 답을 찾아보길 바란다. 이 여정에 당신을 초대한다. 나와 함께 한 걸음만 내디뎌 보자. 그것이 새로운 시작의 첫발이 될 것이다. 스스로를 믿으며, 당신만의 무늬를 만들어가길. 당신의 도전을 진심으로 응원한다.